都市传奇 / 张欣经典长篇系列

张欣 著

用一生去忘记

花城出版社
SPM 南方传媒
中国·广州

图书在版编目（CIP）数据

用一生去忘记 / 张欣著. -- 广州：花城出版社，2024.4

（都市传奇：张欣经典长篇系列）

ISBN 978-7-5749-0116-2

Ⅰ. ①用… Ⅱ. ①张… Ⅲ. ①长篇小说－中国－当代 Ⅳ. ①I247.5

中国国家版本馆CIP数据核字(2023)第255934号

出 版 人：张　懿
责任编辑：周思仪　王子玮　邱奇豪
技术编辑：凌春梅
责任校对：汤　迪
封面设计：L&C Studio

书　　名	用一生去忘记 YONG YISHENG QU WANGJI
出版发行	花城出版社 （广州市环市东路水荫路11号）
经　　销	全国新华书店
印　　刷	深圳市福圣印刷有限公司 （深圳市龙华区龙华街道龙苑大道联华工业区）
开　　本	787 毫米×1092 毫米　32 开
印　　张	9.625　1 插页
字　　数	177,000 字
版　　次	2024 年 4 月第 1 版　2024 年 4 月第 1 次印刷
定　　价	398.00 元（全 13 部）

如发现印装质量问题，请直接与印刷厂联系调换。

购书热线：020－37604658　37602954

花城出版社网站：http://www.fcph.com.cn

拿什么来普度你，
我们的那颗充满纤尘和欲望的心

一

唯一好的恋情，便是没来得及发生的那种。

刘嘻哈在美术学院上学的时候，班里的男生就在背后议论，说，谁要是追上她，就可以少奋斗十年。马上有人更正说，那就不用奋斗了，还可以一辈子吃喝玩乐。

恶习即是人性，谁不想不劳而获？

刘嘻哈并非校花，也不是新版毕加索。显而易见她是一个有家族背景的人。这是后话。

很多人想认识她，她处处受欢迎。外语学院的第一大帅哥没死过，他主动约刘嘻哈吃饭，本打算电死她。刘嘻哈爽快地答应了，但去的时候带了一大帮同学不说，还是去美食一条街。美食一条街说白了就是下岗一条街，比的不是美味而是价廉，整条街油烟滚滚犹如刚刚打完激烈的巷战，羊肉串、烤八爪鱼、酸辣粉、臭豆腐这一类的东西应有尽有，只有你想不到，没有它做不出。整条街的味道是百味杂陈，奇奇怪怪，人流的密度是前胸贴后背，没有间隙。难怪有一次，一个日本团的游客，活活给吓住了，什么也没吃，只是目光呆滞、神情严峻地手拉手穿过了美食街，不知算不算一个旅游项目。

帅哥以为是去白金级五星饭店喝"叉零"，也就是XO。所以穿戴一本正经，据说西装是阿玛尼的，总之都是看家的行头，结果不知谁吃小笼生煎时，一撇油斜飙出去，溅了他一身一腿一鞋，黑色翻毛挎包上也都是油点子。这叫什么事啊，两客小笼生煎还不到六块钱。帅哥说，这样怪异的富家女不追也罢。

其实刘嘻哈也不是有意为难谁，她和朋友去微醺之夜红酒庄喝酒，开了人家的镇店之宝，一晚上花了两万多块钱。只是碰巧她那天想吃垃圾食品了，她说好久不去美食街，活得都没有激情了。

刘嘻哈是挺怪的。

班里的男生背后还议论，说刘嘻哈是第三类人，所谓第三类人就是在这个世界上，有男人，有女人，还有刘嘻哈。

刘嘻哈长着一张团团脸，皮肤尤其好，呵气成霜那种，白得几近透明；她的头发浓密，所以喜欢披头散发；牙齿非常整齐，看着唇红齿白，被同学称作僵尸厉鬼之美；此外，除了鼻翼两侧有几颗讨喜的小雀斑，其他也就乏善可陈。她的本名叫拣宝，拣宝这个名字是爷爷起的。爷爷说，意外的得到，哪怕是合乎情理，也能令人狂喜，自己挣下的金山银山反而另当别论。刘嘻哈五岁学画，九岁的时候非要改名，溺爱她的爷爷也只好同意了。仅从改名这件事，便可看出她这个人天生就是反精英、反社会的。

只是刘嘻哈觉得自己是再正常不过的一个人了，正常得简直中规中矩，既不是同性恋，也不搞行为艺术，她最讨厌人家拿她当外星人，什么反精英反社会，我还反人类呢。

如今的社会潮流，似乎是无论怎么千回百转，都会殊途同归的学什么不干什么。刘嘻哈在美院的专业是国画，她的毕业作品泼墨牡丹至今还是显现学生实力的留校佳作。可是刘嘻哈的理想，却是做一名一流的漫画家，中国的手冢治虫，据说是这个人开创了日本战后漫画的新格局。刘嘻哈也想成为大陆新漫画时代横空出世的一代天骄，打造出自己的漫画帝国。

所以刘嘻哈的装扮，从来都是牛仔裤配圆领T恤，只是她的T恤正面看没什么特别，背上却有两个小小的翅膀。班里的女生说，这也太卡通了吧。刘嘻哈说，我要做自己的幸运天使。女同学大惊道，你还要怎么幸运啊？！你要星星都有人给你摘。刘嘻哈心想，我要星星干什么？我要人们在我的漫画面前俯首称臣。

直到毕业离校，班里的男同学也没有谁追到了刘嘻哈。

在巨大的就业压力之下，同学们一哄而散。有人进入装修公司负责室内设计，有人在汗衫作坊专门手绘熊猫，拿计件工资，也有人在街头画像、设计签名等。总之，坚持玩艺术的人少之又少，如果你背个破画板忍饥挨饿地住进画家村，这在二十世纪八十年代还会有人热泪盈眶，现如今就剩下神经病这一个称谓了。

而这一切人生初始的艰辛，刘嘻哈是一点都体会不到的。她和爷爷所居住的百田庄园,不仅依山傍水,有设计考究的浩大的别墅,同时还自备设施一应俱全的会所,更为赏心悦目的是别墅的正前方便是一个绿草茵茵、空气清新的高尔夫球场。

外人都觉得刘嘻哈生活在蜜罐里。

刘嘻哈也的确生活在蜜罐里,她的爷爷名叫刘百田,一九三六年生于上海,宁波人。二十世纪四十年代,刘百田的父辈在上海创办励德公司,后来转战香港。一九六〇年公司开始经营地产,时至一九六七年,香港爆发社会性动乱,投资环境极度震荡,许多生意人离场观望或移民,造成地价狂泻,而励德公司便趁机大量购地,赚到了第一桶金。此时的励德公司可以说是风调雨顺,刘百田更是意气风发,宁波人向来是精明的,意气风发的刘百田听从了家里的安排,迎娶了家境甚为殷实的广东女孩关姗。

关姗的性格温和,处事低调、务实,是那种受过良好教育的传统女性。自她加入励德公司之后,与刘百田形成互补之势,公司的业务发展很快。由于刘百田的父亲患有肾病,在他感到公司运作无忧时,也就把生意完全交给这一对新人打理,自己享清福去了。

经过几年的不懈努力,以地产为主业的励德公司,发展的物业主要有住宅、写字楼、购物商场、工贸大厦以及酒店等共超过四百座,业务除地产外还包括财务、保险、娱乐事业、信息科技保健品等。员工超过六千人，自公司股票在香港交易所上市之后，公司正式更名为励德控股，九十年代时市值已经超过一百亿港元。

然而，福祸相伴而生。

刘百田和关姗生有两个儿子，老大取名大捷，大捷生得十分俊朗，人见人爱，但可惜患有先天性聋哑，这在医学界也是无法医治的病症之一。刘百田夫妇不死心，曾多次带着大捷到美国求医，民间偏方更是用了无尽其数，事实证明金钱和心血全部付之东流，大捷没有一星半点的改变。

好在大捷不仅相貌堂堂，而且天资聪颖，从小学开始，刘百田就坚持让他带着翻译读正常人的学校，大捷果然也是不负众望，成绩一直名列前茅，毫不费力地读完了大学。除此之外，刘百田还给他请了最好的家教，不但拓展了他的知识领域，还教他学会了手语、唇语。所有这一切不仅让大捷学有所成，更让他保持了积极、自信的性格，和他在一起相处，没有人觉得他是残疾人，他的乐观、真诚、热情总是能感染每一个人。

无论走到哪里，他都是刘百田的骄傲。

直至进入生意场后，大捷也不比任何一个正常人差，他很快熟悉了公司业务。在公司高层的会议上，他完全知道他们在说什么，并且可以思路敏捷地做出反应。按照刘百田的想法，他要一生把大捷留在自己身边，将来掌管家族生意。

刘百田的小儿子叫刘临风，这孩子倒是无比健康的，人也跟他的名字一样，不仅玉树临风，而且滋扰生事，天生的一个花花太岁。自他成人之后，娱乐圈里的当红明星，选美大赛的前几名，隔三差五就会跟他传出绯闻。令为人行事低调的刘百田不胜烦恼，他曾对关姗抱怨道，我们投资过亿的新楼盘，如果不打广告都难在报纸上露面，就因为这个刘临风，励德公司的名字天天在娱乐版见报。在香港上娱乐版可不是英雄不问出处，多情公子来自何方才是普罗大众最想知道的，否则一个美人跟个穷鬼睡大了肚子又有多少娱乐性。

关姗自然是宠爱儿子的，她说，这样不是很好吗？励德公司也不用花钱打广告了，天天在娱乐版做常青树，还愁我们的楼盘没人要吗？

再说了，年轻的时候贪恋女色，也不算男孩子天大的缺点吧。每回关姗这样说，刘百田就不再深究，他知道，正因为大捷有先天残疾，关姗才对临风放松了管教的尺度。本来她这个人是万事不肯马虎的。

转眼间，大捷到了婚娶的年龄，也许是因为他的综合条件仍属上乘，也许是香港这个地方根深蒂固的拜金观念，前来提亲的人还是络绎不绝。可以说并不费劲，大捷就挑到了一个既正常又漂亮，而且家境也不错的女孩做老婆。婚后，大捷和大少奶琴瑟和谐，两个人爱得如胶似漆，不禁让人看着眼热。

隔年，他们生了一个女儿。刘百田和关姗最心惊肉跳的就是这孩子千万不要有什么先天性残疾，结果在产房外，就听到了这个女孩嘹亮的哭声。

这个孩子就是刘嘻哈。

刘家总算是大松了一口气，刘百田乘兴就给孩子取名拣宝。

正当励德公司的财富巨轮轰然向前的时候，毫无预兆的，灾难也神秘降临。由于刘百田给大捷买了高额保险，所以每年秋天，保险公司都会请大捷去指定的贵族医院做一次例行公事的体检，顺便调理一下身体。这一年也是一样，大捷住进了单独的套间病房，经过几天的体检没发现任何问题，准备第二天出院。

就在这一天深夜，贵族医院大捷住的这一栋楼因为电线短路不慎失火，一时间大楼内外纷纷攘攘，乱作一团，可是由于大捷听不见，仍旧安睡在病房里，直到被大火包围，等到他惊醒时，病房里已经火光冲天，烟雾弥漫，他摸索着，完全不知道往哪里逃。尽管这时有人在大声地喊叫，还有人吗？！还有人吗？！但是大捷不仅听不到而且不能呼救，于是葬身火海。

刘家头顶的那片天瞬间坍塌了。

每每想起被活活烧死的儿子，关姗都是肝肠寸断，痛不欲生。她哭得眼泪都干了，从此一病不起。大捷的太太更是没法接受这一现实，在沉默了若干天之后变得神志不清，她总是要给拣宝洗澡，而且一洗就是五六个小时，保姆提出异议，她就来来去去地只说一句话，你知道吗？水能灭火。拣宝身上的皮都给她洗破了，不得已，刘百田把她送去了康复医院。本以为隔一段时间她会好一些，没想到她的病越来越重，还患了抑郁症。

拣宝的妈妈，这个美丽的女子，从此不再说一句话，人们看到她，永远都是在一块布上绣着什么。于是她的母亲给她送来了各色针线，暗自庆幸小时候教给她女红，原是怕她什么都不会让人笑话，想不到女儿后来一直喜欢这门技艺，结婚时的枕套，她自己绣了一对龙凤吉祥。

大捷毕竟不是常人，他不会说话，家中的日子难免有些清寂，于是，拣宝的妈妈便绣花绣草绣柳叶，她绣出的金鱼，仿佛放在水里就能活。本来她是为了解闷，或许关键时刻还能解忧吧。

八个月之后，大少奶还是割腕自杀了。刘百田赶去了康复医院，只见大少奶穿戴得整整齐齐，她平躺在白色的被单上，神情看上去很是平静，仿佛准备赴约，一切收拾停当后长吁了一口气，彻底安静下来的样子。她是半夜走的，想来没有人能留住她。处理完大少奶的后事，刘百田抱着她的一包遗物回家，他不仅没有勇气打开，还嘱咐家人和一切有关人员对这件事严格保密，不要让关姗知道。

即便是这样，关姗的身体还是一天不如一天。

二

作为一介商人，刘百田当然知道商场如战场的道理。

所以他想过自己有可能输得很难看，曾经人前光鲜，不知哪一单生意失算，输得剩下一条底裤宣布破产。可偏偏就是他的生意顺风顺水，直到大捷出世后，他体会到坐拥财富却只能对心爱的孩子摇头兴叹，一点办法都没有的无助，那种刻骨的无奈和悲凉根本无以言说。

他想，也许这就是他要为成功必付的代价吧。

但是他做噩梦都没有想到，代价还远远不止这些，他的儿子和儿媳居然会双双死在了人们认为最安全的医院里，而最安全的医院居然也会失火，大捷他一个人住在医院里，无论他多么优秀说到底也还是一个有残疾的人，他和关姗竟然就没有一丁点的担心，这不是太吊诡了吗？

出事的那天夜里，他依稀记得曾经听到刺耳的救火车的呼叫，声声入梦，却完全没有意识到这一切跟自己有什么关系。

难道他挣的，真的是带血的黄金吗？

刘百田不敢把关姗再送到医院去了，只能闭门谢客，让她在家休养。

富人的背时走黑，从来都是生活在水深火热的草根民众的救心丹。卖报求生的媒体也不会轻易放过刘百田。这一次的励德公司从娱乐版荣升到社会新闻版，相关的记者如同验尸官一般，把励德公司上上下下，左揭右翻，来了个大起底，从头道来的效果如同一部黑色电视剧正式上演。

此时的刘家犹如一座死城，愁云惨雾没有人敢大声说话，电视从来不开，更没有人把半张报纸带回家来。

可是关姗的同乡加朋友王太太看到报纸后打电话来安慰她，关姗当即就懵了，整个人像被电击了一般不能动弹，更不知道王太太讲的是谁家的故事。后来王太太自知失言，因为对面那一边已经没了声音，听筒像是掉进了一口枯井里。

关姗慢慢地起身，去了刘百田的房间，她在衣柜里翻到了大少奶的遗物，里面有他们一家三口的全家福照片，有一只她母亲陪嫁给她的玉镯，还有一块叠得方方正正的绣品，关姗把它打开，竟然是大捷的头像，线色斑斓，丝丝缕缕密不透隙，大捷面带招牌笑容栩栩如生。关姗顿时泪如泉涌，要知道此时她最不能看的就是这件绣品啊。

这件事之后，关姗又苦撑了半个多月，还是走了。

也就是在这一年，刘百田开始相信风水。

他遍访了香港顶级的风水师，他们出尽百宝，力图为刘百田挡住煞气，逢凶化吉，譬如在办公室放置木化石吸走负能量，改变气场，又如门窗重新改道，阳台摆八卦镜避邪，从而改变运程，还有风水大师建议他在励德大厦的顶楼装上坚硬的钢铁机关，用以驱散飞来的横祸，更有一种说法是要"种生基"，也就是早早地选好一块风水宝地作为自己的墓地，重聚天地之灵气，尤可转运。

所有这一切，刘百田照做不误，花钱如流水。要知道他是宁波人，宁波人其实是很看重钱财的，而且生性节俭。

本来是求个定险，心安，但是刘百田发现他的努力也如流水一般远去。他不仅完全无法打理生意，偌大的公司已经处于半瘫痪状态，股票大跌，而且他自己患上了严重的失眠症，白天神志恍惚，夜晚精神亢奋，他的性格也变得冷漠、严苛、喜怒无常。

一天傍晚，刘百田偶尔路过淡水湾的天后庙，见里面香火鼎盛，这让他想到拜天后有求必应的传说，于是便打发司机先走，自己信步前往做一名普通的香客。看到芸芸众生，怀着各自的心事奔忙，感慨万千之外他不禁有些许感动。对于刘百田来说，如果他不是一下子痛失了三位亲人，他是绝不可能流连在这种地方的，也不可能被他完全不熟悉的升斗小民之举打动。敬香的时候，他清楚地感觉到是自己眼睁睁地看着另一个自己在忙碌、膜拜，祈祷再也不要有祸事降临。

准备离开的时候，已经是暮霭四起。神使鬼差的在路过一个算命摊时，刘百田停下了脚步。他面无表情地在竹筒里抽了一个签，放在算命先生面前示意他解签。照理说，这种时候算命先生都会问你求什么？财运？健康？姻缘？但奇怪的是这个算命先生也什么都不问，看完签后，只埋头翻卦书，翻一阵，便抬起头来看了刘百田好一会儿，又埋头接着翻书。最终只说了两个字：枉然。刘百田道，此话怎么讲？算命先生叹道，你最近特别繁忙，而且千金散尽，但所做的这一切均是枉然。刘百田给惊着了，半天不能言语，好一会儿才以少有的恭敬轻声道，那就请师傅给指一条路吧。算命先生想了想道，只有一条路，就是离开伤心地。刘百田明知故问道，我的伤心地是哪里啊？算命先生淡定道，那就算不出来了，但你心里明白。

刘百田掏出一把钱来给算命先生，那个人只抽了一张一百元的票子算作了结。

只值一百元的铁断却让他听进去了。

一九八八年，刘百田五十二岁，拣宝七岁，他决定离开香港，离开这个给了他巨大财富和悲伤的城市，到大陆去，一切从零开始。

刘百田重新请回患病的父亲坐镇励德，又招回了在国外定居的弟弟刘百兴全家返港打理生意，家人对他的选择表现出极大的理解和尊重。厄运降临，似乎每个人都或多或少有所改变，刘百田也幻想着小儿子刘临风像许多肥皂剧里表现的那样，一夜之间长大，接过他身上一半的担子。但是刘临风不仅依旧故我，还在关姗病重的日子，不是想方设法多陪伴母亲，而是跑到外面开了五星级酒店的豪华套房，他的理由是，家里实在太沉闷了，住下去他会疯掉。

这件事像钢针一样刺进了刘百田的心里。

他在盛怒之下追到酒店质问儿子，你母亲这么疼你，你怎么做得出这种事来？刘临风理直气壮地回应，我白天陪她一整天，晚上还不能出来透口气吗？刘百田阴沉着脸，声音都打抖了，他说，你就不怕她半夜走了吗？刘临风说，见不到我，她不会断气的。刘百田一巴掌扇在儿子脸上。

关姗果然是在半夜走的，夜里有微雨，雨打芭蕉，滴滴如泪，刘百田没有叫人招回刘临风，弥留之际的关姗也没有强求，她只是用微弱的声音恳求他，大捷已经走了，你还是要对他好一点。

刘百田无言，关姗又道，我们是不是做了什么坏事？要遭这样的报应。刘百田抱着妻子，失声痛哭。刘临风不在，关姗还是断了气，只是一直没有闭上眼睛。

在短暂的伤心之后，刘临风又可以到夜店去醉生梦死了，有朋友提醒他说，你也该收收心，帮你父亲分担一些重任，你没看他头发全都白了，毕竟上阵父子兵嘛。刘临风不以为然道，我对打理生意就是提不起精神来，最多成立一个电影公司，拍电影玩玩。这话传到刘百田耳朵里，他淡然道，捧红了谁都是为了睡人家，就不用这么费事了。刘百田走前，叮嘱父亲只给刘临风每个月三万块钱的生活费，这对于挥金如土的刘临风来说简直是杯水车薪，两个人当即大吵了一架。

刘百田痛恨亲生儿子在这样的时刻，都不能幡然悔悟，浪子回头，那他真的是无药可救了。让刘临风愤怒的是，大捷已走，父亲就他这一个儿子了，还把钱看得那么重,他在湖南宁乡买的生基福地,一口气花了十八万元,谁都知道那是无用功,是他在厄运面前手足无措的表现,只有他一个人相信这能聚焦转运。他那些愚蠢的行为花了何止万千?怎么到他刘临风这里就要省了?

刘百田说,钱不够花,你可以去挣。这当然是刘临风的软肋,像他这样的富家子弟,不出国留学是少有的,在香港大学没毕业也是少有的,虽然他的名片上还有不少头衔,但是知情人都明白那不过是顾全脸面的做法。

家里不是不支持他外出求学,但刘临风不愿意离开香港,他说他爱香港的美食、美女,更爱香港的光怪陆离,纸醉金迷。香港才是他最亲密的爱人,不能有片刻的分离。

刘临风不语,稍稍冷静下来的刘百田几乎用哀求的口气劝道,临风,不如你跟我到大陆去发展吧。刘临风听罢,反应非常强烈,斩钉截铁道,我才不去呢,那边的人吃的都是屎。说完这话,摔门而去。

刘百田的心也随之一沉,他想,好吧,那就恩断义绝,只当家里的人都死光了。

大陆之大,往哪里去呢?按照刘百田的想法,他很想去上海,毕竟励德是在那里发家的。但是公司的元老派却认为,上海还是死水一潭,不知何时能翻起浪头,反倒是广东已划出特区,离香港又近,有利于公司重辟疆土。

举棋不定的刘百田不但相信风水,而且相信算命。算命先生也说,他不能远离香港,而且方位是正北而不是东北。刘百田决定不去上海了。

三

刘嘻哈是在爷爷巨大的暖翼下长大的。

她很小的时候,步子还走得东倒西歪,就被允许在刘百田的办公室里肆无忌惮地玩,刘百田在桌上办公,她在桌下跑来跑去,不会说话却要抢着接电话。连关姗都对大捷说,你给你爸爸生了一个玩具。

生性严肃的刘百田只要一见到拣宝,脸上便笑成了一朵花。很难想象他这样的一个人,能够俯下身去让拣宝当马骑,据说有一次被秘书撞见,刘百田要起身签文件,拣宝不肯下来,便像树熊一样,刘百田只好背着她签字。

然而,刘百田对拣宝并不是单纯的溺爱,七岁的这一年,拣宝连续地参加葬礼,有人劝刘百田,孩子太可怜了,还是先把她送到亲戚家避一避吧。刘百田说,这是她的人生,也是她的宿命,可以回避一世吗?家庭变故之后,这种爱就变得更加复杂,刘百田对拣宝从来不刻意隐瞒什么,他告诉她,父母和奶奶都是病死的。拣宝说,如果爷爷也死了,我该怎么办?刘百田说,人都是要死的啊。拣宝说,那你害怕吗?不等刘百田回话,她又说道,你别怕,你还有我嘛。

刘百田当时就很感动,他想,是啊,我还有拣宝,我不能倒下。

刘百田进军大陆的时候并没有兴师动众,他决定以普通商人的身份低调入场,不管怎么说他还是一个精明的商人,他知道过早的暴露身份极有可能变成别人的猎物。他决定花三年的时间了解情况,调查商机,铺排自己的人脉关系。所以他只带了一个跟随了他多年的助手老金,其实老金并不老,只是长了一副老臣子的模样,让人看着踏实,据说他在读中学的时候,同学就管他叫老金了。

决定带老金到大陆来的另一个原因是,老金就是广东人,早年又是逃港到香港的,所以不管怎么说,他对大陆的一切还是比较熟悉的。于是他打前战,先行在广州买了一所大房子,就在华侨新村一带,请好了打理家务的保姆,这才把刘百田和拣宝接过来。

拣宝过来的时候,大陆也没有什么正儿八经的贵族学校,拣宝只能就近上学。

每天,拣宝穿得干干净净,背着双肩书包去上学,回来的时候必定如残兵败将,脸像个小花猫似的,有时候裙子破了,有时候小辫子散了,因为班里的男生女生都很野,没见过像拣宝这么斯文和规矩的小孩子。拣宝上学早,在香港已经读过一遍一年级了,只是教案不同,回到国内只能还读一年级,而她在香港读的可是贵族学校,小小年纪就被训练得彬彬有礼。在这边可不一样,不仅有人嘲笑她,还总是有人欺侮她,管她借文具从来有借无回,还讲鬼故事吓她。

慢慢地,拣宝的话越来越少,除了受欺侮之外,她也开始懂事,她避免和其他的孩子交流是害怕别人问起她的爸爸妈妈,她不知道该怎么回答。

偏偏有一天语文课是做作文,作文的题目就是《我的爸爸妈妈》,拣宝当然交了白卷。然后她就不肯上学了,这件事老师在家访中做了检讨,但是拣宝还是坚决不肯上学,谁说也不行。最后连老金都让步了,老金对刘百田说,不如请一个好的家教单独培养拣宝,拣宝这么聪明,一样可以成材。刘百田说,那她将来就更没法融入社会了,一个人智商再高情商是零,别人痛苦她自己更痛苦,有朝一日我见了她的父母也没法交代。

刘百田又说,英国皇室的成员都要到学校读书,何况我们。

后来还是刘百田亲自接送拣宝上学、放学,足有半年之久,这才让拣宝重新回到了校园。老金觉着奇怪,问刘百田都跟拣宝说了什么?刘百田笑了笑,说也没说什么,就告诉她一个人这辈子有什么,没有什么,那是注定的,跟怕不怕没关系。老金想了想,觉得这句话很平常啊。其实刘百田后来说的话没有告诉他,刘百田对拣宝说,你是没有爸爸妈妈,但其实他们都在一个你不知道的地方看着你,他们都知道你是好样的,你不要让他们失望。拣宝有点不相信,说,他们真能看见我吗?

那我为什么看不见他们。刘百田说，那是因为他们只能在你睡着了以后才会出现，所以你看不到他们。拣宝坚持了两个晚上，但都因为太困睡着了，这让她无比懊恼，但爷爷坚称爸爸妈妈都来过了，而且拣宝房间里的墙壁上，也的确多了一幅父亲的绣像，他微笑地注视着拣宝。

然而，学校还是学校，并没有丝毫的改变，拣宝还是照样受欺侮。

有一次，拣宝放学回家，脑袋又被打了个大包，老金先就不干了，要带着拣宝回学校找老师。刘百田得知之后，淡然道，算了吧。

刘百田牵着拣宝的小手进了她的房间，他先打来热水给拣宝洗了脸，然后又找来冰袋给她敷头上的大包。刘百田问道，这包是怎么打的？拣宝说是书包打的，因为书包里有铅笔盒，就打重了。而且同学不是要打她，打别人打失手了。刘百田说，别人打你，你为什么不还手呢？拣宝说，老师说打人不是好孩子。刘百田说，不，你要听爷爷的话，不管谁打你，也不管是什么理由打你，你都要打回他。

拣宝眨了眨眼睛说，老师说，我们从小就要学会做人，要先学会做人，做一个好人。刘百田又说，不对，你们老师说得不对，应该先学会打人，学会打人以后才能学会做人。拣宝迷惑了，说，真的吗？刘百田说，当然真的，因为你爸爸妈妈都死了，爷爷又这么老了，你没得靠了,就只能靠自己,天下都是打出来的啊。

刘百田还认真地告诉拣宝,你打人的时候,就要没头没脑地打,不要留后路,不要怕打瞎了眼睛,打断了胳膊打断了腿,你只有毫无顾忌,拼命打,你才能打赢。你记住了吗?拣宝对爷爷是深信不疑的,拣宝说,我记住了。

此后,拣宝就成了班里的打架大王,男生她也敢打,还咬人。

于是,有关打人的情况就倒过来了,隔三差五的,总有家长牵着哭哭啼啼的孩子找到家里来告状,看到拣宝家住的大房子就说,怪不得你们孩子打人打那么狠,原来祖祖辈辈都是地主,跟我们穷人有刻骨的仇恨。老师也跑到家里来家访,说,这孩子到底怎么了?不会得狂犬病了吧。

每当这种时候,老金就拼命说好话,给人赔不是,还把人送出去老远。

天下果然是打出来的,渐渐地,拣宝不再被人小看,更没有人敢欺侮她,有时为了伸张正义,她还会为弱者出头,奇怪的是这样一来,她不但没有被同学孤立,反而越来越受到拥戴,大家都很喜欢她,老师见她在同学中有影响力,还叫她做了班长。

环境把她塑造得反叛而自我。

拣宝曾经问爷爷,为什么我越凶,别人反而对我越好呢?爷爷说,这是自然法则啊,狮子很凶,所以它是森林之王。当今这个社会也是一个丛林世界，如果你自己不强，就会被别人吃掉。

也就是说，在成长的道路上，爷爷始终是拣宝的指路明灯。换句话说，也是爷爷培养了她坚韧、执着的性格。

刘嘻哈在美院上二年级的时候，创办了自己的漫画刊物《奇幻岛》，自任社长。当然这就是年轻人的自办刊物，又名《同人志》，一切费用自理。刘嘻哈把印刷精良的刊物送到爷爷手上，以为会得到他的夸奖。然而爷爷只是信手翻了翻，问道，印了多少本？刘嘻哈说，七十本。爷爷又问，反应怎么样？刘嘻哈说，同学们都说好。爷爷说，那不算数，你要走到立交桥上去派送，保证不出十步远，就被人扔掉了。

刘嘻哈不相信，但事实就是如此。

爷爷又说，如果你不出印刷费，社长也不是你的了。

刘嘻哈不敢再试了，因为她知道结果一定是这样的，事实上同人志里的同仁都管她叫米饭班主。

爷爷说，孩子啊，不幸的是你喜欢的这个行业，是现在公认最难做的眼球经济，一切都在闪动之间，完全没有办法捕捉到规律。米老鼠、唐老鸭是什么？是了不起的原创，我看你们的刊物，全都是利用旧故事再度创作，改变一下画法就拿出来卖，怎么会有人爱看呢？

刘嘻哈有些扫兴地说，你就不能鼓励鼓励我吗？

刘百田拍了拍嘻哈的脸蛋，没有说话，却在心里叹道，我何尝不想鼓励你呢？可惜你不是普通人家的孩子啊，你如果变成那种总是心存幻想的女孩，说不定有一天就会在劫难逃，万劫不复。

是的，刘百田对刘嘻哈的确是百般呵护，煞费苦心，他也自认为能够完全掌控嘻哈，让嘻哈一世无忧。但其实刘嘻哈有不为人知的另一面，应该说，早年失去父母一直是她心中无法抹去的阴影，这表现在她总是间歇性的自闭，一声不吭，对周遭的事物没有任何反应，同学们觉得她身上散发着隔阂和疏离的气息，尤其在十八岁以后，她的眼神更加迷茫、涣散，而且无论她是否受欢迎，她都是不善交际的。

她的金钱观和生死观也跟大多数人完全不同，谁都拥有的东西她从一开始就没有，别人梦寐以求的东西又根本无法改变她所面对的现实，所以只有她自己知道，她越是随心所欲，越是感觉凄凉无助。

没有父母的孩子都是自卑的。

有时她又会有深深的自责，她想不明白：为什么我的到来会让他们双双离去？每当这时，她便对生命充满灰心和厌倦。

四

四季和韦北安是在收容所认识的。

当时他们俩从不同的地方坐火车来到人山人海的广州火车站，汇入了千千万万南下淘金者的汪洋大海。他们分别提着自己简单的行李，在车站广场上脚不沾地地被人流涌来涌去，正在腿软头昏的时刻，就被稀里糊涂地收容了。

在收容所里，他们面壁蹲在一块，那天被收容的人很多，大部分都是民工打扮，目光呆滞，背着行李卷的人，也有女的，当然也是乡下打扮，估计是进城做保姆的。

何四季在家乡那边的县城读过几天中专，觉得自己有文化，就总是转过头来说，我是有身份证的，你们也看了我的身份证，有身份证就不是盲流。不等他说完，屁股上已经挨了一脚。他闷了一会儿，又申辩自己不是盲流，还是没有人理他，屁股上又被踹了好几脚。蹲在他旁边的韦北安，他是回家探亲归来，不是第一次到广州，所以比较了解情况，小声提醒四季说，别吵了，再吵他们还会打你的。

隔了一会儿，韦北安又说，你就当一回盲流，他们就是为了罚款，罚款就是他们的奖金啊。四季没好气道，我没钱，我有钱跑到这儿来干吗？韦北安说，我也没钱，我的钱都给家里了。

屋里有张桌子，桌子上有个电话机，盲流们可以打电话找同乡或熟人来交罚金，领人。收容站的工作人员也不说话，只抽烟。

韦北安打了一个电话，何四季无电话可打，他在这个城市里一个人也不认识。

四季的家，在离昆明二百多公里的乡下，父母亲都是农民，他有一个妹妹名叫幺红，全家人辛辛苦苦，节衣缩食供他到县城读书。四季的梦想是当一名乡村会计，穿解放装，胸口插一管水笔，提一只黑人造革的袋袋，村干部有事没事都要找他。所以四季在中专学了个财会，但这文凭实在太低了，不仅县里找不着事，回到乡下更是无奈，因为乡下穷，又各顾各了，不需要什么正儿八经的会计，就算拉来扶贫款，村长也得找自己的亲戚管着钱，哪有四季什么事。

念了半天书，还是回乡当农民，四季不甘心，于是决定出来打工，一是挣点钱，二是也让妹妹认几个字，要不就觉得对不起她。

幺红把四季送了一程又一程，两个人也没什么话，妹妹十几岁的大姑娘了，连自己的名字都不会写，四季觉得自己很没用。四季暗下决心，一定要在南方赚到钱，改变家里的情况，改变他和妹妹的命运。

可是他还没把广州城看清楚，就被收容了。

四季问韦北安，要交多少罚金才能出去？韦北安说，立马想走的要交八百，现在估计是六百。见四季很是吃惊，又说，以前也就三四百，现在涨了。四季身上只有三十块钱，他决定死都不交出来。

第二天，四季饿得顶不住了，他问韦北安这里怎么不给饭吃啊？韦北安说，你吃饱了还会交罚金吗？四季想想也是，又问韦北安，赎你的人怎么还没来？韦北安说，会来的，星哥很讲义气的。四季问他星哥是谁？韦北安说是他们广西帮的头。这时候，有人踢他们俩的屁股，说，你们怎么回事？还拉起家常来了，不准备出去了？！

四季四下里看看，被收容的人已经走了三分之二，剩下的全部饿得奄奄一息。

韦北安并不着急，他说明天罚金就变四百了。又对四季说，你如果能熬到最后，实在没钱也让你滚了。四季心想，那我也只好等着滚蛋了。果然到了第三天，有人来赎韦北安。韦北安走的时候回了一下头，看见四季已经饿得脱了水，两只眼睛像小灯笼一样看着他。韦北安动了恻隐之心，跟来赎他的人在门外嘀咕了很久，那个人很为难的样子，又禁不住韦北安使劲说，于是又进来跟收容站的人交涉，说只剩下两百块钱了，赎这个云南人，你们不干就算了。

收容站的人想了想，面无表情地收钱放人。

出了收容所，四季一时也没有地方可去，韦北安说，那你就先跟我回城中村吃点东西再说。显然，韦北安就住在城中村。

城中村，通常都是繁华都市背后的暗疮，在四周林立的高大建筑下，人们很难想象它会这样的糟糕，同时又出奇地有生命力。广西帮就住在城中村的一线天，也就是挨在一起的"握手楼"中间挤出的一点光线，俗称一线天。握手楼里的出租房经济十分活跃，别看它墙皮斑驳，破旧不堪，密如蜘蛛网的旧电线像爬山虎一样纠缠不清，但也由于它的房租便宜，吸引了许多外来打工者和挣扎在社会底层的人。

这里的生活必需品又是一应俱全的，一元店里卖着假冒伪劣，各种小吃店热闹地挤在一起卖着各种样子可疑的食物，穿得十分清凉的发廊妹一边给客人按摩一边跟路过的熟客打招呼，抛电眼。网吧，电脑培训班，杂货店，水果档，人工流产诊所，性病治疗中心，总之外面有的这里也都有，无非是价廉而已。

进了城中村，韦北安就有了一种宾至如归的感觉，来赎他的那个人一出收容所就不知跑哪儿去了，剩下韦北安带着四季坐了老半天的公交车，还换了一趟车，才拐进这个混乱的地方。

四季一进这个地方，就有点懵了。他想象中的遍地捡钱的大城市不是这样的。

一个穿着吊带裙的女孩见到韦北安，可能是熟人的缘故，大咧咧地跟他打招呼，喂，西老广，这个人不像西老广嘛。她指着四季对韦北安说。

韦北安笑道，关你屁事。

女孩又道，是你在外面找的马仔吧？你不是一个马仔都没有吗？

韦北安觉得有点丢面子，就反击女孩道，管好你自己吧，你当了三年洗脚妹怎么也没人把你包起来？！

喊，我不肯嘛。

你不肯？你的波不够大，是没人要吧。

你才没人要呢，你这个穷鬼。

女孩一边追打韦北安，一边对四季说，喂，帅哥，你千万不要相信他，他是坏人来的。

跟女孩散了以后，韦北安一副很舒坦的样子，全身上下没有四两沉。四季看出来，他有一点优越感。

已经过了饭点，韦北安自语道，反正回去也没饭吃了。于是把四季带到一个卖盒饭的摊档，要了四盒最便宜的盒饭，两个人坐在路牙子上埋头吃饭，谁也不说话，风卷残云般地一人消灭了两盒，站起身来，觉得跟没吃一样。韦北安对老板娘说，你这盒饭好像少了很多，而且别人都是只收菜钱。老板娘说，哈，你不说自己是吃山崩，要是让你随便吃饭，我还赚什么？不如我给你打工算了。韦北安说，谁养得起你一家老小，多谢合作。老板娘说，你知道就好。

于是一个人又来了两盒才算缓过劲来，吃完了饭，韦北安又跟老板娘讨了两碗水。这时候，恢复了思维的四季才问道，老韦，你到底是做什么的？韦北安答非所问地说，住在这里的人干什么的都有，刻假图章造假文凭的，加工黑豆腐的，赌六合彩的，搞传销的，按摩妹，洗脚妹什么都有。

看到四季有些失望，韦北安狠了狠心说，算了，我好人做到底，明天我带你去看这个城市里最高的楼，你没见过的。说这话的时候，他显得有些自豪。四季没有说话,只是看了韦北安一眼。韦北安道,我知道你在想什么。四季还是没说话,但是不看韦北安了。韦北安说,你在怀疑我为什么对你这么好。

四季心虚,嘴角一撇算是笑了笑。

韦北安说,我是觉得你这个人胆儿还挺大的,我胆小,所以佩服胆大的人。我不是第一次被收容,进了收容所,谁还敢说话呀,就你,还敢跟人讲理。

当天晚上,四季就睡在韦北安的床上,这是一间不大的出租屋,里面却挤着六架上下床,住着清一色的西老广,晚上这里很热闹,谁都不想睡的样子,长明灯开着,像个大车店,有人围在一起打牌,还有人喝酒聊天,说着四季听不懂的广西话,更奇怪的是,半夜三更的总有人慌慌张张地出去,更有人慌慌张张地回来,不过回来也是打牌、喝酒。韦北安另找了一张老乡的床,马上呼呼大睡。

四季想了一会儿,怎么也想不出这些人是干什么的。隔了一会儿,他也睡着了。

第二天将近中午的样子,韦北安把四季叫醒,两个人洗了一把脸,就去看高楼。高楼的确是很高,冷峻威严,直指云天。

四季抬着头一直看,一直看,帽子都掉到地上去了。

韦北安说,高吧?有六十三层呢。

四季捡起帽子,眼睛还是一眨不眨地透过玻璃窗往里看,高楼里的男男女女长得一样漂亮,就好像是玻璃制品，光亮透明，虽然他们走来走去，也说话，也微笑，但是四季就是觉得他们是不吃不喝不拉不病不老不死不出汗也永远不会脏的玻璃人。四季从来没想到，人是可以这样美观鲜嫩的。

他们每天都做什么？都想什么？他们是怎么生活的？四季觉得这些人也跟楼一样高，高到天上去了，他就是再翻几个跟头也够不着。

有那么一瞬间，四季搞不清楚他们和自己，到底谁根本就不是人。

看了高楼以后的四季，不是满足，而是有些忧伤，有些失落，还有就是无穷无尽的茫然。他想起父亲，粗糙得跟一棵老树似的，如果不看只摸，真会把他当一棵老树砍了。他想起幺红的手，哪像小姑娘的手，一根一根像胡萝卜似的，骨节还特别粗大。

为了表示对韦北安的感激，四季请他吃了一碗过桥米线。

虽然也是路边小店，但也要五块钱一碗。四季没舍得吃，只买了一碗看着韦北安吃，还一边指导他先放什么，再放什么。不过韦北安也没觉得过桥米线好吃，他说还是桂林米粉好吃，并许愿一定请四季吃一次正宗的桂林米粉。

这天晚上，四季终于见到了星哥。

星哥瘦瘦高高的，皮肤有些苍白，中分头，穿个花衬衣，对人也挺和气的。星哥并不住在城中村，他只是偶尔过来看看，他到底住在什么地方，韦北安他们并不知道。星哥盯着四季看了一会儿，也没有说什么就走了。

韦北安追了出去。

隔了好一会儿，韦北安回来，眉飞色舞地对四季说，跟你说我有面子吧，星哥叫你留下了。四季不解道，留下？留下干什么？

韦北安这才压低嗓门道，抢劫啊。

唰的一声，四季棍子一样就竖起来了。

五

直到这时，所有奇遇的泡泡才一个个悄然破灭，四季始知，他一进入广州，就一路奔着这个黑窝而来。

看到四季面如土灰，这有点出乎韦北安的意料，他用胳膊肘碰了碰发怔的四季，问道，你害怕了？

四季反问道，你不是说你胆小吗？敢干这个？

韦北安道，深更半夜，摩托车开那么快，又没有人看到。我们主要是抢包，实在不给才砍手。

四季态度非常坚决地说，我不会干这个的，我是一个好人。

韦北安哇的一声笑出来，好人在哪里？你指给我看一看。告诉你吧，好人早就穷死了，死光光了，出来混的，哪还有一个是好人？！

四季不说话，下意识地起身收拾东西。

老韦，他说，老老实实地打工赚钱不好吗？

韦北安道，你想打工就有人找你了？！好多厂要的都是女工，男的不要。总之就算你找到工了，想找到一个不拖欠工资的老板比找工还难。

四季道，你这是在给自己找借口。

韦北安冷笑道，人这个东西，是骨头争气肚子不争气，只要饿急了眼什么干不出来？还用得着找借口吗？

他们横竖是谈不下去了，四季说道，老韦，你还是放我走吧，我欠你的两百元赎金，等我有钱了一定来还给你。韦北安道，我不会不放你走，那两百块钱我也不要了，只当交了个朋友，但愿你别再来找我了。

四季心想，那一定的。

于是，四季告别了城中村。当天晚上，他在火车东站猫了一夜，第二天马不停蹄地开始找工作，只是一连数日，完全无果。像小区的保安，那都得有熟人介绍，有当地户口的人作保，难道他让韦北安作保吗？那时候的水站还没那么多，送水员要身强力壮跑得快，可是四季不会骑自行车，更不识路，也还是没人要。

身上的钱很快就花完了，为了不回城中村，四季重又找回那家做云南米线的小馆，帮他们洗碗打杂不要工钱，只吃一碗米线。人家念他是云南人，也就答应了。他说自己有地方住，其实还是住在火车站。

这样过了一段时间，四季找到一份洗车的工作。

这件事让他欣喜若狂，他终于可以不回城中村，也不吃那一碗米线了。他每天都穿着蓝色的工作服和高筒水靴冲车，擦车，尽心尽力。汽车美容中心管吃管住，还发工资，四季觉得就是进了天堂也不过如此吧。

汽车美容店的老板是一个中年女人，据说是离了婚的，自己带个孩子。她平时很少笑，但是待人还算和气。每天都是早早地来，把办公室打扫一新，办公室里有一个柜台，用于交钱收费，靠墙的边柜里放着车上专用的清新剂、坐垫、靠垫、各种机油等物待卖，另外就是两张圆桌，几把椅子，供客人休息时坐的。

办公室上面的阁楼，就住洗车工和修车工。办公室外就是一片车场，差不多一次能放五六台车，也就那么大地方。

女老板为人很规矩，永远穿套装裙，不是一身黑，就是一身灰，一身一身地看着很沉闷，一点色彩也没有。只要有客人来洗车，她就亲自起身给客人倒水，还双手奉上。但其实，洗车这一块，女老板并不过问太多，单独承包给一个叫阿强的湖南人，说白了，阿强就是洗车工的头儿，洗车工换来换去的，都归阿强管，女老板懒得理。

所以，四季来了以后，跟女老板总共都没说过几句话。

有吃有住，迎客送客，南方雨多，来洗车的人也就络绎不绝，四季干活很卖力，一切都还平静。一个月很快过去了，阿强不提工资的事，四季也不敢问。一个半月过去了，有一天洗完车，阿强主动对四季说，大伙住大通铺，以前就发生过丢钱的事，到时说不清，所以钱我都锁在楼下柜子里，总之工资一分不少你的。听了他的话，四季放下心来，店里的工人加在一起有六个，四季重新审视了他们，心想，哪个会是偷钱的人呢？

一天，阿强的脸色非常阴沉，跟谁也不说话。后来四季才听说，阿强在外面赌钱赌输了，所以气急败坏。这话让四季心里一紧，因为按照常理谁都知道，好赌的人手里是不能有钱的。

这时已过去了三个多月，四季的心里很不好受，他想把自己的工资要回来直接寄回家，也就不怕人偷了。可是阿强这个人并不性情，平时不冷不热的让人猜不透，四季很怕钱是要回来了，但是阿强突然有一天对他说，你不用来上班了，我们另请了别人。那他又该怎么办呢？

这样想了无数个来回，四季终于决定还是把工资讨要回来，他想，就算是不能在这儿做了，他手上有了钱也还能再想办法，总不能把自己的命运放在一个赌徒的手上。

但是，他晚了一步。打定主意是半夜的事，第二天一觉醒来，汽车美容店出事了，凌晨时分，阿强租了一辆农夫车，把店里配得十分齐全的洗车工具外加一些值钱的汽配件全部装上车，开走了，跟他走的四个洗车工全部是湖南人。剩下四季和另一个湖北黄石的洗车工，完全不知道他们几个湖南人是早有预谋，这样一锅端，他们随便找一个有水源的地方就可以开洗车档了。一夜之间发生这样的事,四季脑子里一片空白。

女老板报了警,但是她弟弟比警察先一步赶来,四季听到弟弟咬牙切齿地批评姐姐,叫你不要对他们那么好你不听,这些都是什么人啊,穷山恶水出刁民,全都是贼来的,就是要像防贼一样地防着他们。

警察来了以后,看了看现场,做了一轮笔录,清查了损失,加上要退还洗车开卡人的钱,女老板损失了两万多元,但显然她内心受到的伤害更为严重。

四季和黄石人急忙讨要工资,女老板说,当月洗车工全部的工资已在两天前全部交给阿强了。话音未落,她弟弟突然发起火来,指着四季和黄石人的鼻子吼道,你们不要再跟我提钱这个字,谁提我跟谁急!谁知道你们是不是一伙的!!四季忍不住接了一嘴,是一伙的我们早跟他跑了。女老板的弟弟不耐烦地冲他们挥挥手道,滚滚滚。

警察走了,女老板和她弟弟锁上汽车美容中心的门也走了。黄石人问四季,你打算怎么办?四季反问他,你呢?黄石人说我回去找老乡想想办法。说完他也走了。

四季一个人坐在车场前面的马路牙子上发呆。

他想,也许他根本不属于城市,也许他根本就不应该出来,他想起一个跟自己一起读中专的同学,家是迪庆的,很穷,千辛万苦投奔亲戚读点书,以为知识可以改变命运,结果还是不行,他人太老实,见人没话,又跟城里搭不上一点关系，也是因为找不到事情做，便回了迪庆去了梅里雪山做向导兼背夫，就是把那些有高山反应或者生病的旅客背下山，结果不到半年，同学就死于一场雪崩。生前，他曾经劝过他一起到南方来，同学坚决不肯，他说没根的东西能活吗？于是，他长眠在雪山之下，也没有离开他的故土。而此时的四季，绝望中的四季，却有点羡慕这个走得干干净净的同学。

四季独自一人坐了很久很久，天渐渐黑了下来。四季站了起来，从绝望中挣扎出来的他对自己说，你一定要坚持住，因为你已经没有路了，坚持不下去就剩一个死。你得挺住，这跟雪崩是一样的。

他在黑暗中走着，辛辛苦苦干了三个月零二十二天，兜里没有一分钱。身边的马路上是头接尾尾接头的巨大的车龙，不见首尾的巨大车龙把四季衬托得格外渺小、孤单，像一粒沙尘，随时可能飘散得无影无踪，但他还是坚定不移地走着。四季心想，我出来不是找死的，我不能忘记我出来是干什么来的。

一天都没吃东西了，肚子很饿，老韦说得没错，人是骨头争气肚子不争气。

不知道什么时候发生的变化，四季来到云南米线馆的时候，这里已经变成了"川江号子"。店老板一嘴的四川口音，还拼命地要说普通话，他说你这个人怎么这么死心眼啊？担担面和米线不是一样的嘛，米线馆死了，难道你也饿死不成。出了川江号子，四季再一次陷入茫然,他想,不是只剩下回城中村这一条路了吧?

四季又回到了从前,白天在外面找事,晚上在火车站过夜。

可是他根本找不到事,也许是他太脏了吧,身上又有味,有时候还没开口说话,人家已经是又摇脑袋又摇手,把他赶出门去。

终于有一天,他坐在候车大厅的椅子上,饿得站不起来了,椅背很硬,顶着他没有肉的后背生痛,但这已经不算什么了,巨大的饥饿感终于把他消耗殆尽,他两眼发虚,眼前的景物模糊一片,慢慢地从有色变成黑白,又从黑白褪成浅灰。他想这回他是真的要死了,这时他最想去的地方就是城中村,最想见到的人就是老韦,最想吃的就是城中村一块五的盒饭,还是吃四盒。可惜他已经走不到那里了。

他向自己的左边缓缓地倒下。

不知过了多长时间,他被人摇醒,摇醒他的人是一个戴白边眼镜学生模样的瘦弱青年,他一个劲地说,你怎么了?你没事吧?

他知道是自己砸到人家了,四季其实是一个心细如针的人,就是在饿死前的倒下,他也还是看到了右边是一个抱着孩子的妇女。他很想对学生哥说一句对不起,但是他只会张嘴,却发不出任何声音。

这时学生哥起身说,你是饿的吧。他拿出了一个塑料袋放在了四季手上,他说,我是去云南支边支教的,我现在必须上车了,广播里已经催了好几遍了。说完这话,他提起行李匆匆地走了,先是疾走,后来干脆跑了起来。四季打开塑料袋,里面是一个盒饭和一瓶矿泉水,等他再一次抬起头来,学生哥早已不见踪影,检票处的铁闸也已经关上了。

六

韦北安说,原来是好人回来了,这么快就能还我钱了?

四季说,老韦,我愿意做你的马仔。

真的假的?我只读过三年级,当然是小学。

大哥。

也好,大哥不是白叫的,知道好人难混了吧?以后有我罩着你你还怕什么?

有了名分,一切都好说了,韦北安看上去挺高兴,在四季面前拍了胸脯。胸脯拍完之后,他安排四季吃了饭,洗了澡,又把他带到宿舍里的一处下铺,床上有铺有盖还算干净。韦北安说,你来得正巧,阿宽刚走,你也什么都不用买了。四季问道,那他什么时候回来?韦北安道,他回不来了,我们说走了就是死了,傻瓜。

四季心里一惊。

韦北安道,阿宽也是要当好人,非要去厂里做事,后来去了织袋厂,每天织啊织,一个月六七百,可是他跟主管不和,总是受欺侮,他只好拿回身份证辞职,可是那个主管不给他身份证也不给他工资,他一气之下就把主管杀了,杀人偿命,那还有什么好说的。

四季更不知道该说什么,他下意识地坐在阿宽床上,感觉褥子下面有点硬,掀开褥子,下面有一把雪亮的西瓜刀。

韦北安把刀接了过去,用手试试刀刃,感觉还相当锋利,他顺势左边砍了一下,右边砍了一下,叹口气道,阿宽真的是没到街上砍过人,他身上藏把瑞士刀也是为了防身,结果还是杀了人。四季问道,砍人真的不害怕吗?

韦北安没有接四季的话,他说,你不知道我们天等县上映乡有多穷,没有一家餐馆,没有一家旅店,还有好多地方都不通电,好多人连自己的名字都不会写。谁家如果能盖房子,都是出来混的人寄回去的钱,只要能给家里寄钱他们才不管你干什么,如果是给抓去枪毙了,能给家里留下十万二十万的,家里的人也不会难过得太久。

听到这里,四季的心被绞了一下。

当天晚上,四季睡在阿宽的床上,心里想着阿宽长得什么样子?他当然想不出来,但是被子上陌生的气味,又让他真切地感受到阿宽曾经的存在,阿宽来到这个世界,来了,走了,没有痕迹。他该不会是第二个阿宽吧?四季又想起在火车站碰到的那个学生哥,他觉得自己很对不起那盒饭、那瓶水,对不起那个奔跑的身影，他至今还记得他的声音：我是去云南支边支教的。这个世界到底怎么回事？每个人奔的都不是原本属于自己的日子，可是就是要义无反顾地往前奔。

四季的脑子里很乱，加上阿宽的气味更是让他心乱如麻，他真的很恨现在的自己，他想起读小学的时候，有一年父亲生病，家里交不起学费，他也准备辍学，后来学校看他学习好，研究了半天，决定免除他全年七块五毛钱的学杂费，还给了他两块钱的奖学金。也就是这九块五毛钱的恩情让四季决心做一个好人，可是做好人为什么这么难？好像是要付出生命的代价却也难以实现，这到底是怎么回事呢？四季想不明白。

后来他就不想了，只当自己遇到一场雪崩死了，剩下的命运也就不由自己主宰了。这样结束了思绪，四季总算是迷迷糊糊睡着了。

四季就这样住下了，后来韦北安去星哥那里说好话，星哥答应叫四季留下来煮饭。

日子过得稀松平常，但也没有想象中的糟糕。每天清早，四季会去农贸市场买回一天的菜，然后给"杀人犯"们做饭。"杀人犯"们也不是随时随地都杀气腾腾，平时，他们也跟平常人一样和气，还是聚在一起打牌，抽烟，喝啤酒，说四季听不懂的家乡话。有一次四季在市场上碰见干巴菌，因为这里的人都不知道这是什么东西所以很便宜，四季买回来炒鸡杂，又切了一点辣椒丝掺进去，一下子香味四溢，整条走廊都闻得到。吃饭的时候有杀人犯说,这是什么东西,这么黑,还皱巴巴的,四季你不是要毒死我们吧。大伙笑起来,但一致反映干巴菌好吃,那个说风凉话的人尤其吃得多。有时战利品比较丰富,收入超过了星哥的预料,他也会带着他的兄弟们去漓江春吃一顿好的,还去便宜的夜总会唱歌,寻开心。

如果碰到这种情况,四季就很知趣地看家,反正他也不爱吃广西菜,更不愿意凑在"杀人犯"中间。他心里跟他们有很深的界线,觉得自己跟他们不一样。

每回出去吃饭,韦北安都记得打包回来给四季,有时是鱼和肉,最差也有几块卤水豆腐,四季又觉得自己跟他们根本就是一家人。

一天清晨,四季比平时起得都早,他出了城中村,去农贸市场买菜。大街上很清静,只有零星的行人。四季的心情比较好,因为他前两天刚给家里寄了工资,这是他第一次寄钱回家,虽然不多,但总比出来那么久没个说法强,所以四季边走边哼起歌来,这也是他来到这个城市从来没有过的心情。

刚走到农贸市场门口,就能够感觉到里面的喧嚣,出出进进的人明显多起来。也就在这一瞬间,四季突然听到身后传来摩托车加足马力行驶的声音,嘟嘟嘟的声音惊天动地,不等他转过身去,只觉身边一股劲风,一辆破旧的摩托车已经擦身而过,车上坐着两个人,在离他不到十步远的地方,惨剧发生了,一个年轻的女人从自动取款机处走出来，想必是刚刚取了钱，见到摩托车来不及躲闪，被摩托车后座的男人抓住肩上的挎包，那个女人不放手，跟摩托车上的男人拉扯起来，又似乎挣脱了男人本能地往前跑，大约只跑了不到二十米，这时车上的男人刀起刀落，女人一偏脑袋，砍刀劈在了她的右边颈部，鲜血像焰火一样喷放出来，那个女人捂住颈部应声倒下，包还是给人抢走了。

所有这一切的发生，还不到一分钟。在一片惊呼声中，摩托车绝尘而去，人们向出事的地方围拢。

倒在地上的女人双脚蜷缩，地上殷红的鲜血越漫越宽。

四季当即傻在那里，两腿动弹不得，浑身冷汗淋漓，就好像那个女人是他砍的。

他吓坏了，他真的不知道砍人的现场是如此这般，残暴、血腥，人变成了恶魔和草芥。当110和120前后脚赶来的时候，那个女人已经停止了呼吸。白色的布单蒙住了她的身体和脸，警察开始例行公事地处理命案。

将近中午，韦北安路过厨房，看见四季对着一个空菜篮子发呆，便走了进去。他问四季，你怎么了？四季没说话，斜斜地看着他，好像不认识他一样。韦北安又问了一遍，四季才说，我想走。韦北安说做得好好的干吗要走？四季跟他说了抢劫的事。韦北安说，那是白粉仔干的，他们没有钱买毒品，所以一大早跑出来找钱。

四季说道，你们半夜两点也是这样抢劫吧？

韦北安愣了一下,道,是又怎么样?

四季说,我不干了。

韦北安说,你不干就不干,你以为你是谁呀?!有种的现在就滚。他妈的你也不是我们广西人,我又不认识你,要不是看你可怜,干吗送一口饭给你吃?!那天不是你来找我,人不人鬼不鬼的我会理你吗?!

四季无话可说,积累在心头的伤痛、焦虑和屈辱全部涌了出来,眼泪像安了开关那样,唰地奔涌而出。韦北安见状,更是火冒三丈,破口大骂道,哭什么哭?我他妈最讨厌人家哭了,我七年没探家,就是讨厌他们哭,我妈妈哭,我姐姐也哭,然后他妈的全家都哭,哭有什么屁用,鬼叫你穷啊。你以为阿宽是谁?阿宽是我姐夫,我现在还要给他养儿子,我跟我爸说死都不要放他儿子出来,以后考大学考到北京去,不要到这边来。

四季放声大哭。

韦北安抄起一把菜刀对着他说,你他妈给我闭嘴。

四季怔在那里。

韦北安低声吼道,去抢去砍都不要哭,因为没——有——用。

四季还是怔在那里,他从来没见过韦北安的这一面。可见,所有出来混的人,都有一颗深藏不露的内心。

韦北安盯了四季一会儿,骂道,要滚就滚远点,别他妈叫我再看见你。说完把刀往砧板上一剁,走了。

四季被骂了一顿,莫名其妙的,心情反而没有刚才那么郁闷。隔了好一会儿,他还是提着空菜篮走出厨房,马上,刚才看到的一幕,又在眼前升起,顿时心里乌云密布。他想我还买什么菜啊,就买一包三步倒,把这一伙杀人犯全药死。

这天晚上,四季不见了。

他还是做了中饭、晚饭,当然也没有放什么毒鼠强,只是谁都不知道他去了哪里。星哥问韦北安怎么回事,韦北安说他吓尿裤子了。星哥说他不会去报告公安吧?韦北安说不会。星哥说,这几天什么都别干,有什么风吹草动就换个地方住,省得给连锅端。韦北安点头称是,脸上仍有代人受过的懊恼。星哥又说,外地人都是养不熟的,自己人如果这么干,我砍了他全家,外地人你能把他怎么样?!

星哥越说越气,最后把韦北安臭骂了一顿。

七

刘嘻哈第一次见到兔子,是在漫友会的沙龙里,当时的兔子已经很有名气,皆因她创造了一个大家都喜欢的漫画形象"我们家的兔子"。这只兔子是造型老土的过气绒毛玩具,身穿背带裤,大屁股,不会作可爱状,所以很快被家人弃之不理,只因它不甘心满面尘土扔在杂货筐里被人遗忘,总是跑出来作怪,却永远改变不了自己平庸的命运。也许是兔子没有攻击性,急了才会咬人,是典型的社会上的弱者,所以备受工蜂阶层和中产阶级的喜爱。我们家的兔子一出现，马上受到了读者的热捧。

这样一来，画兔子的作者叫什么名字已经不重要了，圈内人都管她叫兔子。兔子看上去偏瘦，剪一个直溜溜的短发，长得并不漂亮但是十分干练，如果坊间都是把女孩比作花，那她就是一棵青葱。

她居然是理工大学计算机专业毕业的，干漫画纯属不务正业。

兔子的现状也跟她的外形一样干练，她是外地人，在闹市区租了一套小单元住，供职于一家广告公司做文案。她说等我挣够了钱，就什么也不干，每天画漫画，画到老，画到死，没有别的原因，只是喜欢，喜欢就是最足够的理由，目前这种挣钱糊口的日子并不是我想要的。

的确，国内的漫画业还是一种边缘艺术，多少年来都是被排斥在主流之外，就算是受欢迎也还是叫好不叫座，几乎没有人因为干这个而发了财。

但不管怎么说，兔子在沙龙里还是跟小太阳似的，大伙情不自禁地就往她跟前凑，她快乐，率真，一点都不矫情，放声大笑的时候露出两排洁白的牙齿。她的亲和力让刘嘻哈觉得自己是个冷冰冰的人，而兔子才是温暖和体贴的。

也许这正是刘嘻哈喜欢兔子的原因之一，总之，她们两个人一见如故。

兔子是一个聪明绝顶的女孩，刘嘻哈说，我想成立一个漫画工作室。兔子说好啊，就叫童心漫画社吧，其实人人都想做一个小孩，因为越简单越快乐啊。刘嘻哈觉得这个名字颇合心意，不等她欢喜赞叹，兔子又说，我们的口号是死了也要笑。一切都发生在电光火石之间，竟然不用多说一个字。自从刘嘻哈美术学院毕业之后，她一直十分迷茫，尽管周围也不乏热闹，可她就是摆脱不了孤单的感觉，就像她不懂别人一样，别人也不懂她，说来说去全是废话。

幸亏遇到了兔子，并且刘嘻哈发现，兔子不仅有才华，而且还无所不知。她带着嘻哈去吃精致可口的私房菜，到小得不能再小的和味屋，空气里飘荡着喜多郎的音符，有一个脖子上捆着白毛巾的日本留学生，在做地道的天妇罗；去迷也咖啡厅喝虹吸式壶煮咖啡，不仅滴滴精华，还可以欣赏到现场演奏的爵士乐；到书巢去闲逛，选奇怪的并不畅销的书。这些地方不仅有特色，而且价钱一点不贵，兔子说，富贵催人老啊刘嘻哈同学，为什么我们要喝两万块钱一支的红酒，还要像傻瓜一样把它倒在杯子里不停地摇啊摇，再没有比这更空洞的生活了。

刘嘻哈说，我干脆管你叫小资兔算了。

看来兔子是要把小资进行到底了，后来在漫画社选址的问题上，她又带刘嘻哈去了独立2000号，位于老城区的纵深地带，这里是八十年代典型的街道工厂群落，据说有于表厂、食品厂、毛纺厂、金属丝网厂、工业机械厂等一大堆不同行业的作坊式工厂,随处可见荒废了多年的旧厂房、旧仓库,不仅怀旧气息浓郁的水泥灰墙、排气管道尤在,就连原始的钢梁、行吊车、老虎窗、货运电梯、天井等设施也都保存良好,由于这里稍加整改装饰就可以产生最为前卫和时尚的视觉效果,所以早已云集了大大小小以文化创意为主的工作室,变成了具有后现代风格的潮流地带。

刘嘻哈被眼前的一切惊呆了,她所要搭建的漫画帝国就应该产生在这样的地方,这里的现状和氛围完全跟她想象的一致,而且比她想象的还要好,她并不奇怪有这样的地方存在,而是诧异兔子怎么知道她心里是怎么想的,还能神奇地令她梦想成真。

初识已成至交,醉心的友谊也需要奇迹。

兔子却一点也不沾沾自得,她冷静地提醒刘嘻哈,别觉得这里有多艺术,这里只是便宜,便宜而已。刘嘻哈说,我爷爷说节约成本是成功的第一要素。兔子说,做工作室其实并不容易,这里的工作室,最快的一家五十五个小时就倒闭了。刘嘻哈说,有你做掌门人,漫画社就不会倒闭。兔子说,我可以来给你打义工,但是我绝不能辞职。

刘嘻哈说为什么?

兔子说,我不仅不能辞职,而且还要打卡上班,不仅要打卡上班,还要计件工作,做文案就像车零件那样,否则我会变得很懒,像猪一样生活,我知道我的劣根性。

刘嘻哈有些落寞。

兔子叹道,其实我们两个人都不适合搞艺术,一个太穷,一个太富。

刘嘻哈说,你还不适合?什么是成功?一只兔子足矣。

兔子的脸突然变得无比沧桑,她望着远方说道,可是对于我来说,就是有一群兔子也养不活自己啊,怎么能让你知道什么是艰辛呢?刘嘻哈同学。

我爷爷说年轻的时候碰到的困难都不是困难。

真羡慕你有一个好爷爷,我们家是当代的城市贫民,所以我们虽然是同龄人,我好像比你大十岁似的。刘嘻哈说,跟你比起来,我根本没活过。兔子大笑,说,真希望我们能一直这样互相吹捧下去。

很快,刘嘻哈的童心漫画社就成立起来了,地点就设在原来的东风肉联厂的一个车间,长长的悬挂式传送带还保留着,上面被挂满了各种草图。工作室的设计并不卡通,也不妖冶、女性,要说有什么特色,就是普通,一脚迈进来跟会计事务所也没什么区别,除了桌椅、板凳、记事板、柜子一类的日常用品外,没一件多余的东西。唯一有些生气的是几盆茂盛的常春藤和发财树,叶子油绿油绿的,中和了原本是屠宰场的杀气。用兔子的话说,我们将来是职业漫画家,而不是职业女漫画家，工作室不能搞得让人想入非非。

值得一提的是漫画社开辟了一块阅读区，收集了大大小小两万多册漫画书，新的，旧的，普通的，珍藏版，国外的，国内的……总之应有尽有。

漫画社的风格非常开放，最多的时候刘嘻哈旗下有七个人，但是除了高谈阔论吃吃喝喝，根本搞不出什么名堂来。

最后剩下刘嘻哈和兔子，也还是相对无言。

刘嘻哈为此十分苦闷，本以为种下梧桐树，可以引来金凤凰，大伙彼此感召激活灵感能够有所建树，没想到来的都是菜鸟，刘嘻哈最不能接受的现实是，她发现自己也是一只菜鸟，任何想法落到笔端都活不起来，后来干脆连原创的思路都没有了。

兔子安慰她说，中国漫画从来没有一套自己的话语体系，看着挺热闹的漫画大军几乎所有的画手都是模仿日本漫画的套路，杀出一条血路来谈何容易？我们是没有任何先例可以借鉴的，我们就是第一代，就是前辈，所以忍耐和坚持比才华还要重要。好在你不清贫，我最穷的时候身上只有两块钱，只够买一个过期的菠萝包，我一边画一边想，原来喜欢漫画真的可以饿死。

刘嘻哈叹道，可是没有才华比没有钱更可怕啊。

一个孤儿过着公主般的生活未必是件好事，刘嘻哈就具备所有富家女的缺点，自我为中心，被宠坏，情绪化，只要我愿意，有什么不可以的意识根深蒂固。

一天晚上，刘嘻哈蜷在沙发里看电视，突然觉得头痛，就抹了一点白花油，但是症状不见好转，虽然不是头痛欲裂，但也是昏头昏脑。于是，她叫家里的司机拉她到医院去挂急诊，挂号的护士说，病人在哪儿？刘嘻哈说我就是病人。护士说我看你也没什么大事，一切检查都要加倍付费，不如明天来吧。刘嘻哈说可是我头痛啊，怎么加倍我都得看病。护士打了一个电话后，说，正巧是神经外科的苏医生在值班，否则你明天还得来，急诊只负责应急，不是哪个专科的大夫都有。

苏医生个子不高，平头，五官超乎寻常的端正，发际和指甲都修剪得十分整洁干净，他看上去三十出头，却给人稳重可靠的感觉。而且他对待病人真的是春天般的温暖。

他很细心地问了刘嘻哈的病情，又给她做了各项检查，最后他说，你完全不必打针吃药，你是因为最近工作不顺造成的紧张和压力，头痛是神经性的，随便吃药反而不好，这段时间你应该减少工作，多到户外活动，散散心，症状就会消失了。刘嘻哈说问题是我现在怎么办？我头疼得睡不着觉啊。苏大夫说，我叫护士带你到氧气房吸半个小时氧，你的症状就可以缓解了。

后来刘嘻哈真的就没事了，以前她也不是没看过病，没有一次不是乱七八糟的检查做了一个遍，还要抱着一大堆药回家。而这个苏医生就好像不是地球人似的，居然没有给看急诊的病人开药，而且态度和蔼可亲，脸上始终带着微笑。

刘嘻哈对苏医生的印象好极了,回家的路上,她翻开自己的小病历本,看见苏医生的签名,苏医生的名字叫苏光夏。

这件事就这么过去了,如果没有后来的巧遇,也许什么都不会发生。

那天是个周末,又是一个艳阳天,正如歌词里所唱的蓝蓝的天上白云飘。刘嘻哈给兔子打电话说我们爬山去吧。兔子有些迟疑,说我手上有一堆活儿。刘嘻哈说你手上什么时候没活儿?这样的天气不外出岂不是浪费生命?接着便放下电话,不由分说地开着自己的宝马车过去接兔子了。

城市里的山本来就少,若碰上一个好日子,肯定是每个山头都人满为患。所以这两个人跑得还挺远,干脆去了鼎湖风景区,山是好山,空气清新得带着草气,深吸一口真的能让人如醉如痴,水是好水,湖水碧绿清澈得像一面镜子,刘嘻哈和兔子租了一条船随波荡漾,兔子陶醉道,我们家的兔子好久没出彩了,这回也要让它到此一游,然后对着湖水感叹,我若在此浣纱,岂不成了美人?刘嘻哈觉得这个创意极好,两个人说笑一气,不知不觉中消磨了大半天的时光,然后意犹未尽地打道回府。

下山的路上,刘嘻哈意外地碰到了苏医生,他一副休闲打扮,一看就知道是跟一班朋友出来玩的。

刘嘻哈想都没想就上前打招呼,她说,苏光夏,你还认得我吗?苏光夏还真没认出刘嘻哈,刘嘻哈又提示他说,你给我看过急诊。苏光夏还是没想起来,态度相当冷淡,只是敷衍地哦了一声,便准备去追赶已走出去一截路的朋友们。刘嘻哈一把拉住他说,你好怪啊,怎么跟在医院里像两个人似的?

苏光夏仍旧满面冰霜,正色道,本来就是两个人,那是上班时间,现在是我自己的时间,而且你知不知道,跟不熟的人直呼其名是很不礼貌的。

说完这话,苏光夏甩手离去。剩下刘嘻哈张着嘴傻在那里。

不得要领的兔子问刘嘻哈,这人是谁呀?这么酷?刘嘻哈就把自己看病的经历说了一遍,兔子说怎么跟故事似的?刘嘻哈说可不就是故事吗,他对我的态度简直就是冰火两重天,这个人可太有意思了。

第二天,刘嘻哈去医院挂了苏医生的门诊号,医院现在的设施不错,有液晶显示牌,见到自己的名字才能进诊室,不像以前看病,身边围一堆不相干的人。

这回苏医生认出刘嘻哈来了,他和颜悦色地说,又有什么地方不舒服吗?刘嘻哈说,我没有病,就是想看看上班时候的你怎么对待无理取闹的人。听了这话,苏医生一点不觉得奇怪,也并没有翻脸,还是微笑地说,谁是无理取闹的人啊?刘嘻哈说,我就是啊。苏医生和蔼地说,你错了,医院里就没有无理取闹的病人,没有病还要到医院里来,这本身就是强迫症的一种表现。刘嘻哈说什么是强迫症?苏医生说强迫症是神经系统病症的一种,症状就是明知某种想法和做法不必要,但又无法控制住自己而反复地想和做。刘嘻哈没有说话,心想,这个苏医生真是太逗了,上次说我没病,这次倒说我有病,可见他不是常人,而我也最讨厌常人,我们能够遇上也太神奇了吧。

正在浮想联翩,苏医生说道,这样吧,我可以带你到心理科,介绍一个好的咨询师给你,你以后定期来就诊,对你的身体是大有好处的。刘嘻哈说,我哪儿也不去,我就让你给我看病。苏医生还是非常耐心地说,医学的分科是很细的,医生的研究领域也各有不同,我们对待自己的身体要有科学的态度你说对吗?再说今天的病人也比较多。

说这话时,苏医生指了指桌上的两排挂号单,抱歉地笑了笑。刘嘻哈说,前面的十个号都是我挂的,你就慢慢地给我看病吧。

潜意识里,刘嘻哈是想激怒苏光夏,为昨天在山上的丢面子赢回一局,说老实话,从小到大还没有人对她这么不客气过,这么不把她当回事。所以只要苏光夏一发火,她就可以说你也不像你自己标榜的那样嘛,还不是装酷。想不到苏医生就是不生气,他打电话叫护士从心理科拿来测试患者焦虑症的表格,让刘嘻哈安静下来慢慢填写,他还在旁边轻声慢语地解释、指导她填写,他说如果把症状理解错了，指数出现偏差，就不能正确反映出患者的心理状态。

刘嘻哈觉得自己像小丑一样自讨没趣，只好走了。

一连数日，刘嘻哈并不见得有什么心绪波动，只是有些奇怪的是，这些天来，苏光夏的身影总是不时地在她眼前浮现，一会儿是穿白大褂的，笑容可掬，一会儿又是一身短打，咄咄逼人。总之是鬼一样的相随谜一样的困扰，前一分钟还好好地看书或者游泳，后一分钟这个名字就深藏心头挥之不去。

刘嘻哈闹不清楚这是怎么回事，又觉得自己没有妈妈甚是可怜。上初中的时候她来例假，因为是初潮她吓得把内裤扔进马桶冲掉了，然后问班里一个要好的男同学，男同学根本不懂，说那要看医生吧，于是两个人跑到医院妇产科，又只能在走廊里徘徊，不敢进诊室怕给医生骂。连着两天神神鬼鬼地去妇产科，这件事被刘嘻哈暗中的保镖告诉刘百田，刘百田以为拣宝吃了亏，大动干戈地把两个孩子捉回家，问来问去才知道是怎么回事。刘百田一时无语，暗自伤心了好长时间。

随着刘嘻哈的日益长大，她的心事也渐渐多起来。

每逢此时，也就是她心绪烦乱的时候，她就跑到卖顶级名牌的丽柏广场扫货，因为这些金碧辉煌的商店足已让人头晕目眩，这才是真正的眼球经济，瞬间就能抓住你全部的注意力，再说血拼也是平衡心态的有效法则之一。

不过这一回,刘嘻哈什么也没买,不知为何,多好的东西都让她意兴阑珊。回家的路上,她本来并不路过苏光夏那个医院,但她还是神使鬼差地拐到那边去了,她对自己说无非是看看苏光夏下班的样子,其他没有什么特别。但她又觉得自己这一次并不是要去丽柏广场,分明就是要跑到医院大门口来,她又何必自己骗自己呢。

刘嘻哈把车停在医院对面的马路边,等了一会儿便是下班高峰,医院的大门口也像其他单位那样,涌出了一群一群的人,果然,苏光夏卷在人流里也走出了医院大门,他一路跟熟人打着招呼,一看就知道人缘不错。他在门口等了一会儿,刚掏出手机来准备拨号,就有一个女孩在他身后拍了他一下,苏光夏忙把手机收了,显然他等的就是这个女孩。随即两个人并排有说有笑地远去。

女孩子长得相当漂亮,身材如春风中的杨柳,而且长发披肩,犹如电视剧中永远的女主角般让人心动。这时的苏光夏也不再是机器人了,鲜活中透着温存,过马路的时候还下意识地搂着女孩子的腰,体贴备至。看得刘嘻哈眼睛里都冒出火花来了。

刘嘻哈呆呆地坐在驾驶室里,她还是第一次感到落寞,也就是心里空空荡荡的什么都没有,她也从来没想过别人的亲热会像针一样刺进她的心里,她虽然没有父母,但也算是要风得风要雨得雨,又如愿以偿地学了艺术,常人的生活简直就不在她眼里,想不到这一次因为头痛脑热中了招，人像中了魔怔似的忘不了这个苏医生。

八

兔子下班回家，在路上买了一个叉烧油鸡双拼饭，拐上二楼，看见刘嘻哈坐在楼梯口。兔子说干吗不打我手机呢？刘嘻哈说反正你会回来的。兔子说那我要是万一不回来呢？刘嘻哈说那我就走呗，我也没什么要紧的事。兔子心说你没事你坐在这儿，那才怪了呢。她忍不住狐疑地看了刘嘻哈两眼。

两人进了屋，兔子租了一个小套房，布置得整洁温馨，但也十分随意，她要分一半的盒饭给刘嘻哈，刘嘻哈说不饿，她也就不让了，自己坐到窗台上大口吃饭，并说我饿坏了。

刘嘻哈突然问道，兔子你谈过恋爱吗？兔子说当然谈过，在大学的时候。刘嘻哈说那后来呢？兔子说没有后来，吹了呗。刘嘻哈说为什么呀，爱上一个人那么不容易。兔子平静地说怨我，我功名心太重了老让他努力，听公共课上图书馆我都帮他抢个座，希望能跟他讨论一些高深问题，可他天生就是那种满不在乎的人，生性自由散漫，不仅贪玩还贪吃贪睡，我说你在小学的时候还跳过级，你要努把力不就是离成功最近的那个人吗？可是他说死乞白赖得到的东西有意思吗？所以我们老是吵，吵到最后自己都觉得没意思了。

兔了又道，不过我也不后悔，我们家的兔子的早期形象就是他的化身,想不到还大受欢迎。刘嘻哈道,那他现在到哪儿去了?兔子说不知所踪。刘嘻哈说你怎么也不难过啊?兔子说这不就是种牛痘吗?有什么好难过的。

兔子吃饭给噎住了,她喝了一口水又翻了一个白眼说,你绕那么大一个弯子是不是看上什么人了?刘嘻哈低头不语,兔子说你不要告诉我是那个白大褂啊。刘嘻哈还是不说话,兔子说你不就是想玩玩他嘛,还玩成真的了?刘嘻哈说我也不知道怎么回事,就是忘不掉这个人。兔子说你这哪是恋爱,你这是好奇。又说,你这是吃腻了大鱼大肉想来碗阳春面。刘嘻哈半天不说话,冷不丁冒出来一句,你怎么知道他是阳春面?

兔子跳下窗台,剩下的半盒饭也先暂时不吃了,她来到桌前打开电脑,别忘了她是计算机系毕业的,玩电脑只比画漫画专业,只见她一通搜索,就把苏光夏所在医院的网页调出来了,找到神经外科也就找到了苏光夏,简历中显示他是河北人,毕业于中山医科大学,出身中医世家,曾经公派留学美国匹兹堡医学院拿到了博士学位。

兔子下意识地说,看来还是碗排骨面嘛。

刘嘻哈忍不住笑起来了,兔子看她一眼道,你都多久没笑了?怪吓人的。刘嘻哈笑得更厉害了,还一边捶兔子的后背。

第二天傍晚下班时,兔子到工作室来找刘嘻哈,只见刘嘻哈一个人横在沙发上发呆。兔子说话从来没有铺垫，这是她最可爱的地方，兔子说，刘嘻哈你没戏了。又说，我今天把苏光夏给了解清楚了，他人不错，业务也还行，问题是他有女朋友了，是手术室的护士名叫余橙，长得漂亮是院花，他们两个人是医院公认的金童玉女，我看咱们也就别惦记了吧。刘嘻哈懒洋洋地坐起来，没有表情地说道，兔子，我们出去走走吧，我要疗伤。兔子说你这可是自伤，什么都没发生就结束了，照说不应该太痛苦吧。

刘嘻哈没有回答兔子的话，反问她怎么把苏医生的事了解得这么清楚？兔子说我就冒充人事局的人打电话到他们医务处，什么问不出来啊。刘嘻哈笑道，你脑袋里的沟沟回回肯定比爱因斯坦的还多。

两个人商量着外出去哪里，兔子说我也真想出去走走了，我现在看见文案就想吐，再说还有好些年假没用完，又不给钱，死活得休了它。刘嘻哈说那我们就到北欧坐邮轮吧。兔子说我不喜欢豪华游，七星级的酒店，金子厕所，有什么意思啊，我喜欢比较贫穷但是乐观向上能明显感觉到有一种抗争力量的地方，我现在最需要的就是认同感。后来她们打开电脑查旅游网，最终决定去柬埔寨的吴哥窟。

晚上回到家里，刘嘻哈跟老金说了外出旅游的事，并叫他搞掂一切。总之以往几乎所有的事都是这样，只要通知了老金，那就所有的细节都可以放心了。不过这回老金却说恐怕你这一两个礼拜都不能外出。刘嘻哈说为什么呀？老金说有重要的事情。刘嘻哈说我压根就不是重要的人，哪来的重要的事啊。

老金这个人口很紧，不该说的绝对不说，这次也一样，他只是看了刘百田的雪茄房一眼。刘嘻哈觉得雪茄很臭，所以她没进雪茄房，睡前喝番薯糖水的时候，刘嘻哈问爷爷有什么重要的事，刘百田的神情有些神秘，但还是笑嘻嘻地说，相亲啊。

刘嘻哈没反应过来，说谁相亲啊？刘百田说当然是你，难道还是我吗？刘嘻哈惊道，爷爷，这么老土的想法你是怎么冒出来的？

刘百田说，老土的东西保留到今天，那都是有道理的，再说你反应这么大干什么？你如果有了喜欢的人也可以告诉我嘛，我帮你参谋参谋。刘嘻哈说没有。刘百田说你当然没有，因为你认识的人很有限，特别好的人就跟特别好的生意一样，抓不住就如同白驹过隙，机会就再也不是你的了。刘嘻哈说那人和生意是一回事吗？刘百田说怎么不是一回事？这世界上许许多多的事想明白了都是一回事。

相亲的事，如果二十天前冒出来，就算没有苏医生的出现，刘嘻哈肯定也会暴跳如雷地反对，觉得这是天字第一号的傻事，也是挑战自己如日中天的自尊心。但是经历了一次感情自伤，刘嘻哈迅速滑进了自卑的深渊，她终于看清了自己并不完美，这个世界上的人也不是个个都捧着她,虽然兔子说那是因为苏光夏不知道你的身份和价值,只要知道了一定俯首称臣。刘嘻哈心说那还有什么意思?那我不是更自卑了吗?

所以再听到相亲这两个字,刘嘻哈也不再觉得是洪水猛兽,而且她也很相信爷爷的眼光,不可能给她介绍一个"小赤佬",如果说人还不错,谈一场模拟的恋爱跟去吴哥窟的作用是一样的,都是疗伤。

刘嘻哈跟着爷爷去了书房,爷爷拿出一套设计精美的文案,塑料皮是浅绿色的,打开的第一页就是一张男人的正面免冠照片,就是那种放大的证件照,这个人五官端正可以用英武来形容,身高体重是一米八,七十四公斤,够得上帅哥的硬指标了。爷爷在一旁解释说,这个人名字叫曹宁宁,二十八岁,毕业于华南理工大学环境科学与工程学院,后在清华大学环保专业硕博连读,现在在市环保研究所做污水治理的工程师。最要紧的是他的母亲斯日格斯大姐,官至副省,由于她有蒙古族血统,为人豪爽热情,工作能力强,早年又是中央直接派下来的干部,北京和当地的人脉关系何其了得。

说到这里,刘百田脸上的神情跟抓到了一条大鱼的渔翁一模一样,谁也知道,资本若有权力相助无疑是如虎添翼。

当然,刘嘻哈还太年轻了,尚不知道联姻在现实生活中的伟大意义,她拿着曹宁宁的简历翻了翻,欣赏了它的整体感觉,道,是不是关于我的材料也跟这份东西一样,放在人家的桌子上?刘百田想说是,还有你的画作,不过他没有这样说,只是微笑地点着刘嘻哈的额头说,你这个小脑袋里到底都在想什么?每天跟个夜游神似的。刘嘻哈心想,我的塑料皮应该是浅紫色的才好,那样才够优雅、够梦幻,也不知道照片用的是哪一张,如果是学生证上的就完蛋了,是个柿饼脸。

不过她也什么都没说,哼着歌走了。

刘百田信命,而且很信,所以他深知相亲是出生在有钱有势家庭里的人的宿命。那些碰上谁就是谁的所谓自由恋爱,只适合小门小户,他们怎么可能明白富贵人家的远虑近忧,以为撒着欢的恋爱结婚就是幸福,其实他们离幸福还远着呢,不是还是有千千万万的人离婚吗?这就是铁证。

现在可以说一下刘临风了,刘临风的婚事就是刘百田一手操办的,尽管结果不尽如人意,但是刘百田认为这不关相亲的事,只怪刘临风不争气。

刘临风也确实不争气,自从刘百田离开香港以后,他更是摆足了二世主的架势过起了花天酒地的生活,由于刘百田的父亲格外地溺爱这个唯一的孙子,所以刘百田规定的每个月三万块钱生活费的事根本一纸空文,没有一天实行过。刘临风在香港那是出了名的出手阔绰,经常在夜总会包场子,一开就是一百瓶香槟,身边美女如云美腿如林。有人说不管经济多低迷,只要看见刘临风就看见了马照跑舞照跳的中央精神。

刘百田的父亲因为有慢性肾病，身体时好时坏，有时也会苦劝刘临风收收心，回到公司来跟他学学做生意，毕竟是一大份家业，不会打理将来也是坐吃山空。可是刘临风偏偏就是玩不够，到公司来也是人在心不在，学不到任何东西。刘百田的父亲过世之后，刘百田高薪聘请了总经理打理香港公司的业务。

这个总经理是个认真的人，他真的就按照刘百田的吩咐，每个月划账给刘临风三万块钱，刘临风也不是省油的灯，他就转过身来频繁插手公司生意，身边围着的也都是些来路不明鬼鬼祟祟的人，每一单生意被人骗得鸡毛鸭血所剩无几不说，其中还有他自己的一票，他出没于励德公司，一会要做保健品，一会儿又要做高科技，对他来说全然都是陌生行业，干扰得总经理没法工作。

有一次刘临风又被人一口气骗了几百万港币，刘百田气得几乎吐血，他下决心要用特殊手段做了刘临风。这件事被老金死劝活劝按了下来。

老金自作主张给香港公司总部打了电话，他说刘临风要花多少钱让他花，条件就是不许踏进香港励德公司一步。

就这样，刘临风马不停蹄地玩到了四十岁，还没有浪子回头的迹象。这时候，有人对他进言他算是听进去了。人家说，你跟刘百田的关系这么僵，现在搞得连话都不讲，又不结婚，又没孩子，小心刘百田立遗嘱什么都不给你留，你好歹收收心，生下一个继承人，也是很有必要的。刘临风觉得这话有理，便托人给老金带话，说自己玩够了，想结婚好好过日子了。老金当然是喜出望外，赶紧去告诉刘百田，刘百田冷冷地回道，我知道他是怎么想的。老金忙说怎么想的都好，只要他收了心，再找一个好女人管着他，说不定以后的日子就太平了。刘百田没说话，只用鼻子哼了一声。

那天晚上，刘百田在关姗的遗像前坐了很久，要说他对刘临风，是早就死了心了，他甚至怀疑这个儿子不是他亲生的，怎么想他和关姗也不应该生出这样的儿子来。就像他对待女人，至今也难以忘怀关姗的种种恩情，所以他一直没有再娶，不是他不想女人，而是他觉得无论什么样的女人来坐享其成都让他觉得对不起关姗，反正对于有钱人来说，性和女人都不是什么稀缺资源。可是刘临风天天泡夜店，每天晚上左拥右抱，他怎么就一点也不烦呢？每逢这时，刘百田又会想起大捷，不禁老泪纵横，这么多年来，他都没有勇气把大捷的绣像挂在自己的屋里，他害怕想起这件事。

刘百田对关姗说，我这是看在你的面子上，再管他这一回。

刘百田回到香港后便秘密选秀，他当然要选择与自己的身家旗鼓相当的富豪女，这是一件功在当代利在千秋的事，马虎不得。再其次，儿媳要生孩子不能太老，否则孩子不优生，也就不聪明，再有就是长相要说得过去，否则胃口吊得老高的刘临风怎么肯好好跟她过日子？

这样选来选去，选中了陆姓大户家的小女儿陆佩佩，佩佩当时二十六岁，从小在澳大利亚读书，回到香港还不到两年，人称是鬼妹性格，纯真开朗，而且她也真的不太知道刘临风的前史，看到刘临风如此的风流倜傥，又如此的招蜂引蝶，一时间如有磁力，还真把她给吸引住了。

佩佩有着蜜色的皮肤，身材十分火辣，浑圆、坚挺的双乳呼之欲出，小蛮腰，翘屁股，头发是天生的深栗子色，随意地披在双肩，她的五官分开看也不见得多么好，然而集合在一起，配上她的身材和性格就是天设地造的和谐。而且佩佩也从来不穿名牌，这在唯名牌至尊的香港倒是一个异数，她喜欢穿背心和牛仔裤，手上拎一个藤包，巨大的遮阳镜挡住了半个脸。见到她时，刘临风也同样被她的年轻和率性所打动。

他们立刻就出双入对打得火热，高调地在娱乐版上晒幸福，青涩的佩佩哪里会懂得人世间的冷暖沧桑只是在一错身的工夫，他们的豪华住宅曝光，他们用于婚嫁的珠宝钻戒曝光，他们在法属大溪地波拉波拉岛的蜜月旅行更是一连串的跟踪曝光，这里号称是全世界最浪漫的地方，水晶般的海水闪耀着绿宝石般的光芒，海滩上的细沙洁白如幻，一对新人头戴花冠打扮成当地土著人的模样，笑容与花朵一样醉人。

婚后的半年，刘临风果然像换了一个人似的开始了中规中矩的生活，不再纸醉金迷，也算是渐渐淡出公众视野。

然而好景不长，就在佩佩怀孕八个月的当口，刘临风就开始故态复萌，被狗仔队拍到了夜入女演员香闺的照片。街谈巷议说，知道他会变，不知道他会变得这么快。

佩佩的痛恨和失望可想而知，在打打闹闹之间生下了儿子根宝，这名字当然还是刘百田起的，他万没想到这辈子还能抱上孙子，认定孙子是命根宝贝也不足为奇。佩佩本以为刘临风的偷吃是耐不住一时的寂寞，想不到他就是西门庆转世，再也收不住心了，而且有了根宝这个继承人，他更是肆无忌惮，有时耽在欢场连家都不回。由于各种各样的原因，陆佩佩没有跟刘临风离婚，只是在根宝两岁的时候，把他送到了广州刘百田的家中，然后只身一人去了澳大利亚，从此杳无音信。

佩佩出走，刘临风不闻不问也不找。刘百田叫老金把刘临风叫到广州来，他是千呼万唤一百个不乐意，当时广州的励德公司还在创业，一切因陋就简，到了刘临风嘴里，变成了你们就住在垃圾山上，怎么一点感觉都没有。老金听了这话，都气黑了脸。刘百田骂刘临风是畜生，说就凭佩佩给你生了个儿子，你也不应该对她这样。刘临风说，我对她怎么样了？我又没打她骂她，腿长在她身上她要走我有什么办法？刘百田知道跟他理论从来是鸡同鸭讲，便直截了当地问他，你打算多长时间来看根宝一次？刘临风说那可说不准。刘百田说你这叫什么话?!你是根宝的爸爸。刘临风不耐烦道，我知道我是他爸爸，你喜欢你就留下，你不喜欢我就带走。刘百田给噎得差点背过气去了，他把满腔的怒火压了又压，低声吼出一个字，滚。

这一出豪门的重彩剧毫无悬念地以幕急落收场。

拣宝和根宝这两个孩子，一个父母全无，一个父母俱在，却都落在了刘百田的身边，这种隔代奇缘发生在谁头上谁会不相信命呢？

九

仅仅在外面呆了两天，四季就回到了城中村。

韦北安见到四季时，上去就是一巴掌，骂道，你跑哪去了？想来就来想走就走，你以为我们这儿是街心花园啊?!四季不说话，只是冷冷地瞪着韦北安，满眼的凶恶和仇恨。韦北安说你还敢瞪我，你跟我说你到底跑哪儿去了？四季就是不说话，韦北安说我告诉你，这回我放过你星哥也不会放过你，你还是说吧，你要不说你就是卧底。四季白了他一眼，心想我要是卧底就好了，就演电影去了，谁还在这里。

想到这里，四季心里灵机一动，随口说道，我去看录像了。韦北安说什么录像？四季说黄色录像。韦北安说看了两天两夜？四季说看了一夜然后睡着了。

韦北安突然扑哧一声笑了出来,他推了一下四季的脑袋说,他妈的想女人就去找发廊妹啊,跑到录像室去干什么?那不是干着急嘛。四季没理他,去了厨房拿着空篮子准备去买菜,韦北安跟在他身后,贴着他的耳根说,知道你没钱,越老的越便宜,城中村里有的是。四季火起道,用你说,我玩鸡的时候你还不知道在哪儿呢!韦北安也不生气,笑得弯下腰去,一边笑一边说道,鸡都玩了,还去录像室干什么?四季走了老远,还听见韦北安在后面笑。

事实上,四季是去了火车站,不过这一回不是流落栖身,而是他真的想走,他有了路费,第一个念头就是回家,他回想了一下出来的这些日子,从被收容饿饭到眼睁睁地看着同伙砍人,他还要给他们做饭吃。他觉得城市他是待不下去了,出来这一趟,他也算是看明白了,留给农民工的路就是两条,苦力和犯罪,累死和枪毙。如果这是命运的安排,那在哪儿死不都一样吗?

四季排队买票,轮到他的时候他还在犹豫,被人拨拉到一边去了。

四季的犹豫也是有理由的,他想起了老树桩一样的父亲,想起了幺红满怀期待的眼睛,他是全家人的希望,如果回家等死,还不如死在外面,省得他们难受。

这样思来想去,天黑了天又亮了。

不走,就是不想走。四季对自己说,何四季,你不是说你都雪崩死了吗?好像也不止死了一次,既然人都死了几回,又有什么事不能忍呢?由于是在火车站,四季又想起了那个戴白边眼镜的支教大学生,一盒饭一瓶水救了他一条命。他想,城市对他来说是无路可走了,可是总还有好人啊,有好人就有天理,母亲说过,天理就是穷人的希望啊。

从此以后,四季变得更加沉默寡言,每天就是买菜择菜洗菜炒菜,当然还要刷锅洗碗,总之忙完杂七杂八的活儿,他就坐在择菜的马扎上望着窗外发一会儿呆,晚上,他会到杂货铺看电视,十二吋的电视机人影飘动,是店主拿来解闷的,他好心让屏幕冲外,每晚都会聚拢一些闲杂人员驻足观看,该哭的哭,该笑的笑,如果遇到球赛,人会多一些。四季混在这些人里面,算是有文化生活了。

有一天早上,四季去农贸市场买菜,他看见米伯,便例牌跟在米伯身后,米伯也是每天来买菜,一看就知道是给什么单位做饭的,他是本地人,买任何东西都是经验丰富,又因年纪大了耳朵不好,所以说话声音偏大。每次他还好价,买好东西,四季就跟在他屁股后面买,菜贩肉贩见四季已经听到了米伯的大嗓门,也只好按米伯的价格把东西卖给四季。

买完了菜,四季往外走,米伯也往外走,以往他们互相看着眼熟,但从来没说过一句话。这一次,米伯突然说话了,米伯说,醒目仔,我知道你每次买菜都跟着我。四季四处望望,确信米伯是在跟他说话,便笑了笑说跟着你买菜又平又靓,我还价还不下来,你们这儿的人欺生。

米伯说难得你有心,现在的年轻人有几个是有心的?又说,你现在的工钱是多少?四季说包吃住三百。米伯说我那边走了一个做饭的,你要是想过来就是包吃住六百。四季一听,内心狂喜,但又觉得这么好的馅饼怎么会砸到自己脑袋上?不等他开口,米伯已经看透他的心思,说我肯定不是坏人,我都这么老了,想坏也坏不动了,我还担心你是坏人呢,所以观察了你好长时间,这事你也别着急,明天再答复我吧。

经他这么一说,四季反倒急了,忙说道,我这边肯定没问题,哪有看着钱不赚的,就是你老千万别让我两头落空就行。

米伯说你要不放心,先到我那边看看,把事情搞掂以后再回去辞工,这总可以了吧。

这样当然最好,四季也就跟着米伯屁颠屁颠地走了。

米伯说的地方是一个大型的楼盘工地,有四栋三十八层的楼房并驾齐驱地刚刚盖出了地面,密密麻麻的脚手架像鸟巢一样裹着楼房的水泥胚胎,戴着安全帽的工人们正在三班倒地抓紧施工,所以工地上一片繁忙的景象。工地上另一侧,是数排可拆卸的简易楼,两层,蓝色,是工人们住的地方,一楼有厨房,四季负责做饭,顺便还要看着工地上的建材,各种建材堆成了一座一座的小山包,谁拿走点什么还真不容易被人发现,米伯说前一个人为什么被炒了鱿鱼？就是半夜有人开着车来偷建材他都没有醒。

米伯带着四季见了工地上的主管，又把主管叫到一边耳语了一阵，主管一边听一边扫了四季一眼又一眼。他们说完话，主管没再走过来就离开了，米伯过来说主管叫你留下了。又说，是我给你作的保，做饭的事要小心，发生了食物中毒那就大件事了，卖了你，也赔不起，夜里还要看着建材，别睡死了，我看你心细才叫你过来，别让我没面子啊。

四季点头如捣蒜。

四季心想，我就是为了我自己也得像对待眼珠子一样对待这份工啊，我再不离开城中村就快活不成了，因为隔三差五地做噩梦都是被公安拉出去枪毙。

四季离开工地的时候菜都忘了拿，还是米伯提着菜篮追出来交给他。回城中村的路上，遇到没有人的地方，四季狠狠打了自己两巴掌，明显感觉到痛，才敢确认这件事是真的，不是在做梦，于是慌里慌张地赶回城中村做饭。

晚上，四季找到韦北安，说我要请你喝酒。韦北安没说喝还是不喝，反问他说你是不是要走了？四季当即给惊着了，说你怎么知道的？韦北安说你今天一整天都咧着嘴，难道你中了六合彩？于是四季跟他说了去工地的事。韦北安想了想说你实在想走就走吧。四季有些感慨地说，在这个城市里我就你这么一个朋友，我不会忘记你的。韦北安说我又不是什么有钱人,记着我有屁用。四季说大哥,你也要想办法离开这里。韦北安叹了口气说,走到哪还不是烂命一条,我好歹还有星哥罩着,你就管好你自己吧。

说到请吃饭,韦北安说还是算了吧,你又没有钱,吃来吃去都是桂林米粉,等以后有了钱,我们去吃海鲜大餐,管他谁请呢。

四季想想也是。

当天夜里,四季想着天一亮就要走了,兴奋得睡不着觉,凌晨三四点钟才迷糊过去,但是很快,他就被一阵嘈杂声惊醒,他下意识地坐起来揉了揉眼睛,只见门口乱哄哄的,有一个破衣烂衫浑身是血的人被架了进来,大伙七手八脚地把他绵软的身体平放在床上,又去打水给他清洗伤口做简单处理。

四季走过去看,不觉大吃一惊,原来浑身血迹斑斑已经昏迷过去的人居然是韦北安,随即大叫起来,这是怎么回事啊?发生什么事了?

一把沙哑的声音立刻制止了他,你吵什么吵?!大惊小怪。四季环视一下四周,发现这个团伙的人也都不以为然地看着他,沙哑嗓音的人也是死里逃生的模样,身上还背着几个女用的坤包,显然是打劫归来。沙哑嗓音说他们碰上了公安的什么"夜鹰行动",被便衣摩托队追得夺路而逃,情急之下撞到了树上,把韦北安撞飞了出去,幸好车没坏,天又黑,才算捡回一条命。

看着韦北安摔得几乎散了架,双膝大面积擦伤,鲜血淋漓,额头渗着血,连耳朵都流出血来了,四季忍不住又叫起来,这得赶紧去医院,去晚了就没命了。

沙哑嗓音骂道你吵个屁呀,你怎么知道今天晚上医院里有没有公安?没死过!

正说着,城中村里面的黑诊所来了个大夫,没有表情地打开急救箱,给韦北安处理了伤口,又打了针,然后收钱走人,显然是熟门熟路,干惯了这门营生。

众人散去,只剩下四季一个人守在韦北安的床头。

天已经大亮,韦北安一直没有醒过来。四季心想,他一定要等韦北安醒过来才能走,尽管他也知道这没什么意义。后来星哥来了一下,也只是在韦北安的床头站了站,没说话,接过豆沙喉递给他的昨晚抢到的钱,扭头走了。

豆沙喉看见四季一直呆坐在那里,忍不住说道,这也不算什么,养养就好了。四季没有说话,豆沙喉又道,我有次被人打得周身是伤,还给堵在河涌里了,差点淹死,那一次就躺了五十多天。四季横了他一眼道,那你还去抢。豆沙喉道,不抢吃什么?你买菜的钱都是我们抢来的,也没见你少吃。四季给噎得说不出话来,一门心思地想立刻离开这里,但是看着双眼紧闭的韦北安,还是忍住了。

他不能帮他,就剩下这一点点不值钱的情义。

十点多钟,韦北安总算醒了,他看清了守在床头的四季，神情甚是漠然。

房间里没有别人，四季把脸凑过去对韦北安轻声说道，大哥，你一定要离开这里啊，我现在要走了，等我站住了脚，一定会来找你的。

韦北安似乎想笑一笑，眼中却掠过了一丝轻蔑。

四季急道，你要相信我。

韦北安咧了咧嘴，又点了点头。

出门的前一刻，四季最后一次回过头来，他看见韦北安的目光一直看着他，那目光是完全的无望，仿佛在说，是的，你一定会回来找我的。

韦北安说过，这是一张网，我们这样的人都在这张网里，你挣不开的。

十

曹宁宁看上去比照片上还要英武和帅气。

相亲，是在一家高级会所里进行的，会所里的饭店只接受预订，根本不接散客，所以清静得很。饭店名叫潮楼，定位是时尚中餐，是意大利设计师融合了中国元素和现代设计的共同理念精心打造而成，主色调是中国红，却有七道不同程度的色彩，糅合了少许的黑，是一种雅致而有深度的红。地砖是中国古代青砖和意大利红色琉璃的混合体，与意大利花纹的玻璃丝绦吊灯交相呼应。藕荷色的餐巾滚着暗边，上面绣着淡绿色的牡丹又是典型的中国特色，总之进入视野的每一个细节都是不动声色的奢华。

餐桌中间是一束盛开的白玫瑰，它的高贵和淡雅自不必说，浮动在空气中若隐若现的香气才让人觉得植物果然也有生命，如同看不见的美人在风中飘荡。而且由于它的味道不如红玫瑰那么浓郁，稍稍有些偏甜，犹如有甜姐儿陪伴在侧，进餐时的心境和感觉也会略有不同吧。

为什么偏偏是白色呢？不会是某种暗示吧？这让刘嘻哈有些走神。

曹宁宁的父亲也是一个厅级干部，私下里看比斯大姐有派头，他们两口子穿得都很正式，显然是很看重宁宁的婚事。

刘百田带着刘嘻哈自然也是正襟危坐。

刘百田的眼光很毒，他一看宁宁就知道这是一个受过精英教育和良好的家庭教育的正人君子，非常的有礼貌，性情温厚而不骄纵，说实话这有点出乎刘百田的预料，一般这样的家庭出身，宁宁又没有留过洋，身上难免有些本土色彩，但是宁宁很好，他没有沾染上任何一点社会或纨绔习气。

刘百田非常喜欢宁宁。

本来，刘嘻哈以为相亲能把人闷死，然而斯大姐绝对是一个有魅力的人，她身材匀称，穿戴得体，一副浅褐色的眼镜让她的豪爽中又有了一份斯文，她待人十分亲切，一点架子也没有。她说，人家都说我官运好，其实我就是无知少女嘛。见大家不解,她便自己解释说无党派,知识分子,少数民族,女同志嘛。大伙跟着她一起笑起来,尴尬的气氛马上就得到了缓解。

说句老实话,刘嘻哈压根儿就没有看清楚曹宁宁的长相,这是因为她看了曹宁宁的座位一眼,非常奇怪的是那个座位上居然坐着苏光夏,再看第二眼,还是苏光夏,而且苏光夏还微笑地看着她,她就不敢再看了,而且脸都红了。

没想到的是,她的紧张和羞怯却让斯大姐很是喜欢,斯大姐本来以为富家女都是浑身毛病,神憎鬼厌的,要不是因为刘百田的确是家大业大,她也是不容易动心的。照说对待宁宁的婚事,斯大姐只想给他找个小媳妇,安安乐乐的,能生儿育女,好好照顾宁宁一辈子也就行了,这可以说是每一个母亲对儿子的心愿,奈何形势比人强,时代不同了,感情问题也需要规划,漫长的人生没有钱托底又怎么可能过上好日子?所以尽管宁宁也不愿意来相亲,还是被父母死活给拽来了。

在斯大姐的眼里,刘嘻哈不仅乖巧,不仅内秀,还有点迷迷瞪瞪的,有毛病的女孩不好,太精明的女孩就更不好,会让宁宁受罪,刘嘻哈这样的女孩子刚刚好,简直就是为宁宁量身订做的。

相亲结束之后,刘百田问刘嘻哈怎么样?刘嘻哈愣了半秒钟才说什么怎么样?刘百田说当然是宁宁怎么样?刘嘻哈说不怎么样。

刘百田说你这是什么意思？刘嘻哈说爷爷，你真的以为我会靠相亲解决感情问题吗？刘百田说那是你对相亲有偏见，其实相亲有什么不好？我是相亲，你爸爸是相亲，我们找的另一半都是打着灯笼难得一遇的好人。刘嘻哈心说那能说明什么？只能说明你们老土，我刘嘻哈不仅相亲，还相成了，岂不让人笑岔了气？兔子第一个就笑死了，那谁陪我去吴哥窟玩呢？

接下来的几天，曹宁宁也没有给刘嘻哈来过电话。倒是刘百田和斯日格之间热线联络，都盛赞对方的孩子好得天上没有地下难寻，但是孩子们之间没有动静，那不是干着急嘛。不过他们也很快达成了共识，那就是现在的孩子喜欢无为而治，所以先不要逼他们，慢慢渗透，花好月圆是完全有可能的。

斯大姐说，不能把他们的逆反心理给逼出来了。

刘百田也感念斯大姐是个明白人，把刘嘻哈嫁到这样的人家他也就放心了。

很快，刘嘻哈就把相亲的事忘了，她去找了兔子，商量旅游出行一事，又说不如我们找个旅行社帮我们设计路线，我除了想去吴哥窟，还想去墨西哥的蝎子湾，听说这个探险胜地是冲浪爱好者的天堂，咱们不会冲浪，看看也刺激，而且可以沿着岩壁露营，多浪漫啊。兔子说好是好，可我哪有那么多钱啊，我把生活费都花完了，还怎么画漫画啊。刘嘻哈说当然是我出钱了，你就当是陪游吧。兔子正要推辞，刘嘻哈露出了有钱人的口吻,别挡着我花钱啊,扫兴。

其实,刘嘻哈之所以加长了旅游的时间和难度,并不是因为贪玩,事实上她现在根本没有什么出游的兴致,她这么做的目的只有一个,那就是她发现想忘掉一个人并不是一件容易的事,而且她也知道她这是在跟另一个任性的刘嘻哈较劲,她必须忘记苏光夏。

当然,她既没有跟兔子提曹宁宁,也没有提苏光夏。

不久,两个年轻人就出发了。

多少年来,刘百田一直保持着勤勉、务实的工作作风,他总是相信人生是微观的,生意就更加是微观的,所以他对待生意的态度就是亲力亲为,自从他掌控励德以来,始终都是朝九晚五,跟公司任何一个小白领一样,坚守岗位,日日如是,星期日还要去各个楼盘巡视,总之一个星期做足七天。最典型的例子是,售楼经理都啃不下来的客户,他会亲自出马,他坚定的意志力和高超的谈判技巧总能收到意想不到的效果。

有人说,这就是刘百田风格,他都不发财谁还能发财?

又是一个星期天,刘百田像往常一样,由老金陪着去巡视楼盘,工地上呈现出热火朝天的施工景象,吊车,笼梯,各种各样的手推车,总之能跑能转能上能下的东西没有一件不在热闹地忙碌着,工人们也是大汗淋漓,一个个像刚出笼的黑窝头。刘百田和老金戴着安全帽,由工地主管陪着四处巡视,检查楼盘的质量和进度。

不知不觉就到了中午，刘百田说就在工地吃饭，老金赶忙去张罗，又去找了一块阴凉地铺了几张废报纸，这时米伯跑过来，递给他们一人一个盒饭，三个人席地而坐，米伯只抽烟，看着那两个人吃。

米伯也是励德的老人了，很知道刘百田的脾性，所以他只抽烟，不说话。

刘百田说，米伯，你炒的菜还是那么好吃。米伯说道，这不是我炒的，我老了，肩周炎治不好翻不动铲子，所以找了一个帮手。米伯顺手指了指不远处，只见四季正在厨房的门口晾腌豆角，米伯又说，这孩子不错，还会腌咸蛋，下午五六点钟去菜市场捡人家不要的鸡肝鱼肠什么的，做一做也能送饭，加班的工人很大吃的。

这时一条大黄狗跑到四季身边，四季蹲下来抚摸它，又拿剩菜给它吃。米伯说，这是一只流浪狗，也是这孩子找来的，大伙给它起个花名叫差佬，自从差佬来了以后，工地再也没有丢过建材。

差佬是警察的意思。

刘百田终于忍不住多看了四季两眼，以他的阅历与性格，早已是风动云动心不动，但不知为何此时的他心动了一下，似是看见了自己年轻时的影子，仅仅是惊鸿一瞥，但这样的感觉以往是从来没有出现过的。

米伯把四季叫了过来，差佬也跟着他寸步不离。四季知道气度不凡的刘百田一定是个大人物，所以显得很拘谨，手脚不知往哪搁。刘百田问了他的名字，哪里人等简单的情况，又说你炒的雪里蕻为什么这么好吃？四季说里面放了猪油渣。刘百田说你是不是很看重这份工作？四季说是。刘百田说为什么？四季说我不想我妹妹嫁人了都不识字。

刘百田没再说什么，起身走了。

一晃三个月过去，对于四季来说，三个月就跟一天一样，总之都是这么过。一天早上，四季买菜回来，工地主管对他说公司叫他过去一趟。四季听了两次才听明白，惊道，不是公司要炒我吧？工地主管打量他一下说道，炒你我说一声就行了，哪里还用劳动公司本部？四季急道，那是什么事嘛？主管道，你问我我问谁？去了不就知道了。说完告诉了四季公司总部的地址，见他茫然，又把地址写在纸上递给他。

四季拿着地址拔腿就走，米伯喊住他，他才发现自己还扎着围裙。米伯又说换换衣服洗洗脸，否则人家不让进的。四季一边洗脸换衣一边问米伯到底会是什么事，米伯当然也想不明白，只说你赶紧去吧，百分之百不会炒你。

励德大厦的外形非常壮观，显现出雄踞一方的气势。大堂里的石材地面光可鉴人，一尘不染，四季走进大堂时被帅气的保安拦住，问明情况后又打电话上去核实才放行。

电梯的门刚一打开，四季就看见老金迎在那里，劈头埋怨道，你怎么回事？我们等了你好久。四季忙解释说自己坐车坐反了方向，所以晚了。老金显然也不想听他解释那么多，随手在总台的桌面上抽了两张纸巾，叫他擦擦汗，一边说，你不是跟老板说过你中专学的是财会吗？今天公司财会部门招人，有一场测试，老板叫你过来一起参加。四季听着发蒙，半天才反应过来是那天刘百田到工地巡察时问过他几句话，他都不记得问了什么，想不到老板还记得他学过财会。见状，老金说你不会把学过的东西都当饭吃了吧？

四季正不知道如何作答，老金已经把他带到了会议室，会议室里坐满了人，放眼一望均是俊男靓女，每个人的桌前放有算盘、计算器、账本等物，尽管人多，会议室里还是十分安静，当然同时紧张的气氛也溢于言表。励德是数一数二的大公司，能到这里来上班无疑是许多年轻人的梦想。

没有人注意到四季坐在了后排，事实上，他与这里的环境也是超级的不协调，仿佛一顿摩登盛宴上上来了一盘土豆丝。

四季入座后，会议室的大门就关上了。

四季四处张望了一下，他慌乱的心情并没有及时得到改善，有关财会方面的知识更是一片空白，他想，老板叫他参加测试是什么意思呢？想来想去当然还是没有答案。这时他看见墙上挂着一张刘百田的肖像油画，油画上的老板栩栩如生，花白的大背头整齐地梳在脑后，他的目光下视,坚定中又带有一点点凶狠,双唇紧闭,两边的嘴角微微下陷,充满了无以言说的霸气。

刘百田盯着四季仿佛说道,做好你该做的事,问那么多干什么?

那目光似有磁力,四季静下心来。

测试按照惯例依序进行,不知不觉接近尾声,这时候有人发给每个桌面一摞钱,各种面额的纸币都有,要求是算出总数。试题如此简单,反而让每个人提高了警觉度,有的人数了一遍又一遍,以保证准确无误。

考官要求每个人站起身来报出答案,俊男靓女们按照他的要求做了,他没有表情的脸上隐藏着一丝不为人察的笑意。

轮到四季时已经是最后一个,他站起来报出钱数,考官似乎愣了一下,说你确定吗?四季没有说话,只是点了点头。考官说你还有什么要说的吗?四季说有一张二十元的是假币。全场顿时哗然,大家都开始重数自己桌面的钱币,完全明白了简单试题里的阴谋论。但是考官说大家都不用数了,随即叫人收回了发下去的全部的纸币。

最后一个问题就更是离谱,考官说第五套人民币中的一元钱背面的图案是什么?会议室转瞬间静了下来,宇宙黑洞一般无声,所有的人都傻了,经手的钱币何止成千上万,几乎每时每刻都与它打交道,但是谁又会去注意它的正面反面呢?

有人面面相觑,也有人瞪着天花板,还有人急得直翻白眼,很多事情都是因为太简单而又没有做好才让人懊恼。而且刚才发到每个人手上的钱币就有一大摞浅绿色的一元,数了又数,看了又看,怎么一点印象都没有呢?这时候,最后一排传出一个细小的声音:西湖。声音虽然细小,但是人们听得真切,所以齐齐地转过头去,大伙死盯着四季,这才发现豪华的会议室里还有一个杀猪模样的人,这个人是打哪儿冒出来的?黑过墨斗,还穿件耐克的假名牌,要多讨厌有多讨厌。

有人脸上露出了不屑,还有人悄悄地从口袋里摸出零钱核实,没错,的确是西湖。

可是那又怎么样呢?显然,也只有穷人才会拿着一张钱翻过来倒过去地看,最后成为活体验钞机。

测试结束了,但是生活本身并没有任何变化,四季还是回楼盘工地煮饭,而不是命运大逆转,意外地得到了公司高层的青睐,做了励德公司的小白领,这种事多半发生在文艺作品里,而现实生活却总是板着一张脸,毫无浪漫可言。

四季的生活也依旧是买菜,煮饭,带着差佬寻夜,看着工人们赌小钱,听米伯说古。

十一

深夜十二点钟,客机迎着灯火通明的机场徐徐降落,当起落架沉闷地接触到地面时,人们的心也随之落地,此时的刘嘻哈便暗中吁了口气，坐在她身边的兔子紧接道，怎么样，一切都过去了吧？刘嘻哈的耳根热了，她假装看着窗外。

为什么一切都瞒不住她呢？兔子也太聪明了吧。

她们的旅行还是开心和忘我的，而且充满了刺激，两个人都被晒得黑黑的，吃得胖胖的。可是现在回来了，总不见得心事也跟着回来了吧。

刘嘻哈说，可不是一切都过去了吗。

但兔子并不这么认为，她听出了刘嘻哈叹气里面的一丝无奈，刘嘻哈是典型的天蝎女，情感世界犹如休眠的火山，没准就在平静和遗忘中孕育着更大规模的爆发，所以刚才的话完全是她情不自禁，而在旅途中，她绝口不提苏光夏，甚至都没有涉及过感情问题，面对着美丽的异国风光，叫男人见鬼去吧。

兔子很饿，刘嘻哈说不如你晚上到我那去住，有吃有喝，明天再回家去。兔子叹道，我也不想回去，这么一场豪华游，住的全是五星级，现在半夜三更的回我那个小草窝，不等于把我放井里了吗？我可不做十二点以后的灰姑娘。

老金亲自押着黑色的路虎来接刘嘻哈。

他带的保安和司机提走了全部的行李，又对刘嘻哈说老板已经休息了，但睡前还是嘱咐保姆给你熬好了白粥，又做了几个清口的小菜。刘嘻哈说那当然了，我是爷爷的小情人嘛。回到家里，下人们果然都没睡，刘嘻哈给每一个人发送了礼物，大伙喜气洋洋，仿佛在开圣诞派对。

兔子住的客房也是豪华套间，会客和卧室是分开的，也有自己偌大的洗浴间，她在按摩浴缸里泡完澡，带着淡淡的玫瑰幽香，穿着蓬松柔软的浴袍，蜷在沙发里喝白粥，一边拍着沙发扶手说有钱真好啊，真好真好。

头脑发昏的兔子忍不住又说，如果有一天苏光夏知道了是跟你擦肩而过，没准肠子都悔青了。刘嘻哈平静地说道，别提他了，我真的都过去了。

日日如常。

有一天，刘嘻哈突然接到了曹宁宁的一个电话，曹宁宁在电话里说，有一个叫地球之友的组织要在本地搞一个派对，意在扩大宣传环保，派对要求每一个参加者都要带个伴儿，最好是新发展的环保分子。刘嘻哈道，你想把我发展了对吧？曹宁宁说对，因为我是坚定的环保主义者。刘嘻哈想了想说那好吧。

下了班，曹宁宁开车来接刘嘻哈，自己只开一辆切诺基，并不招摇。刘嘻哈穿着白T恤和牛仔裤跑过来。曹宁宁说你就穿这个？刘嘻哈说不好吗？曹宁宁说不是不好，是太好了，我还以为你会穿成一个摩登公主呢。刘嘻哈说我的品位就那么低吗？

两个人忍不住都笑了起来。

其实他们两个人还是有挺多共同语言的，刘嘻哈说爷爷有多么老土，曹宁宁就说他的父母有多么老土。也许是双方对相亲都不那么热衷,所以反而负负得正。

至少对方并没有想象中的那么讨厌。

这样一来二往,两个人就熟了。

应该说他们都是表面热闹内心孤独的年轻人,都被一种无形的压力所笼罩,一旦发现同类难免有一点意外的惊喜。

这一天的晚上,又是曹宁宁约刘嘻哈去泡吧,两个人分别要了一杯鸡尾酒,刘嘻哈要的是 B52,曹宁宁笑道,真的要这么冰火两重天的感觉吗?刘嘻哈答道,我最不喜欢温吞的东西。于是曹宁宁也就单刀直入地问道,那你怎么看待我们俩的关系。刘嘻哈回道,当然是联手抵制了。曹宁宁愣了一下,忙说什么意思?刘嘻哈说这还用说吗?都什么时代了,我们怎么可能做抽线木偶,而且解决的是终身大事,这太可笑了。

曹宁宁半天没说出话来,好一会儿才说你是不是有男朋友了?刘嘻哈说没有哇,这跟相亲有什么关系?相亲就是玩嘛,哪能当真。

曹宁宁简直被刘嘻哈搞懵了,道,如果你不是火星人,那还真是我的知音。这回轮到刘嘻哈说什么意思?曹宁宁说我也是很反对相亲的,只是我妈妈这个人很难顶。刘嘻哈道,我还真喜欢她呢。曹宁宁说道,怎么说呢?我也觉得她是一个魅力十足的人,在波澜不惊的政界,也只有她这样长袖善舞同时又坚毅果敢的人才可能拥有一席之地。可是假如她把我也当作一项事业来实现，来完成，我发现我根本拗不过她。刘嘻哈说道，我爷爷也是啊，他是生意场上拼杀出来的，所以什么事都要利益最大化。曹宁宁说我也很喜欢你爷爷，他有一种历经磨难却毫发无伤的悲壮感，有一种无坚不摧的力量。

两个人聊到最后变得十分投机，实在让人有点始料不及。

曹宁宁不无疑虑地说，你真的有信心吗？我可是我妈的手下败将啊。刘嘻哈笑道，想不到你还是个乖孩子呢。曹宁宁道，我十八九岁的时候也很叛逆，为的就是反抗我妈妈的独裁统治，大事小事全得听她的，我从小跟我爸爸穿的衣服一模一样，就是号码不同；理的头发，用的东西也都一样，谁都知道我妈是把我和我爸当作一对双胞胎来培养，谁见到我们都笑，所以我就拼命地抗争，她叫我剃板寸我就留长发，我还梳过马尾巴，她说每天要洗澡，我就一星期不洗澡，脖子像车轴，她叫我考计算机系我就学环保，我是因为斗气学的环保，说出去有人信吗？这样的例子说一晚上也说不完。可是我还真佩服我妈，她就是以极大的耐心等待我成长，就是百折不挠地把我当成一条污水沟来治理，我不能老是梳马尾巴搞得自己臭气熏天的吧，我总会慢慢成熟吧，我妈她也老了呀，我现在一看见她的眼睛，一想起她的不容易，就不忍心跟她对着干了。

刘嘻哈托着腮帮子听曹宁宁讲他们家的故事，新鲜好玩又触目惊心，她想，虽说自己是爷爷的掌上明珠，但也同时是不折不扣的百田制造，以她这种和爷爷一样的执拗性格，自己的婚事还真不知道会怎样呢。

对于两个人的关系从铁板一块到略有松动，偶有约会，刘百田和斯日格都非常高兴，他们假装对这件事不闻不问，心里却暗生欢喜。

生活又恢复了原有的平静，就像日月星辰，从来没有变过。

然而，令刘嘻哈百思不得其解的是，偏偏又是苏光夏打破了这种平静。那天是个周五的下午，午后的阳光燥热而且刺目。刘嘻哈开车去一家她比较喜欢的健身俱乐部，开到一个十字路口时正遇上红灯，她便停下车来等待，这时，她随便地一侧目，竟被眼前的景象惊呆了，原来她看见自行车道上，苏光夏穿着牛仔裤，运动鞋，头戴一顶毫无品位的烧饼草帽，座驾是一个二十八吋的破自行车，肩上背着只有推销员才会背的沉甸甸的黑挎包，正在全神贯注地等红灯。

刘嘻哈根本不相信这是苏光夏，仔细辨认的确是他。也就在此时，绿灯亮了，苏光夏迅速收起当作自行车支架的两条腿，一阵猛蹬，自行车便像箭一般地射向远方，很快变成了一个黑点。而刘嘻哈由于纹丝不动，车后面的喇叭声已经响成一片，等她起步离去，还有人超车并摇下车窗骂她肉车。

刘嘻哈当然也就没有开车到健身房，而是大掉头去了兔子工作的广告公司。

兔子刚好前一晚熬夜加班，两只眼睛通红真跟兔子似的，看见刘嘻哈突然出现在工作台前面，有气无力道，姑奶奶，又怎么了？

见刘嘻哈不说话，她只好起身把她带到会客室，冲了两杯速溶咖啡，一杯放在刘嘻哈面前，兔子一边喝自己手上的咖啡一边说道，我这已经是第七杯了，反正虱子多了不咬人，说吧，什么事？刘嘻哈便把刚才碰见的一幕讲给她听，兔子平静道，那又怎么样？你十万火急地跑来就是要跟我说这事？刘嘻哈说道，你知不知道，我比看见他的婚车还吃惊啊。兔子痛心疾首道，天蝎妹妹，这就是你的死穴啊，你就是喜欢这种带点戏剧性的恋情，如果再加点悲剧情节，你就先疯了，不是一切都过去了吗？刘嘻哈道，是他又出现了啊，而且怎么会这个样子？他是神经外科的大夫啊，怎能转眼就成了农民工？

显然兔子不想讨论这么低智商的问题，她说你到底想我怎么做啊。刘嘻哈哀求道，你再做一次间谍行不行？兔子说道，我要是会降龙十八掌我就劈死你我。

隔了几天，刘嘻哈给兔子打电话，兔子正在一间街边的茶餐室吃云吞面，一听见刘嘻哈的声音，心想完了完了，早把她的事忘干净了。于是她敷衍刘嘻哈几句，饭也没吃安生便跑到大街上，想都没想就跳上一辆出租车直奔医院，决定干脆到神经外科问个究竟。坐在出租车上的兔子心里又想，我什么时候也能为一些无聊的问题寝食难安,那就好了。

出租车在医院门口停了下来,兔子正准备进大门,却意外地发现一个衣着随意的男人斜靠在电线杆旁,左手托着几个包子,一动不动地凝视远方,就像一座雕像。兔子觉得这个人分外眼熟,仔细一看,还就是苏光夏,整个人的状态跟刘嘻哈说的一模一样,身边的破自行车上仍旧挂着他的烧饼草帽。兔子急忙走了过去,连叫了几声苏医生,苏光夏这才如梦初醒。兔子知道他的病人多,根本不知道谁是谁,于是就冒充苏医生的病人,说正要去医院挂他的号呢。

苏光夏急忙解释说他现在暂时借调到体检科帮忙。兔子说为什么呀?苏光夏说工作需要嘛。兔子说没那么简单吧。苏光夏说你赶紧去看病吧,现在值班的大夫也很不错。兔子说算了,我不看了。

见兔子没有要走的意思,也许是被兔子感动,也许是真想找个人说说,苏光夏说道,我能边吃边说吗?兔子说你吃你吃。苏光夏一边吃包子一边说其实也没什么,就是曾经有一个病人挂了我的十个号,后来被院里查出来说是一个富商的宝贝孙女,院长就说原来你这么有潜力啊,于是派我去拉体检,说是拉够两千个名额就回神经外科上班。兔子说道,现在的医院这么黑,怎么还缺钱啊。苏光夏咽下一口包子道,我告诉你,第一我们医院不黑,第二所有的医院都资金不够。

兔子又问,难吗?苏光夏说怎么不难?我刚才就一直在想,还有什么地方可去,我已经把附近的单位、郊区的工厂都跑遍了。

兔子不动声色道,那你干吗不找富商的孙女,没准她还真能帮你呢。苏光夏说道,她不正常,难道我也不正常吗?再说我们医院好多医生都去拉过体检人员,为什么我就不能去?反正这种事总得有人去做。这时苏光夏的手机响了起来,他听电话。兔子心想,你知道人家是富豪女还这么无动于衷,你才不正常呢。

苏光夏接完了电话就赶着去朋友的朋友介绍的新地方拉体检了。兔子望着他的背影,觉得这个人还真挺有意思的。

兔子找到刘嘻哈,告诉她王子变青蛙的原因,只是没提正常不正常这句话。刘嘻哈沉吟良久,心想到底还是自己害了苏光夏,搞得他不能穿着白大褂坐堂,一不留神就变成了农民工。兔子看透了她的心思,道,你别犯傻啊,做人本来就不易,他风里来雨里去的有人心疼。刘嘻哈说他是他,我是我,我不想这件事跟我有什么干系。

于是刘嘻哈给老金打了电话,叫他摆平这件事,当然还是兔子出面。

事后,苏光夏十分感谢兔子,兔子这才道出原委,说自己是刘嘻哈的好朋友,最早在鼎湖就见过苏光夏一面,后来看见他拉体检,就跟刘嘻哈说了,刘嘻哈难免自责,说这件事因我而起也只好因我而了。这才有了后面源源不断的体检团体。

苏光夏听完她说的话,马上表示要请刘嘻哈吃一顿饭,表示他的谢意,兔子爽快地答应了。

想不到这头的刘嘻哈却不领情,说我才不吃他的饭呢,我也不要见他这个人。兔子说道,还是你在意了不是?你要表现得这么酷本身就不正常,吃个饭,交个朋友这才是人之常情,要不就是你还没过去。

刘嘻哈说我本来就没过去,为什么要做出过去的样子。

兔子说道,那你也得面对现实啊,比如你不完美,又比如有的人没有我们想象的那么爱钱。再说虚伪是成熟的一部分,所以饭还是要吃的。

正如她们预料的那样,这天晚上的饭局,苏光夏带来了美丽的余橙,刘嘻哈也有备无患地找来曹宁宁充数,而洞若观火的兔子成了唯一的看客。餐桌上的气氛非常好,苏光夏和曹宁宁一见如故,海阔天空地聊了起来,大有酒逢知己的感觉。

席间,苏光夏在剥清蒸虾的时候,遇到一个大个儿的,便下意识地放在余橙碗里,但是曹宁宁就不可能这么关心备至,刘嘻哈叫他来的时候就说是普通的朋友聚会,所以他显得特别的轻松自在,聊到尽兴时,他会把一只手臂搭在刘嘻哈的椅子背上,显现出另外一种形式的亲密。

兔子对曹宁宁的印象很好,事后,她对刘嘻哈说,你还想找什么样的？曹宁宁可太好了。刘嘻哈平淡地说，瞎说什么呀，我跟他就是哥们儿。兔子兀自叹道，这年头，能找到一个哥们儿共同生活，也不易。

可惜所有的好都是别人眼中的好，刘嘻哈也一样，苏光夏在餐桌上的举动就像一根暗刺，游走在她的心底。原来美好也有力量，越美好就越有杀伤力。

青春果然残酷。

这是在娱乐至死工作室，午后的阳光根本无法穿透长期工业污染造成的阴霾，一切景物都灰蒙蒙的让人提不起精神。兔子在桌前画着我们家的兔子的漫画草图，看着刘嘻哈默默无语，她说你在想什么？刘嘻哈说我想吃摇头丸。兔子说那就不如直接去卧轨，死也死得痛快。刘嘻哈走过去，看见漫画草图上的兔子头枕双臂、耷拉着眼皮横在火车双轨上，旁白是没有钱，又没有男朋友，我还活着干什么？

刘嘻哈却笑不出来。

兔子冷着脸说道，死了也要笑啊，刘嘻哈同学，别忘了我们的誓言。

刘嘻哈勉强点了点头，她从心里感谢兔子，兔子是从来不示弱的，兔子示弱完全是为了疼惜她。

十二

终于有一天，楼盘工地驶来了一辆银色的奥迪车，老金从车上走了下来。

正在择菜的米伯见到老金忙迎了过去，老金跟米伯说了几句话，米伯一个劲地点头，之后便来招呼四季，叫他跟着老金走，四季解下围裙就要走，米伯说还是收拾收拾，带着你的行李，可能一时半会儿回不来。四季吓了一跳，又不知道该怎么问，只是瞪圆了眼睛看着米伯。米伯说你快去吧，肯定是好事。

四季心想，好事长什么样？我就从来没碰见过。

四季提着简单的行李跟老金上了车，一路上司机不说话，老金也不说话。四季抱着自己的行李也只能望着窗外，窗外的景色迅速地后移，车轮飞转，奥迪车直奔远方，四季的心情却是飘忽不定，他不知道有一个怎样的未来在等待着他。

汽车停在一家私立医院的门口。

医院像花园一样美丽，就诊大楼猛地一看像是五星级酒店，里面装修得精致讲究，一切整洁有序，除了穿着洁白工作服的医生护士之外，病人反而并不多。

后来四季才听说这家医院就是刘百田花了十二亿投建的，算是他的一个豪华楼盘的配套设施。刘百田也住在这个豪华楼盘里，超大的住宅前面是高尔夫球场，后面便是风景秀丽的莲花湖，湖中果然有粉色的荷花和碧绿的荷叶，还有几只白天鹅在湖中游荡。

刘百田的别墅取名可园，正解是一切皆有可能。测字师测出这个字，刘百田很喜欢，给了测字师一个大大的红包。

可园的整体设计,是刘百田从香港请到的美国设计师设计而成,这个建筑学会委派的纽约设计师的特色就是没有特色,而是追求一种内在的属性,一种家庭特有的平静与氛围。所以可园看上去并不显得扎眼和招摇,它之所以美丽,是由于它在嘈杂的环境中独立于世。

四季在医院里住了三天,全身上下仔仔细细检查了一遍,抽血,胸透,超声波,总之他没见过也没听说过的仪器都在他身上来来回回地扫描过,在确信他没有甲乙丙肝炎、肺结核等传染病以及血液病之后,又进一步证实他的身体的确健康。在这样的情况下,老金才找四季谈了一次话。

老金对四季说,其实事情非常简单,就是老板看中了四季,要叫四季到家里来做事,主要的任务是带根宝,根宝是老板的唯一的孙子,刚刚四岁,体弱多病,性格也很怯懦。老板觉得四季比较少年老成,性格沉稳,再加上心细,所以选中了他,希望他好好做。

事实上,刘百田还为这件事找过风水师,风水师说如果再让女人来带根宝,虽说细心,但会让根宝更缺阳气,若不采阳,不仅身体调不过来,将来说不准还是个娘娘腔。

为此,刘百田考察了很多人,最终还是觉得四季比较合适。

工资方面,老金说,你在老板家包吃包住,还有换季的衣服,除此之外的工资是每个月一千二百元,一部分我们会寄给你妹妹上学,还有你可以有一百元的零花,其他的存在公司,要三年之后再给你。这一条当然是约束你的,一是孩子认人,你不能想走就走,说走就走。第二你不能沾染恶习,抽烟喝酒买彩票都对孩子有影响,你身上没钱也就不会干这种事。最后,老金说你只要好好干,老板是绝不会亏待你的,等根宝长大以后,肯定会让你去办公大楼上班,你的前途一片光明,还不知多少人羡慕你呢。

四季听了老金的话,心中暗喜。

老金拿出一份合同说你若想好了就签,我也不会勉强你,但你如果签了就得负责任,孩子千万不能出一点事,城里和乡下最不同的就是一切都是契约关系,不讲其他,所以我也劝你想清楚了再签。

四季说我想清楚了。于是在合同上签了字。

刘百田别墅的一侧是车库,一排同时可以放八辆车。旁边就是两层的生活楼,住着一个厨师,一个保姆,两个保安兼保镖,一个花工,还有一个司机,加上四季便是七个人。厨师和保姆是两口子,其他的人互相没有什么关联。四季一个人住一个小房间,有自己的洗手间,床上的被褥也很干净,老金叫保姆给他拿了几件换洗衣服,他自己的衣服全部当垃圾扔了,这倒是让四季心痛不已。

四季心想什么是一步登天?这就是一步登天啊。

根宝初次见到四季时,神情十分冷漠,死抱着保姆的脖子不撒手。大伙都叫保姆容妈，容妈对四季说我还真的是有好多事要做，忙不过来，你来了就好了。四季要抱根宝，根宝不肯。这时容妈对根宝说，这个人是要带你去找妈妈的。根宝愣了一会儿，乌溜溜的眼睛看着四季，居然就对他张开了双臂。

容妈眼眶湿润地说，有钱有什么用哟，孩子可怜，谁说带他找妈妈就跟着谁走。

四季并不知道容妈在感叹什么，不过他也不多嘴。他从容妈手里接过根宝，这孩子比同龄的孩子瘦，头大脖子细，面色苍白，像棵灯芯草。

根宝真的是多病，隔三差五的不是感冒发烧就是拉肚子闹肠炎，反正四季是不得安生。根宝一病就得跑医院，好在医院算自家开的，儿科的医生护士也都知道根宝的情况，总之无论是打吊针还是一夜哭闹，都是四季每分每秒地抱着，也幸亏是四季，年轻又吃过苦，否则早给拖垮了。

厨师老李说，这孩子打个喷嚏我都心惊肉跳，以前是我跟容妈在医院守着，把我们俩都快折腾病了。容妈也在一边说，这孩子可真不省心啊，四季，什么钱都不是好赚的，我们可知道你不容易。

有一次，根宝病愈后没胃口，任老李变着花样做什么他都不吃，两天下来人瘦得不成样子，四季琢磨来琢磨去，给根宝做了一碗汽锅鸡，根宝这才喝了汤，吃了半碗饭。老李对四季说，多亏你想出这个办法来，否则老板每天回家都是黑口黑面，我都快在这儿待不下去了。

渐渐地，根宝成了四季的小尾巴，每天跟在他的屁股后面寸步不离。

四季觉得根宝吃的东西太精致了，在得到老金的允许之后，就改由四季给根宝做饭，四季只会做一些贱东西，但每回根宝都挺大吃，人也就像吹了气似的胖了一圈。

全家人见了无不欣喜若狂。

刘百田由于生意繁忙，又有不少应酬，所以在家吃饭的机会很少。有一天他偶尔在家吃晚饭，看见根宝吃的菜和大盘里的不同，便问老金根宝吃的什么菜？看都看不清楚。老金正在给刘百田盛汤，当然他也不知道，便示意四季回答。四季说这是穷人吃的三元菜。刘百田更不知道他在说什么。四季说就是一块钱的萝卜丝，一块钱的干葱头，还有一块钱的猪皮，用一点豆豉混着炒，送粥送饭都很香口。刘百田不相信，亲口尝了尝，竟然也是胃口大开。本来他还想说这些东西有什么营养，但是看见根宝能大口吃饭，也就没说什么，甚至对四季刮目相看。

过了一段时间，根宝可能是体质比从前好了，病的次数也就明显地减少。

刘百田找来四季对他说，我知道你对根宝很尽心，也做得很好，以后你还要好好做，保证根宝健健康康地长大。我决不会亏待你，反正我也没有儿子，当然我也不是要认你当什么干儿子，我只是会像对待儿子的严格要求那样来指导你，让你脱胎换骨变成一个真正的城里人。

四季点头称是，但他一直也没有抬起头来看过刘百田一眼，他不敢看，他觉得这个人冷酷而且威严。

刘百田又说，我不敢说我有点石成金的本事，但是要让我看上谁那是很难很难的事，我现在可以告诉你，我觉得你还不错，所以我希望你不要让我失望。

说完这些话，刘百田就走了。

四季这才抬起头来，看着刘百田的背影远去，自从他到可园以后，刘百田从来没有跟他说过什么话，这个时而叼着雪茄烟的人，这个很少舒展眉头从来也不笑的人，这个亲眼看着根宝扎头皮针输液面无表情的人，在四季的眼中就是一个神，是他一辈子都不可能琢磨清楚的一个神。

但是在这个晚上，四季却久久不能入睡，他把刘百田说过的那几句话，反反复复在心里想了好多遍。他想，刘百田怎么说他没儿子呢？谁都知道根宝的爸爸是他的亲儿子，那是他们的祖祖辈辈。而自己的爸爸何老幺，将来自己的孩子也肯定是吃辛苦饭的，这就是我们的祖祖辈辈。我们和他们不过是在城里打了一个照面就又各奔东西了，什么都不会改变。我何四季想都没想过有可能变成一个城里人，现在好像这个希望就近在眼前了，如果能实现的话，那就是梦想成真啊。

入夜，累了一天的四季终于呼呼大睡，睡着之后他做了一个梦，不过这可不是一个满天风卷钞票往下掉钱的好梦，而是一个血淋淋的怪梦。四季梦见韦北安死了，死前浑身是血，抓着他急切地说你赶紧走吧，你赶紧走吧。梦中的四季也不知道他是什么意思，只能着急地问他，你让我上哪儿去啊。韦北安说回家啊，赶紧回家，不然就来不及了。不等四季再说什么，韦北安又连吐了两口血就死了。四季着实一惊，也就醒了。

四季决定一定要抽点时间去看看韦北安。

来到可园之后，根宝的确很缠人，除了有时候跟着老李一块去买菜，四季也没怎么出去过。有一天，四季无意间听说老金要去楼盘工地办事，他便对老金说可不可以也让他去看看差佬和米伯。老金说根宝有人带吗？四季说容妈可以带半天。

老金把四季丢在楼盘工地，自己办完事就开车走了，他告诉四季回可园怎么坐车，并且嘱咐四季早点回去。

差佬见到四季很亲热，围在他身边转来转去，四季跟米伯聊了几句闲话便告辞了，然后直奔城中村，进了城中村又直奔一线天，但是韦北安并没有在宿舍睡觉，他的老乡说他去了美妹妹发廊，谁都知道美妹妹发廊是城中村里最解闷的地方，过去四季虽然没进去过，但是经常路过，尤其是晚上，透过临街的玻璃窗，总能看见昏黄灯光下的发廊妹穿得无比清凉，或坐或靠在一条长沙发上看电视，外面黑里面亮，你看上了谁再进去说价。

也许因为是白天,发廊里挺冷清,电喇叭懒洋洋地唱着"小妹妹是线郎是针,郎呀,穿在一起不离分呀不离分",有两个洗头妹头抵头地在聊天,还叽叽嘎嘎地笑,看见四季进来,瞧着脸生,便问了一句洗头吗?四季说老韦来过没有?洗头妹便往里间努努嘴,四季推门进了里间,房间里半遮着窗帘,明暗反差错落,阴阳的墙面上贴着港台明星的大头像,空气浑浊并伴有明显的霉味。待四季回过神来,只见两张洗头椅背对着门口,其中的一张椅子背上露出一颗男人的头,而一个年轻的发廊妹正骑坐在那个男人的身上大肆摆动,两个人的嘴里还发出一些奇怪的声音。四季当时就傻了,但同时又觉得全身的血管偾张,心脏狂跳不止几乎要跳出喉咙,身体又完全动弹不得。发廊妹见到来人并不躲避,便一撩裙子跳了下来,小声但极不满意地嘀咕着,看什么看,看三级片不要钱吗?! 这时那个男人才回过头来,是韦北安。

四季也稍稍冷静了一些,心想我还梦见他死,想不到他在这里快活,怪不得别人都说梦是反的。

韦北安也只好起身,边系裤子边说你他妈的也真会找时候。四季没有吭气,发廊妹也不知所踪。韦北安又说,找我什么事?四季总不能说我想看看你死没死吧。只好支支吾吾说我是想来告诉你,我碰到了一个好东家。韦北安想了想,脸上露出坏笑说,我知道了,手上有钱了是吧,又想看录像了是吧。四季忙打断他说不是。韦北安说什么不是，看你脸红脖子粗的，还不是?!被他这样一说，四季的脸更红了，韦北安有点得意地说，刚才那个妹妹怎么样？漂亮吧？四季说我没看清。韦北安说挺漂亮的，就是黑了一点，是我老乡，名叫小文，我会叫她好好关照你的。四季说道，是你老乡你还叫她干这个？韦北安说不然怎么办？我又没钱包她。接着他又夸小文怎么好，怎么年轻，怎么把他搞得很舒服，说得四季心里痒痒的又浑身上下不自在，忙说还是算了吧，我又没有钱。

韦北安像急刹车那样愣了一下说，都不给你钱，那叫什么好东家？四季一时也不知从何讲起，便说反正我快实现我的发财梦了。韦北安大笑，说，有傻的，没见过你这么傻的。四季说，我经历的事真的很奇特，讲了你也不会相信。韦北安笑着说那就别讲了，走，我们去吃点东西。

两个人出了美妹妹发廊，去吃了两碗馄饨面。

分手的时候，韦北安对四季说，什么叫梦想？实现不了的东西才叫梦想，我不比你来得早？星哥比我来得还早，小文比你来得晚，谁不是两手空空只有一个发财梦？可是谁又发了财了？谁发了财还会干这些鸟事，死都不知道死在什么地方。你呀，就是太傻，这年头什么是真的？钱是真的，小文是真的，馄饨是真的，梦想是个屁。

见四季不说话，韦北安又叮嘱了一句，他说有句话你给我记住了,那就是永远都不要相信城里人。

四季行色匆匆地离开了城中村,一路坐专线车赶回可园。坐在车上,他的脑袋就像滚滚的车轮没有一刻停顿下来,一会儿是刘百田居高临下地看着他,嘴里说出的每一句话都是那么掷地有声;一会儿又是韦北安的放声大笑,还有他的实实在在的肺腑之言。

就这样反反复复地拉扯着,四季回到可园时,竟已是精疲力竭。

十三

老实说,即便是像刘百田这样精明强悍的生意人,也是花了很长的时间才慢慢熟悉了大陆的游戏规则。在此之前,他玩的是资本主义没落腐朽的那一套,核心就是赤裸裸地赚钱,但也仍然有严明的规矩管束着,至少是吃完饭要擦嘴,嫖完娼要给钱。

他闹出的笑话委实很多。

他跟有关方面的领导吃饭,餐桌上有若干电视台美丽的女主播作陪。事后他吩咐老金给每一个美女一个红包,老金说为什么?刘百田说她们都是鸡来的嘛,哪能不给钱,难道别人白陪你喝酒调笑啊。老金说那些美女不是鸡,她们的工作都很高尚,有钱都请不到她们,她们来陪你是领导给你面子,好多人都羡慕她们呢。刘百田想不明白其中的道理,老金说总之你给钱就是看贱了人家,人家会生气的,美女生气了,领导也会生气。他不解释还好，一解释刘百田就更糊涂了。

还有励德的楼盘销售得好，刘百田要开庆功宴。老金又提醒他说在大陆办事不能太张扬，刘百田说我自己买花自己戴，怕什么张扬。老金说大陆时兴偷着乐，有时候还要哭穷，太高兴了也会得罪人。刘百田说我请大陆方面有头有脸的人出席宴会，别人还敢把我怎么样？老金说你是要搭台，但是得要有头有脸的人唱戏，不能是你搭台你又唱戏，风头盖过了有头有脸的人，那是大忌。刘百田说问题是我都不唱戏我搭台干什么？老金说多少人搭好了台，上面还没人唱戏呢。说到送红包，老金说红包不能送，有头有脸的人收你的红包还混不混了。刘百田说难道有头有脸的人也是不要钱的鸡？老金说，剪彩的时候，每人送一把足金的剪刀，点到为止。

然而，时间是刘百田最好的朋友，他终于通过慢慢地领会和悟道，搞清楚了如何在这样一个名利场里呼风唤雨。

在竞争异常激烈的地产界，谁都知道刘百田是个"地痴"。只要有好地，他就像花痴见到美男那样拔不起腿，迈不开步。

这次励德控股看上的地块，面积并不特别大，但是位置绝佳，就在珠江北侧，临江不到五十米开外，无敌江景尽收眼底，号称是拥有一线江景的最后一块地，当然也是货真价实的不可再生资源。这块地的总建筑面积约为十八点七四万平方米，土地成本总值约为五点四亿元。正因为是一块大肥肉，想吃掉它的公司就不止励德一家，先不说实力不如励德的公司，就是远在励德实力之上的公司就有四家之多，而且人家也是虎踞龙盘，不仅财大气粗，更是有相应的强势背景。

这块地是地产界公认的"地王"，但为何又多年来名花无主？原因是这块地的产权相当复杂，牵扯到军产，这就是一般人难以疏通关节，手到擒来的关键。要想得到这块地，不仅需要政策上的倾斜，同时还能在军方说上话。

更富戏剧性的是地王曾经被公开竞拍过两次，这就不可避免地引发了地产巨头的激烈角逐，后都被质疑落槌太快或背后有黑幕等原因，最终宣告拍卖结果无效。

所以地王虽然静如处子，表面寂寞，但争夺它的无烟战争却是静水深流，暗潮涌动，各路豪杰都想不动声色地抱得美人归。

刘百田知道，只要作出决定，斯日格是完全有能力办成这件事的。

而他跟斯日格又是黄金组合，正所谓的有钱有势。在大陆，风云变幻的是人际关系，利益的争夺反而是心照不宣的事，人际关系到达一个沸点，利益的流向就变得水到渠成。对于他的垂涎，斯日格了然于胸，只是地王的归属问题毕竟十分敏感，已成为多方关注的焦点，斯日格不愿意随便出手当然是明智之举。

相亲之后，刘百田觉得他的机会来了。

有一天,刘百田给斯日格打电话,他说最近天气不错,不如我们两家到三亚去度个假,也给小朋友们制造一些相处了解的机会。

电话那头的斯日格沉吟了片刻说,我看就别玩这些虚的了,如果你没有什么意见,我去找人选个好日子,叫他们直接订婚就好了。

刘百田当然没有意见。

通话十分简短,但是刘百田却感受到了斯日格为人处事的风格和魄力。她什么都没说,但也什么都说了。

这就是联姻和腐败的不同,联姻是肉烂在锅里,把有形的东西化为无形,而联姻的形式又能把无形的关系变为有形,许多事你不用明说,别人已经知道该怎么做了。腐败的链条却是危险易碎的,任何一个环节出了问题,当事人就会死得很难看。

就连和番都是古已有之,上供难以解决的问题和番反而显现了一线生机。要不说还是人类伟大而深邃呢。

刘百田在兴奋之余给刘嘻哈打电话,他说你在哪里?

刘嘻哈说我在画画。就把电话挂断了。

刘嘻哈的确是在画画,工作室里只有她一个人。以往热闹非凡的景象早已不复存在,工作室里的漫画青年都因为原创上的失利而全军覆没,他们自认为很优秀的作品几百份地寄出,但是没有任何订单回馈。刘嘻哈问兔子怎么办,兔子说只有不停地画,慢慢地积累,以刺激内心的原创意识。

兔子还去有关部门拉来了一些活儿，就是画公仔纸，其实就是连环画，脚本是已经审定通过的，只是用画面表现出来。即便是这样的计件工作，人家也还是不认可，要出好几套草图让人家选，出第二套草图时，新鲜感就已经消失殆尽。

所有的人都大喊一个闷字，逃跑了。

刘嘻哈现在在出第五套方案，可见已经完全崩溃。

刘嘻哈也问过兔子，我是不是根本就没有画漫画的天分？兔子说什么事都需要天分，但是更需要努力，努力是什么？就是多画，拼死画。兔子还说，你喜欢的手冢治虫，他就是红也好，没人理睬也好，公司倒闭也好，临死之前也好，都在画，越是痛苦，越是备受折磨，他画得越多。

这番励志的话自然很符合刘嘻哈此时的心境，她的爱情，她的事业，都处于早夭的状态，使她深陷挫败的泥潭，那种痛，不是当头棒喝，而是一种慢慢弥散在心头的荒芜，原来她也可以是什么都没有的。

她想她现在除了画画，还能干什么呢？

吃晚饭的时候，刘百田兴高采烈地跟刘嘻哈谈了订婚的事，刘嘻哈一边吃饭，一边没心没肺地看着窗外，刘百田说我在跟你说话你听见没有。刘嘻哈突然间说道，爷爷，你知道什么是心动的感觉吗？刘百田说心动的感觉其实是最没用的感觉，婚姻要伴随漫长的一生，所以反而要找到心不动的感觉，要在冷静的时候做出正确的选择。

刘嘻哈说，难道你挣的钱还不够多吗？

刘百田说，这跟钱没有什么关系。

刘嘻哈说，那我就想不出来还有什么原因使我必须跟曹宁宁结婚。

刘百田说，因为你们旗鼓相当，也因为年轻的女孩子风华正茂的时候通常都是一脑袋糨糊，所以爷爷要替你着想。

刘嘻哈笑着说，爷爷啊，你一辈子盖了那么多楼，能不能有一座烂尾楼，这座烂尾楼就是我，你可不可以不理我？

刘百田一时无话可说，但最让他感到奇怪的是一直崇拜他的刘嘻哈，这次会表现得这么坚决。殊不知年轻女孩子的反叛精神都是从情感世界开始的，刘嘻哈当然也不例外，她也是一个刚刚思春的女孩子啊。

可园，可以说就在闹市边上，或者干脆就是闹市的一部分，但是非常奇怪，这里的空气就是要清新一些，每逢夜幕降临，满天的寒星格外耀眼，似乎离地面也更近一些。所以心烦气闷的时候，刘嘻哈就会一个人在可园游荡，这个晚上就是这样，真的是不早也不晚，她听到了一阵忽高忽低，飘飘洒洒的乐器声，说不上是芦笙还是竖笛，总之那曲调明明是清朗明媚的，但同时又隐藏着说不出的孤独和怅然，曲声倏隐倏现，断断续续，仿佛风中的丝线，指间的柔沙，在轻轻的划过间偶有拨动心弦。

宛若天音。

就在那一瞬间,刘嘻哈的眼泪唰地一下流了出来。

这是什么曲调?又是从什么乐器中流淌出来?刘嘻哈一无所知,她难以想象世界上还有这样的乐器奏出的曲调,能和她的心灵如此的契合与相通,居然让她的脊背发凉,全身充满了寒意,总之那曲调让她久久地独立在园子里,直到它消失在风中,她才姗姗离去。

刘嘻哈就是这样认识四季的。

那一天,刘嘻哈看到根宝手里拿着一个葫芦一样的东西,所不同的是这个葫芦穿在一根棍子上,而竹棍上又有笛子一样的洞眼,刘嘻哈顺手拿过来看,她问根宝这是什么?陪在根宝身边的四季说,这是葫芦丝。刘嘻哈说什么是葫芦丝?四季就把葫芦丝拿过来吹了几声。

刘嘻哈立刻就有了那种汗毛竖起的感觉,她说原来是你啊。

刘嘻哈又说,我怎么从来没见过你?四季说我都来了一年多了,我几乎天天见到你。刘嘻哈哦了一声,说我怎么从来没见过这种乐器?四季说,这也是早就有的,有一次我在街上看见有个老乡挑着一担乐器走街穿巷,居然还有葫芦丝,我不知不觉跟了他好一段路,还是买了一个。刘嘻哈说那你吹的那个曲子,那么好听,叫什么名字。四季说叫《鹧鸪飞》,讲的是一群灰扑扑的小鸟朝着太阳拼命地翻飞。

嘻哈一时恍然。

四季说他在老家时，是跟一个盲人学的葫芦丝，这个盲人说他八岁听到这个曲调时就惊了，苦苦追寻到十八岁才知道这是《鹧鸪飞》，四季也是觉得葫芦丝好听，他就学着吹，吹的第一首曲子是《阿佤人民唱新歌》。

刘嘻哈说你去买多一个葫芦丝教我吹吧。

四季深感意外，眉头突然跑到额头上跳了一下才归还原位。

真正熟识以后，刘嘻哈才发现四季其实并不爱说话，或者根本不说话，那天谈到葫芦丝的问题，四季就把需要跟她交流的话一次过全说完了，再往后，他们无话可说，只有教刘嘻哈吹葫芦丝的时候，他还有几句话可说，此外，他们也确实没有共同语言。

对于他们来说，对方就是外星人。

多少年以后，在刘嘻哈想起四季时，她都觉得四季是一个当代版的金刚。

有一天，刘嘻哈在房间里看书，看着看着就困了，靠在沙发上睡着了。不知什么时候根宝跑了进来，用两只小手使劲把刘嘻哈摇醒，并且冲着刘嘻哈急切地说，线！线！根宝由于身体的原因，本来说话就晚，加上跟着四季，越发不像别的孩子小嘴吧吧的会说。刘嘻哈迷迷糊糊的不知道他说什么。着急的根宝就拉着刘嘻哈的手往外跑，刘嘻哈跟着根宝跑到院子里，只见可园阳光明媚，清风徐徐，四季用报纸糊了一个风筝正在奔跑，也许真的是线不够长，风筝总是倒栽葱地趴在地上。看着四季满头大汗，嘻哈忍不住笑了起来，也跑去找容妈要线，容妈说线都给四季了。嘻哈看见容妈手里打了一半的毛衣，二话不说把毛线咬断，拿着毛线球跑了。

容妈手上的毛衣是给李师傅打的，正要说什么，刘嘻哈丢下一句话，赔你。根宝也学着说，赔你。两个人一块儿跑了。

四季找来一个啤酒瓶做线拐子，把毛线缠好，又拴好风筝那一头，三个人还真的把风筝给放飞起来了。看见风筝飞高了，根宝跳着脚喊，给我！给我！

根宝抱着线拐子跑了，刘嘻哈看见四季满脸笑意，忍不住说道，我发现这些天你老是咧着嘴，什么事这么高兴啊？四季不说话，还是笑。刘嘻哈说不是中彩票了吧？四季说我们家来信了，是我妹写的，我妹识字了，会写信了。刘嘻哈说还说什么了？四季说，我爸原来每天抽三包烟，我妹说现在只抽两包了，我妈天天坐在火塘边为我念经、烧香、点神明灯，他们都以为我发财了，一心盼着我好。

你好吗？刘嘻哈顺口问道。怎么不好？！四季突然提高了嗓门这么说了一句，他脸上的笑容格外灿烂，心里想着只要自己好好干，将来就要到摩天大楼里去当会计了，对于这一点他是有信心的，因为虽说刘老板和老金这些人一天到晚脸若冰霜，但他们还是守信用的，真的是按月往他家寄钱，这让他觉得很有奔头。

不知什么原因,他的话和他的神情,突然让刘嘻哈十分感动。

而在那一刻,她又觉得自己分外的孤单。

那是一种简单的快乐,原始的温暖,是只有四季这样的人身上才会有的稀有资源,而这一切像打哈欠一样传染给了刘嘻哈,刘嘻哈看着可园,看着阳光下奔跑的根宝和四季,突然就有了写生的念头和冲动,她真的还没有画过可园呢。

刘嘻哈搬出画板,画起画来。而且她三笔五笔,画了一个漫画版的四季头像,四季看了看,疑惑地说,我不是这么丑吧?刘嘻哈大笑,说这是漫画,漫画就是丑到可爱,这也是城市最前卫的艺术。四季似懂非懂地再一次看着手中的速写,心想,这跟第一次喝可口可乐是一个感觉,城里人觉得难喝的东西都是好东西,难看的东西也都是好东西。于是他有些不情愿地说,那好吧,那我就收下了。刘嘻哈又一次笑了起来。

刘嘻哈的笑里面是有故事的,有一回她无意之中看见容妈穿一件半旧的小红莓乐队的T恤衫,配上她的健硕和麻利,外加一双八字脚,那叫一个酷毙。刘嘻哈当场就给惊着了,后来才知道是容妈在地摊上买的旧货,她并不知道这是什么,只觉得还算新,还算合身,可是穿在她身上也不见得多么荒诞和滑稽啊。

作为报答,四季给刘嘻哈看了妹妹的信和成绩单,信写得很工整,像火塘的塘这样笔画多的字还都是拼音，成绩单上的成绩只能说是中等，但这一切已经足以令四季欢天喜地了。而且，四季并不知道，他的这种欢天喜地竟然让刘嘻哈有些羡慕。

十四

玩个性归玩个性，家族的力量还是以排山倒海之势庄严而至。很快，斯日格就委托高人选出了订婚的日子。

据说这个高人也力挺这门亲事，称刘嘻哈颇有福相，且背景殷实，不仅旺夫，而且还旺夫家，是难得一遇的好姻缘。没办法，现如今是一个乱世，乱世的特征就是所谓的强权和重金都有可能一夜之间化为乌有，所以乱世儿女借助于不可知的力量判断事物已经变成了一种常态，不论贵贱，不足为奇。

这一次是斯日格表现得分外热情，跟上次的相亲完全不同，那一次虽然也很圆满，但彼此之间多少有一点情绪上的较量，都有较高的期望值，又都得装模作样地端着，还要注意细节的完美。这回就完全不同，斯大姐彻底放下了架子，带话过来说，都是自己人，干脆就到她的家里去，可以轻松随意一些，而且毕竟是私事，不必张扬和铺排，包子有肉不在褶上，两家人吃顿饭，把亲事定下来也就行了。

斯大姐的想法，正合刘百田的心意。

刘百田吩咐老金去备礼，又把这个好消息告诉了刘嘻哈，刘嘻哈说爷爷我跟你说过的话是认真的。刘百田说你跟我说什么了？他不是装糊涂，他是公务繁忙，真的不记得了，而且他的一生都是一哥，除非他不做决定，只要做了别人全是听他的。富人都是健忘的，他们认为不重要的事不会花很多精力去反对，而是忽略不计。刘嘻哈说我跟你说了，我现在不想结婚。刘百田说，拣宝啊，女人没有什么漂亮不漂亮，只有年轻不年轻，年轻是女孩子最大的筹码，对任何人都一样。而且我见的人多了，像曹宁宁这样条件的人是可遇不可求的，你相信爷爷的眼力，爷爷总不会害你吧。

刘嘻哈又说了很多话，刘百田只当她是唱歌。

再说曹宁宁那一头，家里也是相当的大动干戈。首先当然是斯日格这个人万事求好，这还要追溯到早年她在北京工作的时候，虽然是在重要的部门，但工作类似办公室主任，活多事杂，但是斯日格总能处理得井井有条，包括后来位置升得很高的领导，提起斯日格来，都说她能干，省心，还说她家的烤肉好吃。

这一切造就了斯日格的行事风格，那就是无论工作和生活，没有小事，也没有可以马虎的事。做事的标准套用一句广告语，那就是没有最好，只有更好。

斯日格一家人住在省委大院，外围的环境传统而气派，有卫兵站岗。但是具体到家里，斯日格的品位也还是不错的，主要的格调是大气、整洁。但是这一次她审视了家里的布置，突然觉得客厅里的那一套沙发，有些陈旧和土气，这一发现让她越看这套沙发越不顺眼，于是决定换沙发。

本来，曹宁宁就不热心这事，但他很怕母亲唠叨，采取的是支支吾吾、推推挡挡的政策，见这回来真格的了，正在心烦，加上他这个人虽说有些干部子弟的潇洒，但绝没有纨绔之气，而且是一个铁杆的环保主义者，所以他非常反对换沙发这件事。

曹宁宁说这套沙发还可以坐，至少有七成新，丢掉实在是太可惜了。斯日格说，现在都什么时代了，谁还能把沙发坐坏？

两个人激烈争论了一轮，曹宁宁的父亲就坐在客厅的沙发上看报纸，一副与世无争的表情，对他来说，换不换沙发皆可，反正都不是他说了算。

曹宁宁说着说着就说漏了嘴，他说这事还不知成不成呢，你至于这么兴师动众吗？斯日格愣了一下说，什么什么，你还想这事不成啊？你先别说沙发的事了，就先说说你怎么回事吧。曹宁宁说我觉得这件事还是太快了一点。斯日格说快什么快，你都过了二十七，快二十八了。曹宁宁无话可说，斯日格盯着他的眼睛说，曹宁宁，你不要有什么幻想。

老实说，曹宁宁非常害怕母亲的目光，母亲的目光里有着一种猎人的敏锐和机智，总是能够及时地捕捉到他的所思所想，让他的一切小伎俩无处遁形。

所以到最后，家里毫无悬念地换了沙发，是北欧的做工很好的真皮沙发，浅米色，柔软得像棉绒一样，顺便连沙发下面的地毯也换了,换成了红金相间的丝质地毯,红和金这两种颜色,单看都难逃俗气,但是织在一起铺在地上,却有一种难得的富贵堂皇,呈现出高度的统一。

客厅一下子变得很有精气神。

但是该出的问题还是出来了,就在订婚日的前一天晚上,刘百田亲自给斯日格打电话,说刘嘻哈突然患了重感冒,发高烧,好在医生来得快,已经吊瓶子了。由于当时也的确是流感高发期,斯日格并没有产生太大的怀疑,她说那就改天吧,叫嘻哈千万好好休息,转成肺炎就麻烦了。刘百田也说,最主要是怕传染给你们家的人,那就大件事了。两个人在电话里寒暄了一通,放下电话,斯日格看了曹宁宁一眼,曹宁宁自认为毫无表情,但是斯日格却说,曹宁宁,你不要幸灾乐祸,你要知道还是毛主席说得对,有许多事情是不以人的意志为转移的。

曹宁宁真是服了他母亲了,因为他心里的确有点幸灾乐祸,尽管他装得若无其事。但他总是难逃法眼,他太了解他的母亲,凡事如果不能正面强攻,那些搜肠刮肚想出来的鬼点子根本毫无用处。

当天晚上,按照母亲的要求,曹宁宁提着虫草花胶精,开着他的切诺基来到可园探视刘嘻哈。

刘嘻哈在她的房间里,刚刚输完液,但是额头上还搭着白毛巾,整个人毫无妆容,无力地靠在床上,看上去十分委顿。曹宁宁拉过一张椅子,坐在床头的对面,刘嘻哈看了曹宁宁一眼,没有说话。曹宁宁小心翼翼地问道,还真的是病了?刘嘻哈没有说话,白了他一眼。

沉默了好一会儿,刘嘻哈说,是你妈叫你来的吧?曹宁宁说干吗这么问?刘嘻哈说,咱们说好了共同抵制,可事前你人在哪里?电话也没一个,你是不是觉得我要是一个人能顶住就顶着,顶不了也就算了,反正你也逃不出你妈的手心儿。

曹宁宁突然觉得无地自容,他的确是没想到应该跟刘嘻哈通个电话。

两个人一下子就僵在那儿了,为了缓和气氛,曹宁宁说了一句话,这句话简直就是错上加错,他居然说,幸亏你病了。刘嘻哈斜了他一眼,没表情地说,世界上哪有那么多凑巧的事,前天晚上刮台风,我在院子里淋了两个小时。曹宁宁当即目瞪口呆,他看着刘嘻哈,似乎在判断她说的话是真是假。刘嘻哈说,你就回家跟你妈说,这件事是我不同意,要怪就怪我,跟你不相干。曹宁宁还是接着发愣,刘嘻哈说,你可以走了。

曹宁宁下意识地站了起来,但是他并没有走,他重新审视了一遍刘嘻哈,发现她头发凌乱,面色苍白,嘴唇因发烧变得干裂,整个人无精打采弱小得可怜。他突然有些心酸,深感自己把矛盾转嫁在这个女孩子身上实在有些可耻,的确,他没有跟母亲抗争的能力,母亲在工作上是个天才,她长袖善舞,只有曹宁宁知道,母亲用一个指头就能把那些看上去繁乱复杂的事办好，剩下的九个指头用来对付曹宁宁父子那是绰绰有余的。而他偏偏又是一个好孩子，他从心里怜惜母亲，不忍与她作对，所以每回母亲对付他都是招招打在七寸上，而他长大之后就根本拿他母亲毫无办法。

一时间，屋子里很静。

冷不丁的，曹宁宁突然上前一步，俯下身去把刘嘻哈紧紧抱住。他小声地说了一句对不起，声音小得只有刘嘻哈可以听到。

刘嘻哈已经完全傻了，本来病得软绵绵的身体一下子变得僵硬起来，像半截木桩，不仅腰身强直，眼睛也瞪得滴溜圆，她不知道这是怎么了？发生了什么事？怎么情况一下就变成这样了呢？

曹宁宁也没想到自己会做出这种举动，也许是刘嘻哈身上那种与生俱来的孤独和倔强，一下子点燃了他的男人本色。在此之前，他觉得他遇到的女孩子都太强大了，也太精明了，本来，他对刘嘻哈的期望值也很低，想她也是那种狂妄自大的多金女，想不到她竟然还有三分侠气，而且素面素心，他还真有点喜欢她了。

这段时间有多长？十五秒？三十秒？五十秒？还是一分钟？不知道，总之过了一个两个人都没有呼吸的窒息期，曹宁宁就松开手，匆匆地走了。

屋里只剩下刘嘻哈一个人，她愣在那里老半天，都无法确定刚才发生的一切是否真实，抑或是她的幻觉，因为她是有过幻觉的啊。

这件事发生之后，曹宁宁对刘嘻哈并没有避而不见，相反，在接下来的几天，他每天下班后就直接到可园来，在刘家吃完晚饭，再陪伴刘嘻哈在可园散散步，等待着她的康复。所不同的是，他们的话题明显的少了，有时候说几句闲话，但更多的时候就是静静地漫步，对于两个人的关系，谁都没有再多说一句。

过了四五天，刘嘻哈的身体明显好些了，除了还有点咳嗽以外，气色也有了些许的红晕。这一天吃过晚饭之后，刘嘻哈对曹宁宁说，我的病已经好了，你以后不用过来了。

曹宁宁一时无语，刘嘻哈又说，回去代问你妈妈好，我真的挺喜欢她的。

曹宁宁突然火道，你也不用讽刺我，这几天也不是我妈叫我来的，我来，就是因为我想来。说完这话，曹宁宁走了。

回到家中，他有些闷闷不乐。斯日格本来对儿子这些天的举动颇为满意，这天晚上发现儿子回来一句话没说就进了自己的房间，便追了进去，她说儿子，你怎么了？曹宁宁说没怎么。斯日格说，没怎么干吗拉着一张脸。曹宁宁说，我觉得这事还是算了吧，刘嘻哈根本就不喜欢我。斯日格说，我当是什么事呢，放心吧，她会喜欢你的。紧接着斯日格一脸的举重若轻，她又说，不就是一个资本家的女儿嘛，现在是风水轮流转，有钱人又吃香了,不过我们改变世界的能力是惊人的。

斯日格回到她的书房,给秘书打了个电话,叫他把有关"地王"的全部资料集中起来,放在她办公室的桌上,她第二天要看。

曹宁宁走后,刘嘻哈总算如释重负,毕竟他们之间还是发生过一点什么,这让她感到和他在一起时不如以前那么自在了,而且她也不知道曹宁宁走的时候火什么,本来他就是他妈妈的乖儿子嘛。

第二天上午,刘嘻哈决定回一趟漫画社。

她想,差不多有两周的时间没去过了,工作室一定布满了灰尘,所谓志同道合的人们就更是树倒猢狲散了。她用钥匙捅开了门,发现办公室里很干净,绿色的植物也像以往一样茂盛。兔子趴在她的工作台前睡着了,由于一扇窗户是开的,满桌的公仔纸草图飘了一地。刘嘻哈捡起一张草图,发现仍然是自己生病前接的活计,估计又是退稿,所以兔子在帮她加班重画,要知道交稿是有期限的,而且要不是兔子出面,还拉不到这种活呢。

刘嘻哈生病期间,兔子去看过她两次,都没有提这件事。刘嘻哈心想,兔子才是那种能交一生一世的朋友。

刘嘻哈把地上的草稿全部捡起来,和桌上的一块整理好,她看了一遍,发现还是兔子展现的画面比较生动、有趣。这时,又是一阵风刮进来,随着那扇窗户砰的一声关上,兔子的眼睛睁开了,她看见了刘嘻哈,迷迷糊糊地说你来了。刘嘻哈答应了一声，但是兔子困得东倒西歪的还想睡，闭着眼睛问道，现在几点了。刘嘻哈看看表说快十一点了。

兔子立刻就醒了，她说我还就是约了人家十一点钟交稿呢。

两个人急急忙忙出了门，上了刘嘻哈的车，在疾驶中，刘嘻哈问兔子你今天怎么不用上班？兔子说今天是周末啊。刘嘻哈轻轻哦了一声，心想真正没醒的倒是自己。于是她们约定交完差就去看国际车展，然后去泡温泉，吃自助大餐，晚上去泡微醺之夜品红酒，听靡靡之音。计划好了之后，兔子就变得神采飞扬了，生活为什么这么美好，刘嘻哈同学。她说。

没有人回答这个问题，但是答案就写在两张年轻人的脸上。

她们把公仔草图送到一家美术出版社去审，然后驱车去了市郊的会展中心，远远望去，会展中心已经是彩旗飘扬，还放着颇为激动人心的音乐，似乎鼓舞着四面八方的人到这里来。事实上，这里也的确是人潮涌动，兔子说，我算明白了，不管多穷都要看车，至少可以激励自己嘛。她们在巨大的车库里转来转去，好不容易找到一个车位停好了车，结果兔子的手机响了。

是兔子公司的人打来的，说公司有急事，叫她立刻回去。

兔子非常沮丧，她还争辩了几句，但显然没有用。

刘嘻哈说那我们就回去吧。兔子说别呀,你看你的,我搭计程车回去。刘嘻哈说,我反正也不想换车,不看也罢。兔子说你不想看车,看人也是好的,我就喜欢在人流里游荡,注意观察不同的人的神情,画漫画的时候绝对都能用得上。刘嘻哈想了想说,有道理。兔子说什么有道理,这是经验之谈,独家秘籍,属于知识产权。说到这里,两个人不禁莞尔。兔子又说,后面的好事存着,你不能独享啊。说完她就头也不回地走了。

刘嘻哈越想越觉得兔子是自己的良师益友,遗憾之余,便跟着人潮涌进了车展大厅。

这一年的国际车展共分八个馆,从经济粗放型的车一直到令人惊艳的概念车应有尽有,美丽的女车模更是争妍斗奇。刘嘻哈消融在人群里,自觉是一个隐形侠,眼睛在陌生人的脸上尽情地扫来扫去,因为别人都在看车,没有人注意她。她发现有的人像猎犬一样,凭着嗅觉就能够直奔自己喜欢的车,贪婪的欲念一览无余,而有的人却是两眼空洞茫然,估计这都是没钱看热闹的,还有的人干脆也不看车,而是盯着美女车模目不转睛,总之无论是谁,都怀揣一个香车美人的梦想。

这时,有一个熟悉的面孔进入了刘嘻哈的视野,她却在霎时本能地背过身去,但是这个人已经看见她了,他向她走过来,在她的身后拍了她一下,刘嘻哈无奈地转身,貌似吃了一惊,原来站在她面前的这个人是苏光夏,还笑嘻嘻的。

苏光夏也是一个人。

刘嘻哈脱口而出，她呢？苏光夏说，谁？余橙啊，她今天值班，而且她对一切机械的东西都不感兴趣。又问，曹宁宁怎么没来？刘嘻哈说，他是环保主义者，从来不参观任何车展。苏光夏笑，说你跟兔子不是连体婴儿吗？怎么她没来？刘嘻哈说她都到门口了，公司有急事把她叫回去了。苏光夏说她有男朋友吗？刘嘻哈愣了一下，警觉地说，你什么意思？苏光夏笑道，我们三对搞集体婚礼，这样最环保。

两个人笑了起来，然后很自然地像老朋友那样结伴看车。

表面看上去风平浪静，他们也聊了许多关于车的问题，但是刘嘻哈的心中难免波澜再起，她一直有些奇怪，想不通他们为什么能在这里巧遇，这里面有什么命运的暗示吗？要不然为何有无形的神力让他们单独碰上？但是从见到苏光夏的那一刻起，她再一次心乱如麻，根本理不出一个头绪来。

时间不知不觉地过去，就在他们准备离开的时候，才发现无论是展厅里，还是展厅外的走廊，人已经越来越多，甚至到了拥挤不堪的程度。

苏光夏二话不说，抓起刘嘻哈的手就往外挤，这个举动就像打火机啪的一声，火光蹿起，一下子又把刘嘻哈的内心点着了，她觉得有一种从未体验过的奇异感觉令她变得轻盈、没有分量，不要说嘈杂的人群，就连地球都对她失去了吸引力,她就像云朵一样在苏光夏的身后飘来飘去。

她幸福得有点眩晕了,已经不记得他们是怎么挤出了展馆大门,一离开拥挤的人流,那只温厚而有力的大手就松开了,怅然若失的刘嘻哈也在瞬间恢复了神志,她表示要开车送苏光夏回家,苏光夏说我坐专线车就可以了,车站就在我们医院门口。

他的分寸感总是恰到好处,那种天然的距离感反而变成了一种吸引力。

分手之际,刘嘻哈已经彻底绝望了,她想或许这样的见面就是应该让它淡淡地来淡淡地去,成为记忆的沉淀。但是苏光夏突然说道,你知道吗?我一直希望能单独碰见你。刘嘻哈暗自吃了一惊,她瞪大眼睛看着苏光夏等待他说下去,苏光夏说,我就是想跟你说一声对不起,是我误会你了。刘嘻哈说,你没有误会我,我是喜欢你,我跟曹宁宁只是普通的朋友,我们之间根本不来电,就是这么回事。

苏光夏愣在那里,半响无言。

刘嘻哈说,如果今天没碰到你,我是永远也不会说的。

苏光夏叹道,那你就不要说啊。

刘嘻哈说,我不说就对不起我自己。

苏光夏说,那你也要学会尊重别人的感情。

刘嘻哈说,我没办法,在你面前我就是一个病人,我希望你能救救我。

苏光夏打断她的话道,你不要再说了,你为什么非要把事情搞得这么糟呢?

说完这话,他头也不回地黯然离去。剩下刘嘻哈一个人站在原地,半天也想不明白这话是什么意思,但她愿意相信,是她又把事情搞糟了。她只觉自己掉进了冰窟窿里,从头凉到脚,被整个世界抛弃和遗忘。

刚才的幸福和喜悦顿时灰飞烟灭。

刘嘻哈一个人开着车子打道回府,在途中兔子打电话过来,一听到兔子的声音,刘嘻哈就忍不住哭了出来,兔子大惊失色地说你怎么了?刘嘻哈哽咽地说我在车展上遇到苏光夏了,然后就再也说不下去,只是哭,随即把电话关了,任凭它再怎么响也不接听。兔子心里着急,只好打苏光夏的手机,劈头就说你都跟刘嘻哈说什么了?害她一边开车一边哭,出了事怎么办?苏光夏的声音也有些不安,他说我没说什么。兔子说,苏光夏,刘嘻哈就是千错万错,喜欢你总没错吧?!你何必要伤害她?!苏光夏也急了,他说第一我没伤害她,第二有些事是绝对不可能的,就算没有余橙,我对她也毫无感觉,如果我选择跟她在一起,我会看不起我自己。

兔子哑然。再打刘嘻哈的手机,还是无人接听。兔子心想,没有折磨,哪来的人生啊,刘嘻哈同学。

十五

四季的美好时光戛然而止。

家里很久没来信了,所以四季看见那种他熟悉的土色信封,还有幺红的字迹,高兴得跟过年似的。根宝趴在四季的后背上不肯下来,四季只好驮着他看信,一只手还要兜着他的屁股。四季看信看着看着,不仅脸上没了笑容,而且突然眼前发黑,差点没一下坐在地上。

这回信里没有成绩单,也没有火塘边的温馨场面了。妹妹在信里说,半年前父亲就感觉到肚子疼,但他怕花钱就不肯去医院看病,这一次在烟叶地里干活,栽倒了,昏迷不醒,送到医院去检查,才知道得了肠癌,必须马上手术,可是家里又没有钱。父亲死都不让幺红写信告诉四季,说他在外面只比家里难,母亲只好四处借钱,但是借到的钱很少,根本不够住院,所以幺红还是偷偷给四季写了这封信。

四季心如刀绞,他坐在生活楼外面的台阶上发怔,半天回不过神来。事情来得突然,他整个人都懵了。容妈连叫他好几声他都听不见,给根宝炒菜时又炒煳了,容妈用指头点着四季的脑门说,你不想活了。

在一旁忙乎的李师傅也讲,四季呀,咱们这样的人是手停口停,你可别大意丢了饭碗。四季只是闷着,话也不回。

闷得久了,连根宝都拍着四季的面颊说,四季,你说话呀，你说话！见四季不仅不说，还紧咬着嘴唇。根宝又说，葫芦，你吹葫芦给我听。根宝总是说不出那个丝来。四季哪有心思，只能拿来葫芦丝，递给根宝叫他自己玩。

慢慢地，四季总算想出一个头绪来，他想他在可园满打满算也有一年零八个月了，工资加起来也该有一万多块钱，他要拿着这些钱回家给父亲治病。

这时的四季恨不得插上翅膀飞回家中，待他冷静下来，也知道这件事情要跟老金说，可是如果没有什么特殊情况，只能吃晚饭的时候见到老金。四季抬头看了看太阳，还正当午呢，要等它西斜，心就跟磨盘似的得磨出血来。

这一个下午，对于四季来说足有一年那么长，好容易熬到了开晚饭，四季虽然没做什么事但也筋疲力尽。然而吃晚饭的时候，刘家没有一个人出现，老金当然也就没有出现。四季觉得胸口越发堵得厉害，根本吃不下任何东西，所以什么也没吃。喂根宝吃完了晚饭，就带着他在车库旁边玩，这样只要老金回来立刻就能看见。

天全部黑了下来，四季由于着急上火，心里的能量一点点积聚起来，差不多快要爆炸了。好在将近九点多钟的时候，老金开车回来了。

四季迎了过去，老金并没有看他，先是抱起根宝来说，快叫金爷爷看看，少了什么没有？然后就用胡子扎根宝，根宝笑得前仰后合，老金又说少什么都不能少了小鸡鸡，这是我们刘家的命根子啊。显然他老爱这么说，所以根宝一边笑一边捂住裤裆，好像他知道这话是什么意思似的。

四季不能再等，就跟老金说了家里的事，老金愣了一下，皱着眉头说，你这事还真麻烦，等我想想再说。

说完这话，他就抱着根宝走了。

等了一下午，就只等到这么一句话，四季的心里特别不是滋味。

他一个人在黑暗中站了很长时间，心里只有一个念头那就是干脆一走了之，可是他手上没有钱，他连路费都没有，哪来的钱给父亲看病呢？

四季一夜未眠，人像烙饼似的在床上来回翻。

四季很怕老金把他的事忘了，因为他知道老金管的事很多，就算忘了他的事也很正常，但是老金并没有忘记他的事，第二天上午，老金就把四季叫到他在可园的办公室，也就是四季来时签合同的地方。老金开门见山地说，你家里出了这样的事，说白了是不好彩，我心里也不好受，可是你来的时候我就跟你说过，任何时候你都不能说走就走，你走了根宝怎么办？四季无言以对。老金又从抽屉里拿出一份合同，他说这可是你自己签的，我们答应你的事全照办了，那你答应我的事呢？而且你再好好看看第十一条。

四季拿过合同看第十一条，顿时吓出了一身冷汗，原来第十一条写着乙方，也就是四季因任何原因违约都要赔付甲方人民币十万元。四季拼命想，也对这第十一条毫无印象，要不就是当时太兴奋了，看了也没在意，反正也没想过要违约。

四季傻了，本来他就口拙，这会儿更是张口结舌的说不出话来，可是家里出了十万火急的事就等着他救命，他却一点办法都没有。

老金说，四季，不是我不帮你，是我帮不了你。

四季本来一夜未睡，加上急火攻心，眼睛里全是血丝，他用哀求的口气说，金总管我求求你，就算我不回去，能不能把我一年多的工资寄回家，让我爸看病？四季说到这里，眼泪流了出来，而且是大滴大滴的，根本止不住。

老金半天没开口，沉默了好一会儿，他才说四季我知道你是个老实人，那我也明人不说暗话，你知道我也是给人打工，理财不主事，如果坏了合同，我把钱给了你，我能天天派人看着你吗？哪天你走了我怎么跟老板交待，你现在就是指天发誓你不会走，我也不能相信你，拿不到钱你就真的不会走，我只能相信合同和你按的手印。

四季绝望极了，他不说话，但是眼泪还是止不住。

老金算是见多识广，所以看上去十分平静，他说四季啊，你还年轻，好多事你都不懂，其实人如果得了癌症，治不治都是两年，就是手里有钱，也是把病人送到医院去开膛剖腹，切来切去，最终还是难逃一死。就你现在的情况，如果能狠狠心过了这一关，那你的前途真的是不可估量的。我们老板他真的很难器重谁，他说过的话是一定会兑现的，那时候你就真的脱离苦海了。

四季敢怒不敢言，但还是眼神冰冷地看了老金一眼，恨不得冲上去掐死他。

下午，万般无奈的四季才想出唯一的办法，那就是到一线天找韦北安借钱。他想到这里，便飞快地走出可园，一路闷头到了专线车站，这才发现自己手里还牵着一个根宝，也不知道他为什么今天格外听话，一路小跑地跟着四季也没嚷着让他背，所以四季已经完全忘记了他的存在。老金曾经嘱咐过四季，根宝不能擅自离开可园，一步都不能，所以四季想都没想，准备调头把根宝送回可园，交给容妈。

但就在这时，一辆专线车开进了站，心急如焚的四季横下一条心，抱着根宝就上了车。根宝第一次坐大公共，眼神又兴奋又好奇，但他还是紧紧抱住四季的脖子，四季能够感觉出他的胆怯。四季正想安慰根宝，根宝自己却先一步瞪大黑亮的眼睛说，找妈妈？四季忙说，对，咱们找妈妈去。

进了城中村，还是那么嘈杂纷乱，当街当巷的那个卖牛杂的摊子还是热气腾腾，一大锅的萝卜牛杂架在火炉上小声咕嘟着，香味扑鼻。根宝看着食客用一根签子扎一串的牛杂吃得好香，眼睛眨也不眨地盯着，四季抱他走过去之后，他还扭着身子看，于是四季干脆给他买了一串，吹气凉了一会儿才递给根宝。

四季先到电话亭打了一个长途电话。

电话不是打回家里，因为四季家里根本没有电话，他是打给村里唯一的一个小日用品店的老板游有财，大伙都叫他财叔，财叔家里有一个电话，还有一辆二手摩托车，差不多是村里最富的人了。事实上，村里外出打工的人都把钱汇到财叔的账号上，隔一段时间，由财叔骑摩托车，行程几十公里进货，顺便到县农业银行把钱取回来，再分发给村民。四季通过老金从公司寄回家的钱，走的也是这个途径。

四季不可能跟妹妹通上电话，就只好问问财叔家里的情况。

财叔听了半天，才搞清楚是何老幺的儿子打来的电话，他忙告诉四季，他妹妹已经不上学了，每天跟着他妈妈下地干活，他父亲在家躺着做不了事，又没有钱上医院。四季本来很想说我会尽快汇钱回家的。但心虚就说不了硬气话，只好说我知道了，我知道了。

离开了电话亭，四季的脸色越来越阴沉，他都搞不清自己为什么要打这个电话，其实情况妹妹在信上已经写得很清楚了，可他还是抱着一线希望，以为父亲的病不是太重，至少还可以下地，他知道父亲的忍耐力是惊人的，如果他躺倒了，那一定是病来如山倒，把老树桩一样的父亲给压垮了。

四季鼻子一酸，两只眼睛顿时就模糊了。

韦北安正光着膀子打牌，看见一脸死灰的四季，当真吓了一跳，便把手里的牌交给一个围观的兄弟，趿拉着两只鞋走过来，他将四季拉到一边问道，你怎么了？得癌症了？这是谁家的孩子？四季心里很乱，看见屋里又这么乱，一时都不知从哪儿说起，扭头出了房间，韦北安也只好跟着他来到走廊上。

四季跟韦北安说了家里的事，也说了想借钱。韦北安叹了口气说，穷人真是能死不能病啊。又说，我哪有什么钱，你想我姐的小孩都挂在我的名下，全要张口吃饭。说完这话他返身回到屋里，四季在外面没听见他是怎么说的，听见的却是他的老乡们的大嗓门，纷纷回应说，没钱就去抢啊，又想做饭抱孩子，又想钱，哪来那么好的事?！就是，要钱没有，要命有一条。他妈的，我爸还得了艾滋病呢，我还想跟他借钱呢。四季听见韦北安吼了一句，他妈的没钱还那么多话?！

韦北安又带四季去到美妹妹发廊找小文，小文正在给一个客人洗头，两只手全是肥皂泡，她急急忙忙跑出来，韦北安赶紧笑着给四季介绍，说这就是小文，蚊子的蚊。没想到小文笑都不笑，只催促他道，到底有什么事？你快说。韦北安说碰上点急事需要钱。小文问都没问什么事？谁的事？一句话就把韦北安挡回去了，她说我们家起房子，我还管别人借了五千块呢。说完翻了个白眼，回去给客人洗头了。

韦北安骂了一句贱货。两个人只好往回走。四季低着头不做声，心想我要是小文就好了，我也什么都肯做的。

天色渐晚，一无所获的四季知道必须赶回可园了，尤其他还带着根宝，这么长时间找不见他们，容妈和李师傅他们都会着急。

韦北安也说，要不你先回去吧，等我见到星哥，看能不能跟他借钱，不过他是高利贷。四季说不管什么条件我都答应，只要见到钱。韦北安说，你先别嘴硬，到时还不上钱，小心我追杀你。四季肯定地说我有钱，只是现在拿不着。又把自己在哪里做事告诉了韦北安，韦北安说不可能，那个地产大亨很有钱，老能在报纸上看见他。四季不想跟他解释，只说一定能还上钱，叫韦北安只管放心借钱。韦北安想了想，把自己的小灵通递给四季，说这个你拿着，等有了钱我就通知你，你再出来一趟。四季接过小灵通说好。两个人匆匆道了别，在一线天的门口就此分手。

出了城中村，四季抱起根宝就往车站跑。

等了好一会儿，车还没有来，却只见韦北安气喘吁吁地往这边跑，追上四季光喘气说不出话来。但就这会儿工夫，他还抓住四季的一只胳膊，生怕四季跑了似的。

韦北安说，他一上楼就看见了星哥，星哥正好到这边来办事，他马上就把四季的事说了，星哥说他有办法，而且他也可以借钱给四季。听他这么一说，四季就像被拍花子的拍了头，想都没想就带着根宝回了城中村。

四季一点都不知道,他这一脚迈进一线天,便是万劫不复。

吃晚饭的时候,餐桌前只有刘百田和刘嘻哈两个人。刘百田说,拣宝啊,你知道吗?婚姻是人生的最大一笔投资,尤其是女人,投错了一辈子就完了。刘嘻哈敷衍道,知道了知道了,今晚你都说三遍了。刘百田说你不知道。刘嘻哈心想我怎么不知道?我就是知道才不能跟没感觉的曹宁宁结婚呢。

刘百田接着说,有保安跟我说,那天刮台风,有人看见你在雨地里跑。刘嘻哈看着饭碗说,没有啊。刘百田说,我说你怎么早不发烧,晚不发烧,订婚的那天就发烧了呢?!

刘嘻哈撇了撇嘴,眉眼下垂,不知如何作答。她的确是个不会圆谎的人,如果她善于装模作样,就不会把跟苏光夏的邂逅搞得一团糟,让一场浪漫的相遇拖着个灰色的尾巴,自己还连闯两个红灯,吃了罚单。不过刘百田说这些话的时候并没有生气,反而和颜悦色,他甚至说,我知道你有个性,你的个性也是我培养出来的嘛,我这叫自食恶果。

这样两个人之间不仅没有爆发冲突,倒是一块笑了起来。

当然,世界上没有无缘无故的高兴,刘百田的好心情也是有来源的,这是因为在地王的归属问题上,斯日格启动了她的深度关切,她是一个能够运筹帷幄而又举重若轻的人,请动了军方坐下来与刘百田交涉,这是一个良好的开端,席间,斯日格并不避讳每一方立场的代表都有利益的考虑,而且看来她在这方面也是做足了功课,她单刀直入,答应为军方代表儿子的公司申请汽车进口配额的问题,出面与北京商务部打通关节,并且按照正常的程序得到批复。斯日格不是一个喋喋不休的人,关键的话她只讲一遍,但只要她作出承诺,基本上就有百分之百的把握。这便是她做人做事的风格。

刘百田知道,这是斯日格给他的一份最好的见面礼。虽说订婚仪式没有办成,但是一切都在继续,什么都没有改变。而且在刘百田看来,提着一堆钱行贿受贿是最低级的江湖运作,真正的功夫全在金钱之外,人脉关系的通达是常年的修行和积累,包括深厚的信任以及情感铺垫,岂是一朝一夕之事?

所以刘百田在心里钦佩斯日格,没错,他是一个十足的商人,但是除了钱之外,他也希望刘嘻哈嫁到这样强势的人家,这同样是一种深谋远虑。

本来以为铁板一块的地王之争得以撼动,刘百田的心情可想而知。

这时老金走进来给刘百田添饭,他只给他添了小半碗,刘百田说我今天的胃口很好,老金还是说晚上少吃一点总没错。刘百田问老金怎么没有见到根宝。老金忙说我这就过去看看。说完匆匆地离开了。

事实上,可园的上上下下早已乱成了一锅粥。早在下午四点半钟,早已发现四季和根宝突然找不着了的容妈,去大门口张望了一次又一次,但她实在担不起这么大的责任,便给老金打了电话。老金立刻赶了回来,还是既不见人,也没有任何消息。但是老金是见过世面的人,他开始还能沉得住气,嘱咐容妈对此事不要张扬。

如果是一场虚惊,那就太不是他老金的行事风格了。

其实这件事情并不复杂,老金猜测四季是为了他父亲生病的事,外出想办法或借钱去了,但是他为什么要带着根宝一块去呢?他完全知道,根宝不经允许是不能出可园的。四季到底是什么意思呢?

老金打电话给米伯,问四季是否到他那里去过?米伯说没有。老金又问四季原来在哪里做过事,和米伯是怎么认识的?米伯说四季出什么事了吗?老金忙说没有,只是了解一下情况。米伯说他只知道四季也是给一个单位做饭,具体是哪个单位他并不知道,他们是在菜市场认识的。听他这么一说,老金有点慌了,这时他才发现有关四季的资料他知道的很少很少,而且四季不爱说话,看见他的时候会觉得踏实,但若他不在眼前,印象却变得似有似无,捕捉不定。老金顿时觉得心里没底,一种不祥的预兆油然而生。

四季会绑架根宝吗?这个想法让老金自己先吓了一跳。

但是无论如何,四季到现在都没往可园打过一个电话是让人百思不解的。

晚上八点五十五分,老金再也扛不下去了,他来到刘百田的书房,把这件事原原本本告诉了他。听完之后,刘百田的脸色铁青。

一时间,老金陡然面容失色,声音带着哭腔说,这事都怪我,这事都怪我呀,您一早就说过,不要惹怒了穷人,他们会跟你搏命,不好用的人炒了就算了,重新换一个也不要起什么争执,现在果然应验了,出了这么大的事……

不等老金说完,刘百田打断他的话说,哭什么哭,这件事你没有做错,他哪能说走就走,他走了根宝怎么办?刘百田又说,穷人就是有一千个好,也有一个不好就是不遵守契约,他们只相信亲情,其实亲情有什么用?一万块钱能救一个癌症病人吗?好多事,他们是做给自己看的,以为不要命就可以解决问题。

或许是刘临风让刘百田伤透了心,所以他对所谓亲情另有一番解读。

老金意外地没受到他意料之中的责骂,情绪稍稍有些镇定,他说那我们现在怎么办?是等下去还是报警?

刘百田冷冷地说,报警。

十六

很快,两辆警车开进了可园。

四五个人从车上下来,个个表情严肃,可见刘百田不是一般人，警局对这件事也相当重视。警察先向老金了解了情况，然后例牌要到四季的住处寻找蛛丝马迹，但四季小小的房间已被老金带着保安搜查了若干次，除了几本武侠书，几封家信，还有换洗的衣服，根本没有发现类似通讯录这样有价值的东西。

这一次，刘百田跟在警察后面进了四季的房间，警察东翻西翻，刘百田只是冷眼观望，不发一言。不过他注意到四季床头钉着一张四季的漫画头像，显然是出自刘嘻哈之手，另外床头挂着的一个葫芦丝让他想到，他曾经看见刘嘻哈也吹过这个东西。

有些念头一闪而过，但他并没有往心里去。

警察也没有翻出什么有用的东西。他们要求所有与四季联系相对紧密的人都要去警局录口供，以排除内应的嫌疑。容妈，老李，保安，包括米伯无一幸免，老金表示能否在可园单独辟一个地方问话，答复是不行，因为只有警局那种特殊的地方能够给人造成特殊的心理攻势，让心里有鬼的人露出破绽。

两辆警车穿梭不停地接人送人。

从警局回来的人，全都吓得半死，表情差不多都一样，均是面无人色，目光呆滞，魂飞魄散。这绝不是他们心里有鬼，而是升斗小民平日里哪知道公安局的门朝哪边开？冷不丁被带到那里问话，已经觉得自己就是犯人了。

容妈回来之后一个劲儿地骂，说四季看着老实，把我们全都玩残了，坐警车，进警局，平生第一遭，要多晦气有多晦气，真正被他害死。有一个保安接口说，他哪里老实？他敢想出这么黑的招，借我两个胆子我也不敢。另一个保安说，就是，他可不老实，还敢勾引小姐。容妈立刻吓了一声制止道，这种事不能胡说，小姐可是金枝玉叶。一直没说话的李师傅想来想去，也还是想不明白这件事，低声骂了一句，我看这小子疯了！下人们七嘴八舌地骂四季，都怪自己眼瞎。

这样折腾下来，已经是晚上十一点多了，然而四季还是没有任何消息。

可园像一口高压锅。

话说四季抱着根宝重新回到一线天，便跟着韦北安进了楼上的一个房间，这个房间他从来没来过，只见里面有一套旧沙发，一张写字台，另有一套圆形的石桌，四个石凳，星哥就坐在石桌前泡功夫茶。韦北安把人带到，便退了出去。

星哥看上去十分平静，尽可能掩饰内心的狂喜。他白净的面孔可以用四个字来形容，那就是平湖秋月。而就在刚才，他碰见韦北安，韦北安提到四季要借钱，他只是用鼻子哼了一声，有些不快地对韦北安说，我放贷不是为了砍死谁，拜托你做事动动脑子，还不起钱的人就别跟我提了。韦北安回说四季在地产大亨刘百田家做事，星哥随口回道不可能。韦北安说是真的，他还带着刘百田的孙子呢。

星哥顿时眼就直了,并且眼光贼亮贼亮的,心想,我的运气不会这么好吧?

星哥忙说,你说一分钟前他们还在这里?韦北安说是啊,我刚刚在楼下和他分手。星哥说,赶紧把他给我追回来。

即便是像韦北安这样跟随星哥多时的马仔,也并不知道他的黑盘到底有多大。星哥这个人不喜张扬,而且深知祸从口出的道理,所以他做事的风格是神龙不见首尾,一线天这边的兄弟实属小打小闹,他另外还有人在类似广深路这样的要道劫车劫财。他花钱雇人犯罪,但自己永远不在犯罪现场,这类案子的取证工作又有相当的难度,所以他既低调又自得,野心同样一天天在膨胀。多少年来,他一直想干一票大的,现在他的机会来了。

如果验明正身是刘百田的孙子,他的目标是一个亿。

根宝可能是累了,趴在四季身上睡得正香。星哥叫四季把根宝放在沙发上睡,走过去还帮着用软垫垫着根宝的头。根宝的穿戴当然不俗,关键是他脖子上吊着的一块白金镶玉,此时也从脖子里滑到外面,玉是雪白的,不含一点杂质,绵软透亮得像一汪水,一圈白金捆住了这一汪水,圆玉的中心也是白金镂刻着一个繁体的刘字,只有蝇头般大小,却是笔画分明,精致至极。

星哥知道,他找到了真命天子。

但是他不急,他更知道性急会把大买卖搞砸,随便哪个环节出了问题,煮熟的鸭子就飞了。星哥深知,他干的营生无异于刀尖上舞蹈,需要用智力与警方周旋,犯罪也是一门艺术啊,艺术是什么?就是高危和完美,这同样也是星哥所追求的境界。

于是,星哥对四季说道,你的事我听韦北安说了,知道你急等着用钱,可是不管怎么说咱们也是熟人了,我也不想坑到你头上。你知道吗?高利贷是按天算利息的,转眼就变成一块大石头,能压死你。四季回道,星哥,我明白你的意思,可是我现在急等着用钱,你有什么条件你就直说吧。说这话的时候,四季反而显出了一丝平静,神情还有一点视死如归的味道。星哥笑了起来。

星哥喝了一口茶道,四季啊,你还是年轻,遇事什么都不管,先洗湿一个头,后面洗不洗澡?剩下一大堆首尾你也不理?四季道,一年之后我还不上钱,你找人把我砍了就是了。星哥脱口赞道,好样的,我看你还真是干大事的人。

绕了一会儿弯子,星哥终于把话锋转回正题。他说,四季,你想过没有,其实你手上有钱。四季看着星哥,等着他说下去。星哥指了指熟睡的根宝说道,这孩子就是钱,你现在打电话过去,要多少钱他们会不给你?!四季陡然明白了星哥的意思,顿时惊出了一身冷汗,他心里明白那不就是绑架嘛,这是犯法的事啊。

四季二话不说,抱起根宝准备走。星哥照样不紧不慢地说道，你不干，也没人会逼你，干吗急着走呢，说不定最后还是我借钱给你。四季迟疑了一下，星哥马上说道，把孩子放下，再坐会儿。

说也奇怪，四季就像听到指令的机器人似的，立即照办。

星哥说道，我知道你胆小，那你就要应得的那一份，你不是有一万多块钱工资吗？叫他们拿出来给你爸治病，这很公平，就像民工讨薪一样，他们如果不跳楼，不跑到高压电上去坐着，会有人解决问题吗？会有人把钱送到他们手上吗？

这话倒是说到了四季心里，他虽然没做声，但是心理防线开始松动。

这一细微的感觉，马上就被星哥捕捉到了。他继续若无其事地说道，谁都知道你不想伤害任何人，你就是要钱，这钱还是你的工资，而且你要用这个工资给你爸治病。是不是这么回事？四季下意识地点头，但还是满脸忧虑道，可这是绑架啊。星哥说，绑什么架啊，照说刘家有那么多钱，他凭什么卡着你的工资不给，说白了富人个个都是黑心肝，你要拿回自己的东西就只能跟他们讲条件。

本来，四季也没有觉得老金多么坏，但经星哥指教，也觉得有钱人根本指望不上，他们冷面冷心冷血，别人出了天大的事，他们也不会皱半下眉头，四季想起老金那么平静地拒绝了他，还跟他说肠癌治不治都是两年，这还是人话吗？或许他早该明白，可园的人如果不是心狠，怎么可能聚积那么多的财富。

而且他们对他的好，让他吃饱穿好有地方住，全是因为根宝。等根宝真的长大了，他们或许也是扣着工钱不给，到那时他又有什么办法？四季想起他进城后的种种遭遇，还就是韦北安是唯一能信赖的人，而一线天偏偏是他最不想来的地方啊。

四季的心乱到了极点。

星哥说，四季你别傻了，现在钱就是你爸爸，你既然都不怕欠高利贷被追杀，还怕打个电话吗？！

四季看了看手上的小灵通，最终还是把电话放进衣兜里，他起身准备走，直觉告诉他，绑架的事是绝对不能干的。

星哥完全可以来硬的，只要他说一句话，四季就出不了城中村，但是他一个劲地告诫自己要沉住气，像四季这么犟的人如果不配合他行事，会产生许多麻烦，而目前四季是最大最香的一块诱饵，只有他能让刘家乖乖地把钱拿出来。

就在这时，根宝醒了，一时不知身在何处，便咧了咧嘴要哭，看清楚四季就在眼前，这才不哭了，张着手让四季抱，又说饿了。

星哥马上打电话叫人把韦北安喊上来，韦北安进屋以后，他从钱包里抽出一撂钱，小声交代了几句，韦北安马上点头如捣蒜，然后急火火地招呼四季，走走走，咱们先吃饭，天塌下来也要吃饱饭，不能当饿死鬼。

星哥一直站在窗口看着那三个人消失在一线天的尽头，他知道这是一步险棋，四季随时都可能带着根宝坐上专线车回家，而且他刚才已经决定这么做了。然而星哥依然要让四季感觉到他是自由的，绝不能让他意识到他是鱼饵。这种时刻，他越是轻松自然，四季就越是会按照他设计好的轨迹往前走。

天已经完全黑了，城中村是夜晚的恶之花，开放得绚丽多彩，因为只有夜晚才能掩盖人生的差别，贫穷，丑陋和种种的不如意。

所有的店铺都灯火通明，像一张张嗷嗷待哺的嘴，人们像赶集一样，追逐着黑夜的脚步纷纷出现在街巷，石板地上各色鞋等匆匆来去，就仿佛没事也得在这里挤一挤，重新确认自己是忙碌的，或许也是快乐的。一时间，曾对这里万分熟悉的四季也不禁为之一振，相比之下，可园真是太清寂了，陪伴他的只有根宝和葫芦丝，本打算和韦北安就此告别的他，再一次犹豫了。

加上根宝一直喊肚子饿，四季决定先带他去吃一碗鱼蛋粉，一切等喂饱肚子再说。在去小食店的路上，他们看见有人在一块板子下面装上滑轮，变成滑板，前面系上一根绳子拉着走，一个跟根宝差不多大的孩子，坐在滑板上喜笑颜开。根宝看着眼热，也吵着要坐滑板。韦北安便上前跟孩子的妈妈商量，这样根宝也坐上了滑板，叫四季拉着来回跑，完全不记得肚子饿这回事。

当一碗热气腾腾的鱼蛋粉端到根宝面前时，四季叫他说谢谢，这类礼貌用语都是老金反复交代过的，不能让他成了一个野孩子。不过这回根宝没有说谢谢，而是突然叫了一声妈妈，叫得大伙全都愣住了，但马上送鱼蛋粉的阿婶就笑得有牙没眼，一边捏着根宝的小脸说我要是有你这样的儿子，半夜都会笑醒。

四季一边给根宝喂粉，一边对韦北安说，不如我们也要两碗粉，我吃完还要赶着回去。韦北安说，晚都晚了，还是吃完饭再说吧，你不饿我都饿了。

他们去了城中村最好的海鲜酒楼，说最好也还是大排档风格，韦北安叫了一桌酒菜，两人边吃边聊，四季很少喝酒，渐渐有点头大，喝到一定程度，韦北安借着酒劲对他说，你也不要太死心眼，这是你最后一个机会，你以后再也没可能带着孩子出来了，你总不能看着你爸死吧？！这时的韦北安舌头都是硬的，仍坚持说，我敢担保刘家现在已经乱了营，你就是现在回去也没什么清白了，你说得清吗？谁会相信你啊？不信你就打个电话过去问问。

四季脑袋一热，便拿出小灵通，他按键拨通了老金的手机。

果然如韦北安说的一样，一听见他的声音，老金便忍不住破口大骂。被他这么一骂，四季反而横下心来，他冷冷地回道，根宝很好，你只管放心，我要我的工钱，一年零八个月的，马上汇到我家里去。

说完这话,四季关掉了小灵通,身边的韦北安冲他伸了伸大拇指说,你他妈的还真有种。来,接着喝。

老金连续喂了好几声,对方已经挂断了,他气急败坏地对刘百田说,是他。

刘百田问道,他怎么说?老金说,他说根宝在他手里,叫我们把他的工资汇到他家里去。刘百田没有作声。

老金又道,汇吗?

刘百田突然火道,你说呢?你是猪脑子啊?!会有人为了一万块钱绑人吗?这摆明是试探,有初一就有十五。

老金吓得一声都不敢吭,也不敢抬头看一眼刘百田。

刘百田脸色铁青,目光如炬,厉声道,把电话拨过去,我跟他说。

老金急忙拨号码,但对方已经关机了。

经过一晚上的折腾,大部分的警务人员都已经离开了可园,车也开走了一辆,只剩下两名警员留守等待进一步的消息。

老金从书房里走出来,把四季的电话内容和小灵通的号码告诉了警员,他们立刻向总部报告,但是申请小灵通基本不需要任何个人资料,所以这个号码对破案毫无价值。不过不管怎么说,劫匪终于露头了,这使本来一团迷雾的案情渐渐清晰了一些。

直到这时,刘嘻哈才知道家里出了事,在此之前,她一直在自己的房间里听音乐,后来她偶然去客厅,看见两个警员坐守在那里,才知道出了大事。但她始终对这件事将信将疑，她来到刘百田的书房，见到爷爷的第一句话就是，我怎么觉得这件事不大可能啊。刘百田没好气地回道，四季刚刚来过电话，他承认他绑了根宝。刘嘻哈无话可说，但还是一脸疑惑，道，四季他不会有什么事吧？刘百田恶狠狠地说道，有什么事也不能绑人，而且绑到我头上来了。刘百田越想越气，他在书房里来回踱步，心想，只要他落到我手里，我就叫他下地狱。

这的确是刘百田的肺腑之言，他生平最恨拿他一把的人，而这回恰恰是一个无足轻重的人拿住了他。而且，他还自认为见过大风大浪，偏偏这一回是阴沟里翻船，让一个亡命之徒遮蔽了他的法眼。

由于当天晚上喝多了酒，四季一觉睡到了第二天中午，一线天屋里的阳光也只有在正午时分能够射到屋子里面一点点，如金子一般晃眼。四季努力睁开眼睛，才看清楚自己仍然睡在韦北安姐夫的那张床上。屋里没有人，不仅没有韦北安，就连根宝也不知所踪，四季当即就醒了过来，唰地起身，穿上鞋便冲出了房间。

他一直寻到昨天他和星哥谈话的房间门口，才听见根宝咯咯的笑声，房间的门虚掩着，穿过门缝，四季看见韦北安在跟根宝玩捉迷藏，只见韦北安眼睛上蒙着白毛巾，一边伸出两只手四处乱摸，嘴里面念道，我来了啊，我早就看见你了。四季没有看见根宝，但他总算如释重负，深深地松了一口气。

就在四季准备推门而入的瞬间，他突然听到了星哥的声音，星哥的声音并不大，但是每一个字四季都听得清清楚楚，星哥说道，等他醒来叫他打个电话，只要那边把钱汇出来了，就把孩子扣下。韦北安答应了一声，这时他又正好在沙发的后面抓住了根宝，根宝再一次笑得咯咯声，韦北安抱着根宝问道，星哥，这孩子到底值多少钱啊？星哥回道，我也不想太贪，就一个亿吧。

四季当时惊得差点啊出声来，他下意识地捂住自己的嘴巴，整个人靠在走廊的墙上，脊背都是冰冷僵硬的，这时他才彻底醒了，昨晚发生的事情一幕一幕地出现在眼前，如同一场噩梦，惊心动魄而又不可思议。

后悔与懊恼像山洪暴发一般地向他袭来。

十七

在肥妈小食店，四季给根宝要了一碗豆浆和一笼烧卖。

中午的城中村不再是一黑遮百丑，握手楼层层林立，狭小的阳台无一不是堆满了杂物，或晾晒着色彩模糊的衣裤，万国旗一般地飘扬，几乎所有的店铺都出售着假冒伪劣产品，店员无精打采，一脸的爱买不买。没有喧嚣，也没有大喇叭播放的情歌，行人比夜晚少了许多，就像潮水无声地退去，处处都显露出斑驳残破的景象，同时又弥漫着一种懒洋洋的无奈。

韦北安在埋头吃一碗牛腩面，同样的一碗面放在四季面前，但是他没有一点胃口。

四季并不恨韦北安，他是星哥的人，他也只能听星哥的安排，他甚至也那么恨星哥，他早知道他是干什么的，不是为了钱谁敢砍人?!

韦北安说得对，这是一张无形的网，他逃不掉的。

现在他果然在不知不觉中走了进去。

韦北安吃得满头大汗，粗瓷海碗很快见了底，他心满意足地抬起头来，抹了一把嘴，吃啊。他对四季说道。四季说我不想吃。韦北安马上把那碗没动过的牛腩面倒了一半在自己的碗里，又说，吃吧，我告诉你，有得吃的时候赶紧吃，下一顿还不知道在哪儿呢。四季想想也对，两个人稀里哗啦吃完了碗里的面。

这时韦北安说道，打个电话问问你们东家，看钱到底汇出来没有。

四季拿出小灵通，他拨了号码，他说，我叫何四季，我绑架了一个孩子，我现在在城中村肥妈小食店，对，石牌路十号。韦北安当即傻了，他一把夺过电话，他说你把电话打到哪儿去了？四季回道，110，我报警了。韦北安一巴掌扇过去，吼道，你疯了?!随即他拨通了星哥的电话。

同时愣住的还有根宝，他不知道发生了什么事，一会看看四季，一会看看韦北安。四季没有表情地抱住根宝，他紧紧地抱住他。

此时韦北安已经打完了电话，他对四季呵斥道，你赶紧跟我走。四季回道，我哪也不去。韦北安说你走不走？其他的食客不知他们之间发生了什么事，眼光频频地望过来。时间再也不容耽搁，韦北安唰地一下从裤管下面拔出一把尖刀，雪亮的刀锋正对着四季。他再一次低声吼道，你到底走不走？！四季也仍旧面无表情地说，你把我杀死，就把孩子拿走吧。韦北安在一秒钟之间犹豫了。

仅仅用了四分半钟，离城中村最近的石牌街派出所派出的警员，把肥妈小食店团团围住。四季让包着根宝的外衣滑落下来，盖住了韦北安手里的尖刀，他小声地说了一句，多保重，大哥。然后他起身，抱着根宝走了出去。

一个警员迅速地将孩子抱了过去，另一个警员用手铐铐住了四季，这时的根宝突然放声大哭，抱他的警员反而加快了脚步，头都不回地把他抱上了警车。

从看热闹的人群里，四季看到了奔跑而来的星哥，他身后还跟着两个兄弟，然而，一切都已经过去。他们的眼神在半空中相遇，对视良久，一样的空洞和漠然。就这样，星哥眼睁睁地看着他的金钱梦跟随四季和根宝上了警车，绝尘而去。

四季被直接押解到市公安局，由于刘百田地位显赫，所以关于这一起绑人事件显得案情重大，绑金到底是多少？谁的策划？谁是真正的幕后黑手？如果是有计划有步骤的涉黑组织干的，那么下一个目标又会是谁？这个涉黑组织是深海炸弹还是初哥？总之，市公安局对这个案子非常重视，由经验丰富的副局长亲自带人突审何四季。

然而案情出人意料的简单，四季的父亲患了肠癌，但是他没有钱给父亲治病，所以一时糊涂绑了根宝，经过一夜的思想斗争，终于醒悟，随即报案。

案情简单得让人难以置信，这显然让举轻若重的市局领导既不愿意相信，又有些意犹未尽。副局长又问四季为何选择了城中村落脚？四季说以前在那里打过零工，那里的外来人口很多，不容易被人怀疑。副局长又问他住在什么地方？四季说住在十元店。十元店顾名思义就是十元钱一晚的简易旅店，根本不用登记，交钱就住。十元店在城中村不止一家，随便一处破旧的民宅隔一隔，搭几块床板就住人了。这一类的野鸡旅店无证无照，管理混乱，竞争激烈，就是查到了他们也不认账。

四季的案子让市局的领导匪夷所思，明明是大案却过于简单，四季是初犯但似乎并不惊慌，被绑的根宝见不到四季居然哭得上气不接下气，谁抱都没有用。

幸亏这时老金带着容妈闻讯赶来，见到失而复得的根宝，不禁老泪纵横。老金把根宝紧紧抱在怀里，根宝这才停止了哭闹。老金抱着根宝配合警员问话，当然是问四季打没打他之类的问题，问来问去，根宝都是三句话，吃蛋蛋，吃饭饭，滑车车。再问他就烦了，还问调查他的警员，四季呢？我问你四季呢？

验伤。把根宝翻过来倒过去地看，完好无损，无伤可验。

再问下去已经毫无意义，老金和容妈带着根宝先回家去了，走前对警局千恩万谢，还说过几天要送锦旗来。

副局长不甘心，再一次提审四季，通常过于简单的案子背后都隐藏着巨大的阴谋。副局长问四季，你说你只要一万多块钱，我看到根宝身上戴的玉，贱卖也值十万八万的，你用得着绑人吗？四季说，玉不是我的，工资是我的。副局长说，你倒分得清，可是绑人犯法啊，你怎么就敢以身试法？四季说绑都绑了，还说什么，我愿赌服输。副局长哼了一声说，这里可不是说硬话的地方，绑架罪最低也要判十年。

四季当场愣住，此后便一言不发。

隔了几天，云南警方有电话打过来，确实有个叫何四季的小伙子外出打工，确实他的父亲最近得了重病。何四季也确实没有前科，村民和学校对他的反映还不错。

市局专门为这件事开了一个会，讨论如何处理这个案子。

警员再一次来到可园，这一次是找刘百田直接谈话，因为他是根宝在大陆唯一的法定监护人。警方想了解一下刘百田对这件事怎么看？同时鉴于没有引起严重的后果，四季又是投案自首，刘百田有没有可能考虑撤诉？

刘百田沉吟良久，然后才说，让我考虑一下，我会给你们一个书面答复。

市局的两个办案人员走后，刘百田叫来老金，忍不住大发雷霆，他说这简直是莫名其妙，绑架案不付诸法律处理，难道还能私了吗？我告诉你这件事没有半点余地，何四季一定要为此事付出代价。

以往，老金还有一点和事佬的风范，因为老管家嘛都有老管家的性格，那就是万事见怪不怪，内心麻木冷漠但处理起事情来尽量不走极端，上下都让一步。但是这一回他因饱受惊吓，心里面对四季甚是不满，或者干脆就是充满怨恨。再则，老金深知刘百田的为人，他是最不能冒犯和辜负的，就连刘临风他都绝不姑息，何况一个外人？如果他仁慈宽厚，那他怎么可能坐拥金山？早到庙里去当方丈了。

所以此时的老金只管低着头，闷声不响。

刘百田发了一通火，虽然余气未消，但神志还是清醒的，最终他对老金说，这件事已经这样了，就把他的工资算清楚，给他寄回家去，从此两清了，他该怎么处理就怎么处理，我是绝对不会撤诉的。以后也不要在我面前提这件事。

老金按照刘百田的意思叫励德公司的常年法律顾问做了一份简明扼要的书面文件，刘百田签名之后被送往市局，一切都显得清晰规范。

就这样，四季的案子还是进入了法律程序，他被关进看守所，当然也没有钱请律师，于是有关部门为他申请了法律援助。这个法援律师的名字叫颜磊，三十多岁,长得矮矮胖胖的,并且性格有些婆妈。四季一见到他,就知道自己完了。

本来,对于这样的案子,颜磊也知道只是走个过场,而且他对过场戏也是驾轻就熟的。但是这一回,在他了解完案情之后,不知是四季的遭遇让他动了恻隐之心,还是他想测试一下富人的心血是否真的冻过冰,心比石坚。总之这一次颜磊似乎决心想用一己之力撼动乾坤,也不枉让身边的人心甘情愿地叫他一声颜大状。

通常男人最大的弱点就是没有耐心,但是颜磊反而是个慢性子,而且不易动火。他一开始便打电话找励德的法律顾问,想与她当面沟通,毕竟大家都是律师,无形中有一套语言系统,加之看到了她写的书面法律意见函,首先找到她似乎是一件顺理成章的事。励德控股公司的法律顾问是个老女人,名叫沈安琪,近五十岁,早年在英国学成归来,一直在香港工作,看上去干练而有条理。一开始,她还是客客气气地推脱太忙,答应等有空的时候大家可以坐下来喝一杯茶。颜磊还当了真,隔三差五就打电话来约,终于把沈安琪搞火了,她在电话里对颜磊说,内地刑法第二百三十九条,绑架罪十年起刑,我就不知道我们还需要沟通什么?而且刘老板是绝对不会撤诉的,你就死了这条心吧。

电话里的颜磊一点不恼,他说据我所知,可园的取意就是万事皆有可能,我们不妨心平气和地聊一聊,而且我的当事人的确充满悔意,何况他的家人又身患绝症……沈安琪打断他的话说，对不起，我的人生字典里没有聊一聊这个词，不妨告诉你我的明码实价，法律咨询每小时二百美元，谈具体的案子每小时六百美元。你若想好了可以到我的律师楼来谈，朝九晚五，无任欢迎。

沈安琪挂断了电话，颜磊心想，真是最毒不过妇人心啊。不过怨归怨，拼钱他就矮了半截。在这之后，他又找了老金，老金倒是跟他见了一面，是在一家五星级酒店的咖啡厅。老金也明确表示，法律面前人人平等，不能因为是穷人就网开一面，富人就没有心灵损失和精神伤害吗？这一切必须通过法律手段得到补偿。

颜磊没想到这么快就败下阵来，由此他发现自己就是一个庸常的人。在这样的心境下，他不知道最后一步棋还走不走，这步棋就是找一下刘百田的宝贝孙女刘嘻哈。

颜磊犹豫了，他决定把约见刘嘻哈的事放一放，通常一连串的不顺常常招来一连串的碰壁，所以他改变了思路，再一次返回看守所找何四季，希望他那边能够想出一些有利于自己的事实或细节。但显然，何四季并不怎么信任他，这表现在他的长时间沉默，而且他也不看着他，只是看着地面。

这一次也一样，四季被带到提讯室，身上穿着黄色的囚服背心，人瘦了一圈，面颊深深地塌了下去，他看了颜磊一眼，仍是无话。

颜磊说道，我得到确切的消息，你爸爸在收到你的工资后去了医院做手术,据说手术非常成功,所以你在这里可以放宽心,好好想想自己的事。虽说四季还是没有说话,但他抬起头来感激地看了颜磊一眼,渐渐地眼眶红了,大颗的眼泪滴落下来。颜磊也不知道该怎么安慰他,只是说别哭了,这是坏事里的好事,还是想想你自己吧,你真的跟我没有任何话可说了吗?四季想了想,还是摇了摇头,颜磊很是失望,不觉自语道,不知道刘嘻哈这个人怎么样?我要不要找找她呢?找到她这件事还会不会有弯子转呢?

大概过了五分钟,颜磊听见四季说,你找找她吧。

颜磊是在漫画屋和刘嘻哈见面的,很快他就发现刘嘻哈这个人相当天真,不仅长得像卡通人物,而且还是个法盲。她完全不知道何四季所遭遇的困境,还以为根宝没事了,四季很快就会给放出来,然后一切就这么过去了。所以当她得知四季要判十年时,着实把她吓了一跳。

颜磊也知道自己这么做是病急乱投医,这件事跟刘嘻哈毫无关系,如果一定要找,他找的人应该是刘百田,当然他根本不可能见到这位地产大亨,而励德的法律顾问和老金的态度本身就已经说明了刘百田的态度,那么他找刘嘻哈又能怎么样呢?他又能要求她做什么呢?也许就是因为意外地得到了四季的意见,他便决定见一见刘嘻哈,或者说他并没有太大的期望值。

然而这一次,对于颜磊来说,刘嘻哈的确是伫立在灯火阑珊处的那个人。要想撼动励德大厦的铜墙铁壁，让他们挤出一点点同情，他唯一能做的就是跑腿和耐心。

不过，当时刘嘻哈并没有多说什么，她只是发了一会怔，然后就与颜磊道别了。

吃晚饭的时候，一切都还平静。根宝暂时由老金带着，这时正在给他喂饭，根宝还是边嚼饭边满屋子跑，当他跑到刘百田的跟前，刘百田用自己的筷子喂他吃了一块鱼肉，一老一少的脸上都略有笑意。这时刘嘻哈开口了，刘嘻哈说道，爷爷，四季要判十年的事你知道吗？刘百田没有说话，当然也更不会有人接刘嘻哈的话，大伙仍旧吃饭。餐厅里很静，就像没有人说过话一样。

这时根宝突然跑到老金的面前，他说，金爷爷，我要四季。回到可园之后，根宝几乎每天都要四季，吵得没办法，容妈只好对他说四季帮他找妈妈去了。

老金嘘了一声，小声对根宝说，不要吵，好好吃饭。

刘嘻哈又问了一遍，这一次，刘百田开口道，这件事你不要管。

刘嘻哈道，我不是要管，我是觉得这件事我们做得就有问题，既然他爸爸生了病，就应该给他家里寄点钱，事情也不会搞成现在这样。刘百田黑口黑面道，这个家里的哪一分钱是你挣来的？你没有资格说这种话。刘嘻哈习惯了爷爷的尖刻，所以她不但没有生气，反而抿嘴一笑。刘百田道，你笑什么？你到大街上去哪怕能要来一块钱,我就立刻成立一个励德慈善基金,让你当会长。只有老金知道,这是风暴前的预警,他不动声色地盛汤,却在桌下踢了刘嘻哈一脚,刘嘻哈浑然不觉,反倒大声说,你踢我干什么?

刘嘻哈接着说,好吧,我是没有资格,可是四季要的是他自己的工资,这总没有错吧。只听刘百田啪的一声放下筷子,冲着刘嘻哈火道,你还有没有脑子?!何四季绑架的是你弟弟,你倒反过来替他说话,你跟他到底是怎么回事?这时的刘嘻哈也提高了嗓门,我跟他能是怎么回事?我就是觉得他带根宝这么长时间,尽心尽力,他根本就不是什么坏人。刘百田说,没有信义,背叛主子,这样的人也算好人吗?想到曾经对四季的刮目相看,刘百田觉得自己简直像个傻小子似的,这也是他不能饶恕四季的原因之一,他不仅冒犯了他,而且还羞辱了他的眼光,刘百田不禁兀自叹道,看来要真正了解一个人,的确需要时间。刘嘻哈道,问题是谁不会犯错啊,犯了错他不是投案自首了吗?刘百田道,那是因为他根本无处躲藏,警方已经根据他的小灵通查到了他就在城中村一带。

刘嘻哈无话可说。

不过刘百田也没了胃口,他推开面前的半碗饭,起身离去。当他走到餐厅门口的时候,刘嘻哈也站了起来,她说爷爷,四季千里迢迢从乡下来到这里,就是为了改变命运啊。刘百田转过身来,看出来他已经有些不耐烦了，可是每个人都要对自己的行为负责。他说。并且他又说，我相信不止一个人像他那样流下过悔恨的泪水，可是那有用吗？刘嘻哈道，他犯错当然要受到惩罚，但不至于是十年吧。刘百田道，那你就更应该懂得，这个国家是不会为了一个人而改变刑法的，所以，不要做徒劳的事。

十八

一连数日，每到傍晚时都是一场豪雨。等到放风的时间过了，天黑了，雨也停了，让人感觉到特别的憋闷。四季这才知道四面墙里的日子并不是那么好过的，他被关的地方是模范看守所，一切还好。但是即便是有吃有喝无人打骂，失去自由也依然是灭顶之灾，因为他没指望了。

穷人最怕的就是没指望。

每个监仓都是开着灯睡觉，四季睡不着，当然关上灯他也睡不着，于是就把一路到城里来的事情过电影一样，在脑袋里过了一遍又一遍。他怎么也想不通为什么韦北安和星哥他们还好好的，就像水里游的鱼一样自由自在地过日子，自己却跑到这种地方来了。他真的想不明白，犹如一场噩梦，他被一只大手推着迷迷糊糊地往前走，醒来一看就在这里了。同监仓的人问他犯的是什么事？抢劫还是强奸？他小声说是绑架。那人并不惊奇，只说如果绑到钱了，坐两年牢也没什么。四季问那个人犯的什么事。那人说诈骗。口气极其轻松，就好像中了一个安慰奖似的。

四季也没有一个晚上不想起父母、妹妹，想起那个破破烂烂的家，他觉得最对不起的就是家里人，他完了，他们家还有什么指望呢？他自己活着还有什么意义呢？一想起有可能在这里呆十年，他心里便是无边无际的黑夜。

唯一在这黑夜里还有一丝星光的是，他从颜律师那里知道了父亲已经手术，而且手术很成功。这让他激动了很长一段时间，甚至觉得有这个结果坐牢也值了。

可以说，四季每天都生活在各种情绪混杂在一块的矛盾之中。

一天，管教叫四季去探视房，这让四季感到很奇怪。自从关进看守所，除了颜律师以外，他鬼都没见到一个，怎么可能有人来探视他呢？去了探视房，他才看见是刘嘻哈来看他了，这让他感到十分意外。刘嘻哈看上去也很平静，她说，我也没有什么事，就是过来看看你。四季看到桌上有一袋食品，方便面、水果之类的，他不知道说什么好，只会站在那里搓手指。刘嘻哈又说，四季，我相信你不会加害根宝，也相信你不是一个坏人。可是我爷爷他现在正在气头上，等他气消了，情况或许会好一些。四季回道，这件事我谁都不怨，只怪我自己一时糊涂，现在说什么都迟了。

两个人都没有太多的话可说，只好干坐了一会儿。

临走的时候，刘嘻哈对四季说道，如果你有什么想不通的事就想想《鹧鸪飞》吧，就连灰色的小鸟都知道迎着太阳飞，你也千万不要自暴自弃啊。

四季的眼圈红了，他说根宝他现在好吗？他没事吧？刘嘻哈说他没事。

在回监仓的路上，四季泪如雨下，如果不是有管教押着，他蹲下来号啕大哭一场也不一定。

这天的傍晚，刘嘻哈回到可园，紧接着是一场暴雨追踪而至。

至于刘嘻哈为什么要去看四季，其实并没有什么特别的理由，只是有一天，她无意间看到她画的那张四季和根宝一块放风筝的写生，就突然觉得有几句话一定要跟四季说，不说就像一件事没有做完，一张画没有收笔一样。

本来这件事就应该这样过去了，可是回来之后的刘嘻哈看到床头的葫芦丝，拿在手里一吹，那声音原来也是有感应和生命的，全然没有了欢快和乡思，美丽的音域变成了哀伤，就好像它什么都知道似的，竟然满满的都是孤独和忧愁。

雨幕中的可园，别有一番韵味。然而此时的刘百田却并没有赏雨的兴致，傍晚，他刚回到可园，便听说了刘嘻哈去探望四季的事，这不仅让他感到意外，甚至有些震怒。他怎么也想不明白刘嘻哈为什么要这么做，也就在这时，他听到了葫芦丝的声音，那声音呜呜咽咽如泣如诉，虽说以往他也曾断断续续听到过这种声音，但都不像今天这样带给他一些不悦的联想。以往，每当遇到富家女爱上穷光蛋的故事，刘百田都会付之一笑，因为这种东西都是一些无聊的文人墨客编出来娱乐大众的，该不会最不可能发生的事情发生在可园吧？

这个想法把他自己先吓了一跳。

深想下去，刘百田也坚信四季断不敢有此心，可是拣宝就不好说了，或许她真的长大了，变成了谜一样的女孩子。

或许她都不知道自己在想什么，在做什么。

刘百田越想越觉得拣宝应该跟曹宁宁尽快成婚，否则夜长梦多，刘嘻哈还不知闹出什么让大家都面上无光的事情来。

当晚，刘百田就吩咐老金，叫他在励德最贵的高尚楼盘丹密公寓，装饰出一套三房两厅的新房，另外再到香港为刘嘻哈订制最昂贵的婚纱，而所有的这一切都不要泄露半点口风。老金当然十分了解刘百田的用意，同时他也觉得曹宁宁是难得一遇的条件最好的结婚对象。

就在颜磊为四季的案子奔忙的时候，有一天，他刚刚走进看守所，无意间碰到了所长，他们下意识地点了点头，他以为所长就从他身后走过去了。没想到所长一直等到他在门卫处登记完，而后把他叫到一边对他说，我知道你是好心，可是我怎么听说四季的案子牵扯的还不是一个富豪，还有官场上的要人，说不定要从严从重呢，有些事也不像你想的那么简单。颜磊愣住了，对这几句云里雾里的话还没来得及做出反应，所长马上又说，我也是随便说说的，你们独立，你们独立。说完他便匆匆地走了。

颜磊认真想了一会儿，实在没想出什么头绪来，便没把这件事放在心上。

然而几天之后，沈安琪突然给他打了一个电话要求见面，这可是太阳从西边出来了，这个重金律师有什么事要找他呢？这引起了颜磊极大的好奇心。

见面的地点是在一家五星级酒店的咖啡厅，颜磊有守时的习惯，他提前了五分钟到达，却已看见沈安琪已经坐在那里了，两个人客套了一番，沈安琪穿了一身职业套装，风度之中略显锐气，她为颜磊要了一客蓝山咖啡，颜磊心想自己是一贯速溶的，现在整个人差不多都快被这个社会溶掉了，哪里受到过如此的礼遇，看来今后要发财致富还是得找对靠山。

沈安琪的特色就是开门见山，绝不啰唆，她说，颜律师，我听说你已经说服刘嘻哈作为证人出庭，你想叫她证明什么呢？颜磊说道，我只是想让她证明何四季对刘根宝一贯的态度，据说他们一直相处得很好，当然也是为了证明何四季的做法并没有主观动意。沈安琪冷笑道，请问颜律师你会做没有主观动意的事吗？你觉得你这个说法合乎常理吗？颜磊说道，可是我也会做出一时冲动的事情啊。

这时的沈安琪话锋一转道,颜律师,我查了你的档案,你的人生应该还在爬坡期,事业上没有什么建树,这也可能是你着急的原因之一。颜磊不客气地打断她的话说,你到底想说什么你就直说吧。

沈安琪郑重其事地加重语气道,如果你还不停止你荒唐的做法,我们将起诉你诱使和教唆证人,恶意改变和违背嫌疑人的犯罪事实,为其洗脱和减轻罪行。你知道,这就是律师伪证罪。颜磊还是被吓住了,半天没吭出声来。沈安琪这时又拿出了恻隐之心,她说,颜律师你这是何苦呢?无论出于什么原因,我们都不应该让被害人的家庭里首先闹出纠纷,这种做法本身就是缺乏职业道德的。何况刘根宝唯一的法定监护人就是刘百田,他如果没有任何改变,其他你所做的一切都是徒劳。

颜磊有些委屈道,可是我真的是实事求是地办案。

沈安琪道,这一点我很理解,我们也都是为了自己的当事人,但是做一切事总要考虑它的风险成本吧。

老实说,颜磊的内心已经败下阵来,按照他的性格,每当这种时候他反而会放几句狠话,诸如给媒体报料,谁不想看豪门恩怨?这件事本身就足以掀起纸媒恶战了,反正我光脚的不怕穿鞋的,而公道自在人心,大众一定是同情弱者的。然而此时此刻,他已经没有心情说这种话了,因为他老婆快生孩子了,正直和正义也是需要成本的。

沈安琪不愧是老姜,她一眼就看透了这个后辈的心思,于是不紧不慢道,你也知道,励德如果决定做什么事,那就是开弓没有回头箭。

说完她下意识地看了看手表,颜磊知道,这次不收费的谈话已经结束了。

应该说,颜磊陷入了极大的矛盾和困顿之中,也就在此时,一场避无可避的风暴终于在可园爆发了。

刘百田得知了刘嘻哈要出庭作证的事,非常愤怒,他觉得刘嘻哈简直疯了。

傍晚,刘嘻哈从工作室回到可园,刚放下包就被叫进刘百田的书房,刚叫了一声爷爷,便被爷爷满脸的乌云给吓住了。

刘百田压着怒气道,你到底要干什么?刘嘻哈不解道,我干什么了?刘百田道,你跑到看守所去看四季,现在又要出庭作证,你一个千金小姐,成什么体统?!刘嘻哈更加不解道,都什么时代了,人和人不都是平等的嘛。刘百田道,什么平等,这个社会从来都是有阶层的,你要自重。刘嘻哈急道,我怎么不自重了?我做了什么不自重的事了?刘百田气道,我告诉你,何四季绝对不可以逃脱法律的制裁。

刘嘻哈道,爷爷啊,原来你为这事,这有什么好气的,你不撤诉是你的权利,可是我为四季作证只是希望他少判几年,这也是我的权利啊。我们都坚持自己认为正确的事,你为什么要生气呢?

长长的沉默之后,刘百田叹道,拣宝,你跟我说实话,你是不是对四季有什么想法?刘嘻哈道,是啊,我觉得他不是个坏人,我坚信他只是因为一念之差而做了蠢事,我希望能够帮助他。刘百田正色道,那我现在就告诉你不行,你不能出庭作证,这件事传出去会变成丑闻,你知道吗?

为什么?

你说为什么?你的做法都说服不了我,别人会下什么样的结论?什么离奇古怪的事情都能编出来!

我都被你说糊涂了,这跟别人有什么关系?

这时刘百田的手在空中挥了挥,有些不耐烦地说道,好了好了,我们不要再说了。的确,快刀斩乱麻才是刘百田的风格。这段时间,他没想到在刘嘻哈的婚事上,竟然是百般的行不通,更没想到一个微不足道的四季,惹出了如此棘手的轩然大波。他的忍耐已经到了极限,再也不能让事态任意发展了。

他说,这样吧,我们做一个交易。刘嘻哈不敢相信自己的耳朵,她说,跟我吗?刘百田说,对,我是你爷爷,但我更是一个商人,商人是最擅长做交易的。

刘嘻哈没有说话,但她瞪大的眼睛里充满了疑问。

刘百田这时候仿佛怒气全消,他异常平静地说道,拣宝啊,你还是赶紧跟曹宁宁结婚吧,只要你们结婚,我就撤诉,我就不跟何四季这个人计较了。

刘嘻哈道,为什么要这样呢?这是两回事啊。

刘百田心想,这就是一回事,只要你踏踏实实结了婚，我也就不担心节外生枝了。但他没有这么说，他只是说，你不觉得只要你们结了婚，我们就不必互相说服了吗？

刘嘻哈这时候才明白爷爷的用意，她说，爷爷，你为什么就不能相信我呢？我并不是因为喜欢四季才帮助他啊，我是觉得他应该得到我的帮助才去帮助他的。

刘百田冷冰冰地回道，你以为你是谁呀，既然你这么慈悲为怀，那你就帮他到底吧。

说到底，刘嘻哈或许就是刘百田身上的一根肋骨，他抚养了她，也造就了她，不可避免地把她变成了另外一个自己。所以，刘嘻哈和刘百田其实是一样倔的，那些硬话根本就吓不倒她，反而会助长她的逆反心理。

这时的刘嘻哈也恢复了平静，她说，是的，我会帮他到底的。

十九

是我。曹宁宁在电话的那一头说。

我知道。刘嘻哈回道。

还是朋友吗？曹宁宁说。

刘嘻哈哑然失笑，她觉得曹宁宁的声音里既有些无奈又有些怅然，还有一点点可怜，像一个做错事的大孩子。于是她说道，你说呢？

当然还是。

那就是吧。

今晚有空吗？咱们去看电影吧，美国大片。

刘嘻哈没有马上回话，心想自己捧着一桶爆米花，和曹宁宁像呆头鹅一样并排而坐，还要多傻才算傻？她很想说，这又是你妈的主意吧？

曹宁宁仿佛看透了她的心思，说道，天地良心，这可是我自己想约你啊，谈恋爱不就是把庸俗进行到底吗？咱们也一样别少。刘嘻哈道，谁说要跟你谈恋爱了？曹宁宁突然结巴起来，他说，我觉得吧，你这个人还是挺可爱的，我还真有点喜欢你了。刘嘻哈陡然和曹宁宁换了一种交流方式，立即感到十分别扭，她下意识地把电话挂了。

电话马上又打了过来，曹宁宁说你别挂呀，我也是见到你不知道该怎么说，才在电话里说的。

刘嘻哈正不知如何作答，正巧这时有人敲工作室的门，她便捂住话筒喊了一句，进来。

门被推开了，进来的人正是曹宁宁。

他说完该说的话，把手机放回衣袋里。这是距刘嘻哈生病两个礼拜之后，其间谁也没理谁。曹宁宁自己也不明白他那天为什么会那么冲动，却又一点也不后悔，冲动而不悔，是不是就是爱呢？

刘嘻哈把电话挂了，她颇有些意外道，你怎么来了。

曹宁宁道，我再不来，可能我们一辈子都不会打交道了。

两个人都有些尴尬，一时不知说什么好。隔了好一会，刘嘻哈才指着桌上的公仔纸草图说道，我在给人赶活呢，真的不能跟你去看电影了。其实这是托辞，曹宁宁心里也明白，谁还会指着刘嘻哈开饭，那不是太好笑了吗？不过他半天没吭声，但又不甘心马上离开。刘嘻哈见状只好没话找话说，你不是这么容易就向你妈妈投降了吧？曹宁宁神色黯然道，这回真的不是投降，是我自己改变主意了。

轮到刘嘻哈不吭气。曹宁宁说道，我本来就想找一个单纯，自然，内心又坚强的女孩，原来我根本不相信你会具备这种品质。

天哪，这是选荣誉市民的标准吧。刘嘻哈笑道，你忘了我们从一开始就不来电，那又何必勉强呢？你这样一搞我们连朋友都没得做了。曹宁宁道，你还是再好好想想吧，反正我是想好了。

说完他转身，头也不回地走了。

过了两天，刘嘻哈收到一个牛皮纸的大信封，打开，里面有两枝废旧报纸精心折叠的玫瑰，玫瑰的花瓣密密层层，树叶和枝干也显得逼真坚实，全是旧报纸的精加工。信封里面虽然没有片言只字，但是刘嘻哈知道这是曹宁宁送给她的，并且强调是他的个人创意，绝非他妈妈的意思。这一点的确让刘嘻哈芳心一动，她把这两枝环保纸玫瑰插在一只藤编的花樽里倒是非常的般配。

刘嘻哈心里还是感到奇怪，事情怎么会变成这个样子了呢？

有一天,兔子在工作室看见了这两枝玫瑰,兔子说,是曹宁宁送的吧。刘嘻哈说,你怎么知道?兔子说,别具匠心嘛。刘嘻哈没说话,只是轻轻叹了口气。兔子安慰她道,富家女也要认命啊,再说找一个特别喜欢的人一起过日子是会失去自我的。刘嘻哈道,我从见到他的那天起,就做好了这个思想准备。

兔子忍不住笑起来,我是多么爱你,刘嘻哈同学。她说。

刘嘻哈却没有笑,她喃喃自语道,我直到现在还没有忘记他啊。兔子怜惜地看了她一眼,道,那就用一生去忘记他吧。

时至今日,一天的傍晚时分,在斯日格家的饭桌上,全家人都在闷头吃饭,有一句没一句地说着闲话。到了新闻联播的时间,老曹同志就抱着饭碗去看新闻了,斯日格还不忘叮嘱一句,慢点吃啊你,每口饭要嚼三十下。曹宁宁忍不住道,妈,你烦不烦啊,管理我们这么多年?斯日格说,我一点不烦,我觉得我这辈子挺幸福的。

曹宁宁撇了撇嘴,显得颇不以为然。

斯日格吃了一口菜道,你的事怎么样了?曹宁宁故作轻松道,还能怎么样,久攻不下呗。斯日格愣了一下,脱口而出道,不可能啊。曹宁宁道,怎么不可能了,到底是你谈恋爱还是我谈恋爱?

斯日格还真是那种家人生病恨不得打针扎在自己皮

肉上的人。

斯日格放下手中的饭碗,道,我还真没想到你们的事会这么不顺,上一次订婚,嘻哈就大病一场,怎么会这么巧呢?曹宁宁含糊其辞道,也是。

两个人正说着话,电话铃响了起来,斯日格起身去听电话,只听了一会儿便笑逐颜开。她说好,好好好好好,好。放下话筒,曹宁宁说,妈,你从头到尾说了二十一个好,就用这一个字打完了电话,可以进吉尼斯了。斯日格满面春风道,你知道什么,刘嘻哈答应结婚了,我不说好还能说什么。曹宁宁也是脱口而出道,不可能啊。斯日格道,有什么不可能的,刚才就是刘老板亲自打的电话。趁着曹宁宁发呆的工夫,斯日格又说,傻儿子,咱们赶紧准备婚事吧。

曹宁宁一言未发,饭也没吃完就推门出去了。

曹宁宁来到可园,他去了刘嘻哈的房间,刘嘻哈正在翻着歌谱吹葫芦丝,听着像阿诗玛。见到曹宁宁,刘嘻哈停止了吹奏,拉了张椅子叫他坐。曹宁宁劈头就说,你受什么刺激了?刘嘻哈不快道,你才受刺激了呢。曹宁宁说,那怎么前几天给你打电话你还爱理不理的,今天就同意结婚了。刘嘻哈平静道,那有什么奇怪的,有些事情一分钟就可以想通。

曹宁宁没话说了。

刘嘻哈还就是一分钟想清楚了结婚的事。她想,如果跟自己最爱的人失之交臂,那就碰上谁算谁吧。

抑或是,她就是要跟爷爷赌这口气,把四季给救出来。

刘嘻哈微低着头,下意识地把玩着手中的葫芦丝,她真的是已经没有什么话要说了。当她再一次抬起头来,发现曹宁宁就站在她的跟前,离她很近很近。你真的想好了吗?他轻声地问道。

刘嘻哈点了点头,当然她没有看着曹宁宁的眼睛。曹宁宁并没有觉察出什么,他只是小心翼翼地捧起刘嘻哈的脸,在她的额头上亲吻了一下。

随即,他暗自吁了口气,仿佛是完成了一个难以完成的任务。这样很好,跟一个自己和家庭都认可的人结婚所能减少的麻烦,是人们难以预料的。再说他也累了,感情和婚姻毕竟不是男人的全部,他还有很多事情要做。

接下来的事情就变得简单多了。

无论曹宁宁怎么反对,斯日格都不同意办一个什么环保婚礼,什么植树婚礼。她在家里的客厅来回走着,像做报告一样底气十足,她说,慢说人这一辈子就这一次,你让人家女孩子怎么想?就说这是我们曹家娶媳妇,我不说争面子,至少不能丢脸吧?!她又说,盛大不等于宏大,体面不等于豪华。总之,既然已经决定联姻,那就得有一个相匹配的婚礼。

刘百田也不同意婚礼从简,他说我嫁我的心肝宝贝哪能不花钱呢?婚礼是一个女孩子命运的真正开始,怎么能不办得花团锦簇呢？

当然还有更重要的，那就是不能把事情办得俗气，更不能成为大众的谈资。最终的方案是两家人一起飞到美国关岛，在那里举行一个完美而难忘的仪式。其间的准备工作大都是在斯大姐和刘百田之间热线联系，两个年轻人简直都插不上话。

兔子作为伴娘也在邀请之中，她是两家人里唯一的一个外人，这也是刘嘻哈坚持的结果，当然大家也都很接受兔子。刘嘻哈跟兔子发牢骚说，看他们那个热火劲儿，我都搞不清是谁要结婚了。兔子白了她一眼道，别不知好歹了啊，我巴不得有人给我来个包办婚姻。不见得多么快乐的刘嘻哈还是被她给逗笑了。

老金带着两个随从提前去关岛打前战，事先就联系好的海外婚礼公司已经为他们打点好了一切。他们为一对新人选择了风芝教堂的一个蓝白色礼堂，外观华丽而脱俗，四十多尺的楼高，全白色的设计，晶莹通透的蓝色玻璃，二百七十度的海景环绕，既体现了神圣庄严又表现出无穷浪漫。

婚纱方面，刘嘻哈坚决不穿夸张设计的大伞裙，而是一袭象牙色雪纺的露肩长裙，裙身似水，铺陈流畅，没有任何装饰和皱褶，剪裁和布料都出自法国，的确是简约而高贵。

举行婚礼的那天，刘嘻哈全身上下除了手上的一枚钻戒外，没有一件饰物，纯净得几近透明。牧师为他们宣读了誓词，据说只有在这里，不是教徒的人也可以在教堂完婚行礼，并且可以得到美国政府发出的正式的结婚证书。现场还有演奏的乐队和高音献唱，歌声环绕着整个礼堂，巨大的轰鸣在每一个人的心头回响。

在歌声中，刘百田把刘嘻哈交到了曹宁宁的手上，包括兔子在内的所有的人都感动得热泪盈眶，而只有刘嘻哈的神情是恍惚不安的，因为如此隆重的仪式多少让她感觉到了自己的草率和荒唐，直到这时她才懂得，人生的有些事情是不能拿来赌气或者负气的。

然而一切都已经晚了。

刘嘻哈的眼前浮现出苏光夏的面庞，她至今仍然记得他曾经拉着她的手挤过人群，他的手是厚实，干燥和温暖的，他的笑容总是浅浅的，而又带着一丝童趣。终于，刘嘻哈眼中的泪水夺眶而出，在场的人都认为这是新娘子喜极而泣。

一周的蜜月天堂完美假期结束了，可以说每一个细节都无可挑剔，两家人也都相当满意。

回来之后，刘嘻哈和曹宁宁直接搬进了丹密公寓。生活似乎又恢复了原有的平静。

一天，刘嘻哈接到颜磊的一个电话，颜磊在电话里说，四季的案子判下来了，获刑八年，他也只能说他尽力了。本来他不想打这个电话的，但是最后一次见到四季，四季请他带话，而且叫他务必带到，就是四季得知刘嘻哈愿意为他出庭作证，不管最终做了没有，他都感谢她。

刘嘻哈觉得很奇怪,她说我爷爷不是撤诉了吗?

颜磊说,没有啊,励德公司从来没有一个人跟我谈过这个问题。

刘嘻哈挂断电话之后就直接去了励德公司,刘百田在开会,刘嘻哈便在他的办公室等待。刘百田的办公室很大,站在落地窗前,远景一览无余。办公台上井然有序,都是办公用品,唯独一张刘嘻哈跟爷爷离开香港时的合影透露出一个老人内心深处的些许温情。

刘嘻哈平时几乎不到公司来,然而此时刘百田见到她,也并不感到意外。刘嘻哈说,爷爷,四季被判了八年,你知道吗?刘百田点头道,我已经听说了。刘嘻哈道,你不是答应我撤诉吗?刘百田并没有直接回答这个问题,他沉默了一会儿,尽可能地收尽了脸上固有的威严,他语气温和地说道,栋宝啊,你已经成家了,而且找到的是可以托付终生的人,百年之后我对你的父母也有交代了,我现在要告诉你最后一个人生箴言,那就是对待与你最亲的人,也不要相信他所有的话。

于无声处,却是一声惊雷。

刘嘻哈顿时傻了,她瞪大了眼睛,愣神愣了好一会,方才明白爷爷的话是什么意思,她有些不相信地说,是你改变主意了吗?刘百田冷下脸来说道,这是何四季一定要付出的代价,我从来就没有改变过。刘嘻哈道,那你不觉得我下的赌注太大了吗?话音未落,刘百田厉声呵斥道，你不要轻贱了自己！为那个人吗？值得吗?！他配吗?！你的婚姻是你的幸福保障，跟任何人无关。

刘嘻哈无言以对。

刘嘻哈也不知道自己是怎么离开励德公司的，她回到家中，倒在沙发上盯着天花板，半天一动也不动，外人很难理解，这一次的事件对于她的自信心是摧毁性的打击，她发现自己不仅没有父母，没有事业，不被心爱的人接受，而且还没有能力解脱自己，更谈不上帮助任何人了，充其量只是爷爷巨大的商业棋盘上一颗华丽的棋子。

过了几天，刘嘻哈给颜磊打电话，她说她还是想去看看四季，毕竟她答应过出庭作证，但没有尽到心，想当面对他表示歉意。颜磊说好，我去帮你办探视证。

隔天，颜磊打来电话，他说监狱不用去了，刘嘻哈问为什么？他说四季已经被押解到新疆去服刑了。

刘嘻哈半天没说出话来。

这天晚上，刘嘻哈独自吹了一会儿葫芦丝，她吹的是《发如雪》，断断续续，音律生涩，算是给四季送行吧。她救不了他，也只能说是尽了力。奇怪的是葫芦丝仿佛也知道了四季已经去了飞沙走石的戈壁滩，它像得了重感冒一样，发声喑哑哽咽，了无生气。

二十

日子又恢复了原有的平静，对于大多数人来说，一天就是一年，一年也就是一天。

刘嘻哈和刘百田之间的冷战是没有正面冲突的那种，他们没有无穷无尽的争执，没有彼此放狠话，唯一的特征就是形同陌路，说到底是内心与内心之间的交战，并不是外人可以一眼洞穿的。

一天傍晚吃晚饭的时候，老金好几次欲言又止，刘百田不快道，有什么话你就说嘛。老金说，拣宝虽说结了婚，可怎么说也应该抽空回可园看看啊。刘百田没有接老金的话，甚至都没看他一眼，照样吃自己的饭，直到吃完饭放下筷子，他才不前不后地说了一句，亲情是永远割不断的。说完起身离去。老金心想对是对，可这还用说吗？

又想，刘嘻哈怎么就真变成了泼出去的水，有去无回了呢？

可园备感冷清。

半夜，刘百田醒了，虽说他是一个极少儿女情长的人，但是这一次他也不得不承认他想拣宝了，他起身去了拣宝的房间，这里的一切还是拣宝离开前的样子，果绿色的睡裙随意地搭在床边，她喜欢的书籍和报刊到处都是，高保真的耳机骑在沙发背上，空气中飘浮着淡淡的幽香，仿佛拣宝随时都会回来。

但是她没有。他知道她在跟他赌气，他也知道其实他们都没有错，他是一个商人，拣宝要做一个艺术家，他们对待严酷和慈悲的理解怎么会相同呢？但是他相信时间会化解一切。

经过一番艰难而曲折的努力，地王的归属权终于花落励德。

最后这一次的竞拍依旧是风起云涌，险象环生，尽管思虑再三，刘百田决定不出现在拍卖现场，因为谁都知道他是地痴，只要他一出场，其他的竞标者就会像约好了似的，令价格一路飙升，不给他一点喘息的机会，直到他不得不放弃。这一次虽说斯日格打点好了一切，但总不能绕过竞拍，总要把面儿上的这场戏演好，演扎实。这就难保不出意外。

所以这一次刘百田高调住进自己的私家医院，其实也就是打一打营养针，但对外却说年龄大了，身体不适，已有退意。这么做可以麻痹许多人，尤其是年轻气盛的地产界才俊。老金同样也不能现身拍卖现场，没有人不知道他是刘百田的影子。而真正在拍卖现场举牌的只是励德公司的一个部门经理，后来被称为神秘的黑衣人。即便是这样，最后一次出让的举牌次数也高达八十九次，价格上涨了三倍有余。有一度刘百田甚至怀疑别人已经知道了他是地王的幕后黑手，还是不肯放过他。好在千钧一发之际，落槌定音。

借着这个由头，刘百田提出来要两家人吃顿饭，老金便一通张罗，做好了一切有关事宜。

刘百田一向都喜欢传统的老饭馆，因为不管怎么说还是菜式好，而且从不失水准。所以这一次选择了福临门饭店,老金事先去订好了鲍鱼和天九翅,还有深海的东星斑。总之,这顿饭斯大姐一直都在说太破费了,既然是一家人完全没有必要这么隆重。刘百田心说,我这哪里是为你?当然嘴上还是说,一家人就更要吃得隆重嘛。

在古色古香的中式包房里,刘百田见到了刘嘻哈,刘嘻哈看上去很平静,她坐在曹宁宁的身边,有一点小妇人的模样了。曹宁宁显然对现在的生活十分满意,他胃口好,健谈,刘嘻哈吃不完的半碗饭他拿过来就吃了。相比之下,刘百田感觉到刘嘻哈眉宇间的淡淡忧伤,这让他多少有些心痛。

而且自始至终,刘嘻哈的目光都不愿意与他相遇,就像京剧中的《三岔口》,紧锣密鼓的对打总是在一秒钟之间交错游移,彼此碰都不碰一下。他们的目光也是如此,咫尺天涯。

刘百田的内心疑云四起,难道刘嘻哈跟四季的感情真的那么深厚吗?以至于会影响到她的一生,那么四季不但应该坐牢,而且应该下地狱。

等到这顿饭结束的时候,刘百田已经恢复了往日的冷漠,他觉得他所做的一切都是对的。

曹宁宁的确对现在的生活十分满意,白天他上班,下班之后回到家里,钟点工已经做好了饭菜,等到他们小两口吃上热饭喝上热汤,钟点工就走了,并不影响他们,第二天一早再来洗碗打扫卫生。钟点工是老金找的，据说有特级证书，什么都会干，上班还穿白工作服。

晚上曹宁宁要看一会书，刘嘻哈有时看电视，有时挂在网上，有时发呆，但是互不打扰，新婚生活虽然说不上浓情蜜意，但安静也有安静的好。

这天吃晚饭的时候，刘嘻哈对曹宁宁说，我想到日本去游学，日本的大学里有漫画系。曹宁宁半天没吭气，想了想才说，可是我们才刚结婚啊，我是不想让你走的，但是你实在想去就去吧，只要你高兴起来。

这个问题后来就没有再讨论下去了，原因是曹宁宁最后这句话还是感动了刘嘻哈。她想，也许兔子说的是对的，富家女也要认命，说不定她命中注定就是要跟曹宁宁一起生活。而且她跟曹宁宁赌什么气呢？曹宁宁并没有骗她啊，结婚是她自己答应的，骗她的是爷爷刘百田。

刘嘻哈是不会原谅爷爷的，他为了惩罚一个人深深地伤害了她。现在四季到新疆去服刑了，这件事似乎已经结束。但在刘嘻哈的心中，这个芥蒂却让她难以释怀，爷爷利用了她的善良，在她面前暴露出最丑恶的一面。

她的亲爱的爷爷，一直是她的保护神，在她心中有着至高无上的地位，却在那一刻让她同样铭心刻骨地看清了什么是冷酷，失信，谎言，势利。

然而，无奈和怨恨并不能改变生活的轨迹，刘嘻哈想到，既然自己已经跟曹宁宁结婚了，既然所有的人都觉得他们在一起合适，而她又不愿意再回到可园去，那就好好地过日子吧，说不定她和曹宁宁还能在平淡的生活中培养出感情来。毕竟曹宁宁并不知道她跟爷爷之间的交易，而且对她很好，那她至少不应该伤害他吧。所以小两口的生活一直风平浪静。

不过这种平静并没有维持多久，就被一件意想不到的事情击得粉碎。

一天下午，阳光懒洋洋地穿过白色的窗纱散落进来，刘嘻哈靠在长沙发上闲翻着杂志，这时候钟点工走了过来，她说，今天有些衣服要干洗，这是在先生的西装口袋里找到的。说着她递给刘嘻哈一枚戒指，转身走了。

这是一枚没有任何花饰的白金光戒，在细碎的阳光下闪闪发光，刘嘻哈在手指上套了一下，比她的手指小了一号，这当然不是她和曹宁宁的结婚戒指，因为他们的戒指锁在保险柜里，显然这枚戒指也不是买给她的，那么为什么曹宁宁的口袋里会有一枚女人的戒指呢？

而且戒指的内圈还用英文缩写刻有一生一世四个字。难道曹宁宁的生活中还有一个要一生一世在一起的人吗？

晚上，曹宁宁下班回来了，进门就直呼饿死了饿死了，但见餐桌上空空如也，钟点工也不知去向，便道老婆，晚上我们吃什么？刘嘻哈走到他面前伸出手掌，掌心里面躺着那枚戒指，刘嘻哈说，认得这个吗？曹宁宁拿起戒指看了看说道，好像挺眼熟的，你在哪里捡到的？刘嘻哈说，在你的西装口袋里。曹宁宁顿时脸色大变,紧张得一时语塞。

他支吾着去了洗手间,出来的时候,饭菜已经摆在桌子上了,电视机开着,刘嘻哈给他盛好了饭,自己坐在他对面开始吃了。

曹宁宁表面上恢复了平静,对这件事的解释是单位的同事恶作剧,显然这个理由太牵强了,有谁会拿这样的信物开玩笑呢?不过刘嘻哈始终低着头吃饭,她没有说一句话。

那枚戒指就放在餐桌上,尽管两个人都不去看它,但显然它呆在那儿十分刺眼。突然,曹宁宁拿起那枚戒指,把它扔到窗外去了。

刘嘻哈似乎也不吃惊,她只是看了曹宁宁一眼,就继续低头吃饭了。

这个晚上,曹宁宁一夜未眠。

那是在半个月前的一个中午,当时曹宁宁正在办公室里吃盒饭,这时门卫打电话上来说有人找他,曹宁宁三口两口吃完了剩下的饭,便去了大门口。找他的那个女人转过身来,倒让他暗自吃了一惊,来访者竟然是他的前女友姚彼琳。姚彼琳还是那么窈窕白皙,一双妩媚的大眼睛占去了上半张脸,嘴唇的一角微微翘着,不笑也带着喜气。

曹宁宁脱口而出道,你怎么来了?姚彼琳嫣然一笑,我来看看你不行吗?神情和声调甚是婉约。

曹宁宁不知道该接什么话,姚彼琳说,我们去附近的咖啡馆坐坐吧。曹宁宁犹豫了一下，但觉得站在门房也实在不方便，来回过往的同事总会有意无意地多看他们几眼，也只好带着姚彼琳向不远处的咖啡厅走去。

当年，他们并不是一个学校的，大三的时候，曹宁宁在大学食堂碰到一个同班同学，身后跟着一个外校的女生。同学向曹宁宁借饭票，因为来了个朋友，饭票就不够用了。学生食堂的饭票是每周二、五卖，所以大家都是互相拆借，连校园里的小贩也收饭票，反正大学生一到月底不是没钱就是没饭票。曹宁宁说，还借什么饭票啊，你们占座我去买饭。

这样大家就相熟了，这个同学带来的女生就是姚彼琳。

姚彼琳的父亲因为身体不好，长年在一家国营厂看更，后来重新设岗的时候改叫夜间巡视员，反正都一样。母亲替人帮佣，可以想见家中的日子过得十分清苦。在这样的环境下长大，姚彼琳从小不仅早熟而且颇有心计。

她知道要改变自己的命运就得发奋读书，所以她的学习成绩一直名列前茅，很顺利地考上了大学，同时出落得亭亭玉立，自然也不乏裙下之臣，但是姚彼琳一直守身如玉，她觉得若是把自己随便嫁了，那简直就是不求上进，自甘下贱，她必须做自己的救世主。

在了解了曹宁宁的情况之后，姚彼琳知道自己盼望已久的目标出现了，当然她是不动声色地创造各种机会接近他，一切都做得云淡风轻，了无痕迹。譬如曹宁宁是校登山队的，经常参加一些爬山的活动，这种活动女同学响应的不多，但是姚彼琳会去参加，而在活动中她也并不徘徊在曹宁宁左右，对曹宁宁之外的人反而还会热情一些，分手的时候也不拖泥带水，更不会恋恋不舍。

后来曹宁宁终于注意她了，她也并不避讳自己的出身，一切都照实说，有时候还会带一些母亲煮的茶叶蛋给曹宁宁吃。

有一种爱情是从好奇开始的。以往活跃在曹宁宁身边的女孩大都出身显贵，身上难免有些嚣张和自负的习气。这样比较起来，姚彼琳就显得既清新又朴实，同时又是他完全陌生的。

表面看上去，两个人的地位和条件的确悬殊，但是姚彼琳总是有办法让曹宁宁对她言听计从。这其实也没有什么奇怪的，说到底真正老实的人是曹宁宁，他出生在那样一个家庭，母亲又对他严加管教，他才是单纯简单的，哪里知道什么民生之苦，人生蓝图的改变之不易，更加不知道自己的价值所有。

他们很快就变得形影不离。

斯日格对这门亲事肯定是不以为然的，除了门户之见之外，女人对女人的洞察力是超经验超自然的，也就是这种奇特的能力无法言说。斯日格一眼就看出了姚彼琳外表乖巧，但其实心机缜密，凡事用心极深，两个曹宁宁加在一起也未必是她的对手。如果儿子真的跟她结了婚，必定一生受制，这是斯日格绝对不能答应的。

不过斯日格知道，她贸然的反对只会把傻儿子推向姚彼琳，所以在经过一番周密的安排之后，斯日格单独约见了姚彼琳。

斯日格开诚布公地说，我不同意你俩的事，这也是不可能的。姚彼琳说，阿姨，我是真的爱宁宁。斯日格说，也许吧，但爱是付出，不是索取。姚彼琳有点急了，她说我索取什么了？我没有跟宁宁要过一分钱。斯日格说，你叫他去找医药公司的总经理批平价的人血白蛋白，说明你很知道物尽其用。姚彼琳的脸上有一点被人看穿后的尴尬，的确，姚彼琳的父亲患有肝硬化，已出现腹水，而人血白蛋白是血液制品的一种，主要的作用是提高人体的免疫力，也被重症患者看作救命药。由于合格的血浆越来越难采集，造成了药物短缺，黄牛价已翻了几个跟头。靠姚彼琳的力量是根本支付不起的，但她知道曹宁宁可以帮助她享受特权，这也的确是姚彼琳的精明之处。

不过姚彼琳还是坚持说，我是为我父亲买药，孝敬父母总没错吧。斯日格说，那你就应该跟我说你太想改变现状了，何必说你有多爱宁宁呢？直到这时候姚彼琳才明白，真正难啃的骨头是斯日格。

事态似乎已经变成了僵局，但马上就峰回路转了。斯日格对姚彼琳说，我帮你联系了英国的曼彻斯特大学，读国际金融专业的研究生，签证和全部费用都包在我身上，这才是你真正改变命运的敲门砖。

姚彼琳愣在那里，不知如何作答。

斯日格缓缓说道，依附在别人身上得到的幸福都是很有限的，只有把自己变成一棵摇钱树才最可靠，那就把自己打造成一座银行吧。

只这一次谈话，姚彼琳就被斯日格不凡的气度所深深折服，多少年来，斯日格的每一句话都在她的心中萦绕，驱之不去。她承认她被斯日格一眼看穿，同时也点石成金。

这一场交易当然是瞒着曹宁宁做的，曹宁宁只记得最后一次见到姚彼琳，她整个人容光焕发，颇在状态，差不多有一种腾空而飞的感觉。但快到分手的时候，姚彼琳还是有些伤感，她提出希望曹宁宁送给她一件信物，毕竟两个人都是初恋，这让她无比珍惜。当时的曹宁宁就有一种异样的感觉，他笑着说你没事吧？姚彼琳说我有什么事？曹宁宁说你是不是怕我有一天突然消失了，或者失忆了，也好有个凭证来找我。姚彼琳说就算是吧。曹宁宁说那你就自己挑一件东西吧。于是姚彼琳就挑了一枚戒指。

在这之后，令曹宁宁想不到的是，反而是姚彼琳在他的生活中消失了。曹宁宁在哪儿都找不到她，问她的朋友，他们也都不知道，并说她平常口风就紧得很，自认为不该说的事就可以绝对不说，将来是能干大事的人。曹宁宁从没去过姚彼琳的家，当然也不可能找到她的父母。

曹宁宁是一个认真的人,这样感情上的休克疗法让他难以适应,他甚至搞不清自己是疯狂地爱上了姚彼琳,还是处心积虑地希望知道姚彼琳失踪的真相。

终于,他想到了母亲。

他问斯日格,你到底跟姚彼琳说了些什么?

斯日格说,我什么都没说,我只是让她在你和去英国留学之间做一个选择,非常遗憾,她选择了英国。

曹宁宁当时血脉偾张,他大声质问母亲,你怎么可以这样做呢?!

斯日格说,是她在诱惑面前迷失了,你跟我急什么。

曹宁宁痛心疾首道,妈,你能不能不要管我的事,就算我受伤了,我认,那也是我自己的人生经历。说完这些,曹宁宁进了自己的房间,斯日格跟在他身后说道,这不是我管不管的问题,该走掉的人就一定会从你身边走掉,如果是毫无价值的垃圾体验,那还是不体验的好。

曹宁宁靠在床上,头枕着双臂说道,我一定要到英国去,亲口问一问她这到底是怎么回事。斯日格说道,这还用问吗?跟她的前途相比,你并不重要。曹宁宁的脸上一阵白一阵灰,他其实并不知道自己爱得有多深,但他知道他被狠狠地甩了,这让他既愤怒又无奈。这时的斯日格反而不着急了,她继续说道,当然如果你一定要去的话,那就给我带一件风衣回来,我缺一件长风衣，英国的风衣做得还真不错。

说完，她离开了曹宁宁的房间。

第二天，曹宁宁没有再提去英国的事。人性的一个重要特征是，越是轰轰烈烈的承诺越容易不了了之。曹宁宁当然也不例外，冷静之后的他尽管还是对母亲大为不满，但同时对姚彼琳也多有怨恨，他觉得就算姚彼琳选择去英国，也应当跟他说一声，结果他像个傻小子似的四处打探，如果母亲狠心不告诉他，他该有多郁闷啊。而且姚彼琳走的时候气色那么好，根本没有什么悲痛欲绝的样子，这种兴奋本身就是值得怀疑的。

爱情都是不能考验的，一试便是梦醒时。从此，曹宁宁对感情之事，多少有些心灰意冷。后来碰到刘嘻哈，也许正是两个人都不起劲，反而负负得正。

这一次突然见到姚彼琳，曹宁宁也说不出自己心里是什么滋味，往事如烟，现在做任何反应又有什么意义呢？所以来到咖啡厅之后，曹宁宁礼貌地点了饮料，刚刚坐下就看了一眼手表。这一切姚彼琳都看在眼里，不过她心里想，如果曹宁宁真的不在意她，或许会更热情一点。

姚彼琳说，她在英国拿到学位之后，便在香港实习了半年，目前在汇丰银行本地的分行工作。曹宁宁说，那很好啊，也算如愿以偿。

说完一些近况，姚彼琳下意识地用手指在咖啡杯上画着圈子，幽幽叹道，也不知道为什么，这些年来就是一直忘不了你。曹宁宁急忙说道,我已经结婚了,我很爱我的妻子。姚彼琳似笑非笑道,包办婚姻,又能有多爱?

曹宁宁为之一震,显然姚彼琳是做了功课的,也一定了解他的全部状况,她这是什么意思呢?姚彼琳仿佛看透了曹宁宁的心声,她不动声色道,你别害怕,我没有什么意思,我只是希望你能原谅我,我们做不成夫妻,还可以做朋友嘛。曹宁宁想了想说道,那就不必了吧,我特别不善于处理复杂的关系。姚彼琳有些哀怨道,何必对过去的事那么耿耿于怀呢?说到底,我们都是你母亲手里的牺牲品。曹宁宁说道,不,你是受益者。

突然的冷场令两个人更加的不自在,这时曹宁宁起身说道,我该去上班了,我们以后也不要见面了。说完他径自去了柜台,结完账之后头也不回地走了。

曹宁宁的绝情是姚彼琳没有想到的,她今天还刻意打扮了一番,经典样式的价格昂贵的连衣裙,柔和的米白色,看上去中规中矩,但腰间信手一系的白色蝴蝶结让这条裙子不再沉闷,反而有几分俏丽,高度完美的简约设计把人衬得端庄、高贵,同时一线的名牌绝不会让人显得正儿八经,而总有几分随意。配上她精致的妆容,本以为曹宁宁会眼前一亮的,但她明显地感觉到曹宁宁并没有注意到她镀金归来脱胎换骨的改变。

这也是她留恋曹宁宁的地方,他并不好色,而且正直,专一。

现在,姚彼琳租住了一套高级单身公寓,父母亲的生活也得到了彻底的改善。然而她的感情生活却一片空白。在英国的时候她曾经有过一段恋情,男方也是一个大陆来的学生,这个人的家庭背景是北京外交部的,身世无可挑剔,人也生得风流倜傥,姚彼琳一头栽了进去,两个人同居了一年多,也曾爱得天昏地暗。最热乎的时候,两个人一块去欧洲豪华旅游,男孩子主动买单,除了吃喝玩乐外加购买名牌,一下子花掉了将近四十万人民币。当时的姚彼琳觉得斯日格简直就是她人生的指路明灯,让她一下子拥有了双重的收获。

梦到好时成乌有,这对任何人几乎无一例外。姚彼琳的男朋友是个不婚族,至少短期内不想结婚。为了这个问题姚彼琳出尽百宝,力求修成正果,但最终都无法改变男朋友的初衷。姚彼琳肯定是等不起的,两个人只好黯然分手。

如果这件事就此了结,也算是雁过无痕,至少姚彼琳觉得自己并没有损失什么。但后来她无意中听说,她这个男朋友半年之后跟一个北京来的女孩结婚了。而男朋友对她的评价是虚荣,算计,控制欲太强,交往的后期几乎令人窒息。这一打击对姚彼琳来说非同一般,有一段时间她觉得只要是大陆留学生,人人都在看她的笑话,这让她在心里发誓要找到一个条件上乘的爱人报仇雪恨。

所以她刻意地寻寻觅觅,却再也没有合适的男人出现。

年龄一天一天地大了,衣食无忧之后的寂寞才是真正蚀骨入心的,犹如一道看不见的阴霾,不离不弃地在她头顶盘旋。尤其是每当傍晚,公司里人去楼空,每个人都像逃避"非典"一样速速离去。设在一楼的公司食堂完全没有了中午时分的喧嚣,只有零零星星的大男大女为图方便草草了事。姚彼琳就是回住处吃泡面,也不能在这儿丢人现眼,她必须表现得很滋润,很繁荣。而事实上,男人都喜欢有竞争的恋情。

然而,独自吃泡面的感觉早就让她受够了。

直到这时,她才觉得其实斯日格给她布下了一个天大的陷阱,对一个女人来说,拥有了一个好男人不就拥有了一切吗?她又不是不漂亮,要靠奋斗弥补缺失。这分明就是一个阴谋。

相比之下,她所见过的男人不算少了,但她不得不承认曹宁宁是最优秀也最无法让她忘怀的,而且她当时离开曹宁宁的确是太轻率了。

于是她打听到曹宁宁的现状,他结婚了,典型的强强联手,政治姻缘,不用问就知道是斯日格一手操办的。按照所有小说和电视剧的逻辑,表面风光的男女主角应该生活在水深火热之中。再说曹宁宁本来就是她的,现在也依然应该是她的。

他们之间的故事还远没到终结篇。

二十一

有关和姚彼琳之间发生的这段往事，在结婚前曹宁宁就想告诉刘嘻哈，但是斯日格想了想觉得没有必要，她说有些事知道了反而是一种伤害。曹宁宁觉得母亲简直就是一个巫师，唯恐避之不及却又句句是真理，总是能像太阳一样，让人情不自禁地围着她转。

所以这一次的重逢，曹宁宁也没有跟刘嘻哈提及，他相信自己会处理好这件事的。

本以为这件事就这样过去了，但大约过了两周，有一天下午快下班的时候，曹宁宁突然接到了一个陌生的电话，电话是医院打来的，叫他尽快去一趟。曹宁宁吓了一跳，以为刘嘻哈出了什么事，急忙赶到医院。结果在医院门诊部的观察室，曹宁宁看见了正在打点滴的姚彼琳。

姚彼琳躺在病床上，面色苍白，气若游丝地对曹宁宁说，她是重感冒引起的肺炎，必须留院观察，可是她什么东西都没带，父母亲身体又不好，不想让他们着急。说着说着眼泪就下来了。曹宁宁这个人根本见不得女人哭天抹泪，想想人都来了，姚彼琳也的确是生病了。他也只好去了医院的小卖部，买了牙刷毛巾脸盆之类的生活必需品，还买了一些水果，回到病房放在姚彼琳的床头。

可能是因为发过烧，姚彼琳的嘴唇都脱皮了，曹宁宁给她削了一个梨，放在她没打吊针的那只手上，等她吃完了梨，曹宁宁把湿毛巾递到她手上，在此期间两个人都没有说什么话。晾好了毛巾，曹宁宁说，你好好休息吧，我走了。

就在他转身欲走的一瞬间，姚彼琳突然抓住了他的一只手，曹宁宁挣脱了一下但挣脱不开，那种力量根本不像是一只生病的手，但见姚彼琳业已是泪流满面，她轻声说道，谢谢你宁宁。说完她仍没有撒手的意思，又说，抱抱我好吗？这时的曹宁宁脑子里一片空白，他不知该怎么做才是最恰当的，同时又像一台新电脑，下意识地等待指令。

这里不是一个浪漫场所，按照曹宁宁的理解，病中的姚彼琳只不过是需要一点战胜困难的力量。就在他犹豫的片刻间，令他没想到的事情发生了，姚彼琳猛然起身，在一秒钟之内拔掉了输液的针头，张开双臂紧紧抱住了他。

后来想起来，姚彼琳就是在这一时刻把手上的戒指放进了他的西装口袋。她的意思一定是若他哪一天无意中发现，情感便可能无法抑制地回到从前。

曹宁宁顿时傻了，但他很快就挡开了姚彼琳的两只手，有些恼怒地说道，你这是干什么？不是告诉过你了吗？我已经结婚了。姚彼琳披头散发地坐在床上，口气蛮横道，结婚了又怎么样？中国百分之九十的家庭不就是凑合着过吗？！曹宁宁憋了一下，一只手叉着腰问道，你到底想说什么？

姚彼琳说道，我爱你，这么多年从来没变过，我可以不要名分，我可以什么都不要，只做你的地下情人。

曹宁宁恨道，你真无耻，你都不配做我的前女友。

说完这话，曹宁宁匆匆地离去了。

然而，当刘嘻哈拿着这枚罪恶的戒指出现在他面前的时候，曹宁宁倒不知道该怎么表白自己了。姚彼琳的从天而降，把他搅得心里很乱，他想等心情平复一些，再跟刘嘻哈慢慢解释。

这一天下了班，他回到家时感到了一种莫名的冷清，他连说了两遍我回来了，屋里却只有他自己的回声。终于他在餐桌上看到了刘嘻哈留给他的纸条，上面写着：

曹宁宁：我给了你时间，但是你不想说，那就永远也不要说了。我走了，不用找我，我很安全。嘻哈。

曹宁宁一下子头都大了，他急忙打刘嘻哈的手机，想她一定会关机的，没想到还通了。曹宁宁说，你现在在哪儿，我这就去接你。刘嘻哈说不用了，我就住在兔子家，你什么时候想办离婚手续都没问题。曹宁宁急道，你这是什么话？你还有没有一点责任心？刘嘻哈在电话里笑了起来，她说这话应该我问你才对，怎么你倒质问起我来了？曹宁宁语无伦次地说，你先告诉我兔子的家在哪儿？刘嘻哈回道，我是不会告诉你的。说完关掉了电话。

曹宁宁心想，女人怎么都这么不可理喻啊。

而且这段时间曹宁宁特别的忙,一个超大型的环保设施刚刚立项,他们研究所承担着非常重要的工作,他也要马不停蹄地出差。现在的刘嘻哈正在火头上,那就等她冷静了之后再说,反正清者自清。

这一天的下午,刘嘻哈拖着她的旅行箱离开了丹密公寓,当厚重的紫檀木门砰的一声在她的身后关上时,她产生了一种特别奇异的感觉,那就是她所熟悉的生活根本就是不真实的,虚幻的,时浮时沉时隐时现的,触手可及却又变化万千,她自以为完全可以把握,但其实也不过是指间的流沙,不知何时已经滑落得一干二净。

预见生活中会发生什么是一件多么可笑的事。

她并不特别恨曹宁宁,也许是爱得还不够吧,抑或是自己也有过感情走私,但如果人生就是一场骗局,一场花团锦簇的骗局,那也只能让她心生倦意,选择远离。

本来,她第一个念头还是去日本游学,但马上就被她打消了。因为她离开可园的时候,不仅没有开她的宝马车,还把她身上所有的银行卡都留在了闺房的抽屉里,童心漫画屋彻底关了门,曾经聚集在一起的发烧友作鸟兽散。如果把她的这些举动硬要理解成对刘百田的不宣而战,也不能算是一种错位。她不能抗拒一个人,但同时又花他的钱,这种行为是无论如何说不通的。

不过当时她也认命,准备安心做少奶奶,无非是生活平淡安静,但这又不影响她画画,也没有什么不好。但令她没想到的是曹宁宁另有一个一生一世,这简直让她笑出来，爷爷说的真没错啊，你最亲近的人也不见得就不欺骗你。

自我清盘，她可以在一分钟之内变得一无所有。

她给兔子打了一个电话，她说我要到你那去。兔子说来吧。她说我要住下。兔子说住吧，随便住多久。兔子就是这点好，她并不知道发生了什么，但是她也不问，同时她的回答总能让人心里热乎乎的。

刘嘻哈到了兔子的住处，兔子已经为她铺好了沙发床，兔子说看到了床就等于看到了家，心就踏实了，你说对吗刘嘻哈同学。刘嘻哈突然泪如泉涌，哭了好一会儿才答非所问道，别问我出了什么事，反正我的人生从今天开始。兔子说道我才不问呢，真懒得知道，我最喜欢看到公主落难了，你看看你，提着路易威登的箱子来投奔我，你不觉得搞笑吗？刘嘻哈说是啊，人生怎么这么化学？我怎么会落到这般田地？连我自己也想不明白。又说，兔子，我已经决定了，要像你一样生活。兔子笑了起来，道，真的假的？刘嘻哈说当然真的。兔子说道，那你首先就得有一份工作，我们的房租要平摊，在外面吃饭要AA，没有特殊情况挤公交车，每天还要受老板的气，这些你都受得了吗？

刘嘻哈一脸无所谓的表情，受不了也得受啊，她说。接着她掏出钱包，里面还有几千块钱，她说总共就剩这么多，全由你支配吧。兔子这才当了真，正色道，真跟资产阶级家庭决裂了？你有病吧你？刘嘻哈道，真的，反正是回不去了。兔子笑道,也只有你有任性的权利,我着什么急啊,只当陪你玩玩。

兔子低头数钱,刘嘻哈道,晚上咱们吃什么?我饿了。兔子道,看来你也没有多伤心,还能吃得下饭。两个人来到大街上,刘嘻哈扬手就要拦出租车,兔子及时制止了她,先在路边的便利店买了一张羊城通挂在她脖子上,对她说,记住了,有事坐公交。又找到屁股大的一家沙县小吃店,一人吃了一碗六元钱的馄饨。刘嘻哈的新生活就这样开始了。

晚上,兔子接到曹宁宁的一个电话,他请她帮忙多照顾刘嘻哈,并说其实什么事情都没有发生,他会处理好所有的问题,一切等刘嘻哈冷静下来再说。兔子说好吧。放下电话之后,兔子心想没事就好,但是刘嘻哈要想成为一个漫画家,还真应该过一过自食其力的生活。

找工作是一个巨大的难题,两个人共同制作了一份刘嘻哈的简历,父母那一栏写上福利院,一切都变得暗淡无光,实践经历全无,这种简历投到哪儿都是石沉大海。

继续投,从网上和邮路发了二百多份简历出去,怎么也能碰到需要面试的,但基本上一次就再也没有下文。很快刘嘻哈就成了第一面霸,总之不是在面试,就是在去面试的路上。但是工作的事却是遥遥无期,没有任何一个地方需要她。终于刘嘻哈不自信了,她两眼茫然道,我真的这么差吗?兔子反问她道,你以为呢?

星期六的下午,兔子和刘嘻哈一块去超市,决定改善一下清廉的肠胃。还没进超市呢,刘嘻哈说我想吃樱桃了。兔子没表情地说,痴心妄想。刘嘻哈没心没肺地笑道,这还能算一个愿望吗?兔子道,四十五块钱一斤,咱们哪吃得起?咱们现在都开始吃谷种了。刘嘻哈道,什么意思?兔子道,挣的不够花就得吃积蓄啊。刘嘻哈不再作声。回家之后,兔子在厨房炒地三鲜,蒸排骨,刘嘻哈在水池边洗梨和苹果,准备做水果沙律。这在超市也是最便宜的水果了。

鸡汤的香味弥漫在小套间里,兔子找出了一瓶红酒。刘嘻哈却在浓郁的温馨中感到了一缕别样的凄清。两个人碰杯之后,兔子说道,要不你还是回家去吧,服个软你也不损失什么,我是想找个低头的地方都找不着啊。

刘嘻哈道,就算我欠你的吧,我一定会自己挣钱还给你。兔子道,不是钱的问题啊,我们俩在一起,永远是我沾你的光,关键是你受不了这份委屈啊。

刘嘻哈叹道,我也不想这样,可是心里回不去,我又有什么办法呢。

那就快乐地接受这一切吧。兔子说道。之后她们就开怀畅饮,很快就忘记了没钱的烦恼。

经过兔子不懈的努力,兔子朋友的朋友的朋友那头终于有了消息,电话直接打给了刘嘻哈,说某杂志缺一个美食编辑。刘嘻哈说是美术编辑吧,我是美术学院毕业的。那人说知道知道,简历上不是都有吗?可人家缺的是美食编辑，跑小吃天地。刘嘻哈迟疑道，那我考虑考虑吧。那人二话没说，挂了电话。隔了没多一会儿，兔子就从单位打电话给刘嘻哈，兔子劈头就说，你傻呀，人家好不容易找了亲舅舅，挤走一个大专生腾出这个位置，你还考虑?! 他们都问你是不是从火星上来的?! 刘嘻哈傻了，半天才说，那我就去呗。兔子气急败坏道，去个屁呀，早有人顶上去了，现在谁手里不是一大堆熟人托的事。说完，兔子砰的一声挂断了电话。

而刘嘻哈这边发出去的求职简历，全部都像断了线的风筝，飘失得无影无踪，杳无音信。

刘嘻哈在兔子窝里也待不住了，每天跑到街上去乱转，也去人才交流中心和荐业馆，但都是一无所获。无意中，她看见一家保姆公司的招人标准，要会煲汤会熨衣服还要会照顾病人，相比之下自己根本一无是处，心情顿时低落到极点。兔子说，不如你先到我们公司刷广告牌吧，虽说是临时工，钱也很少，只当有个活占着手，心里没那么空落。刘嘻哈不说话，兔子说你到底去不去？刘嘻哈发小姐脾气大声道，我还有得挑有得拣吗?!

只要是广告就需要美术常识，一般的工人还干不了，但真正干起来又跟油漆工差不多。尽管擦了很多防晒霜，到处登高爬低刷户外广告的刘嘻哈还是晒得黢黑，原本可爱的小雀斑也变成了黑芝麻，粒粒惊心。我算是毁容了，刘嘻哈心想，这真的是可以忽略不计的代价吗？

第一次拿到八百元的工资，刘嘻哈激动得热泪盈眶，她先到茶餐厅吃了一碟烧鹅油鸡拼饭，吃完之后盘子跟狗舔过一样，自己却仍旧意犹未尽。她决定再吃一份哈根达斯的雪糕和两磅樱桃，后来决定二选一，最终因为雪糕太贵车厘子升价至六十五块一斤没舍得买。不过回到住处，桌子上放着一盘洗好的樱桃。兔子说今天发工资，就疼你这一回吧。刘嘻哈莞尔，交了生活费之后吃樱桃。兔子又道，还有一个好消息，给你找到事了，在一个报社当校对，你一定要给我顶住，人家担保一年以后让你当美编。刘嘻哈道，也好，不过我节假日还是可以去刷广告。兔子笑道，你真的不怕毁容啊？刘嘻哈心想，原来人要骨气就只能不要脸了。不过她嘴上什么也没说，只是笑了笑。

一开始当校对，刘嘻哈真觉得比刷广告还辛苦，每天看到的都是字，满坑满谷的字，多好的文章也经不住翻来覆去地看，何况大都是平凡字句。以至于后来她一看到字就跟吃了大肥肉一样直想吐。

刘嘻哈心想，原来当校对还可以当成孕妇，活人真是不容易啊。

过了几天，在一个傍晚时分，有人敲门，刘嘻哈跑去开门，见出现在门口的是曹宁宁。她心里一下就明白了为什么兔子没有按时下班，也没有来电话，显然是曹宁宁找到兔子寻求帮助，为了让他们能顺利见面，兔子半点口风也没透给她。见就见吧，刘嘻哈也没有太大的心潮起伏，反倒是曹宁宁被吓了一跳，他想不到只一个多月的时间未见，刘嘻哈已经判若两人，不仅又黑又瘦，而且疲惫憔悴，头发也没有修剪，而是长长了之后随便在脑后扎了一把。

进到屋里，曹宁宁又看到了狭窄的空间和刘嘻哈睡的沙发床，一时心痛不已，同时又非常自责，他想如果不是自己这边出了状况，而刘嘻哈又害怕爷爷伤心回不去可园了，才不得不落到这般田地。所以他见到刘嘻哈后还一言未发，就伸出手臂想把她一下子拥进怀里。

刘嘻哈当然是退避三舍，闪身去拿了把椅子，冷冷地说道，你坐吧。曹宁宁坐了下来，刚才的情绪没法立即平复，更加不知从何谈起，他说嘻哈，你还是跟我回家吧。刘嘻哈低头不语。曹宁宁又道，我请你相信我，结婚对于我来说是一件很严肃的事，我是绝对不会离婚的。

见刘嘻哈仍旧一言不发，同样沉默半晌的曹宁宁只好讲起了他和姚彼琳的前尘往事，不过有些细节他还是省略了。最后曹宁宁说道，我承认她是我的初恋女友，也承认她来找我是心生悔意，但是我已经断然拒绝了她，而且也告诉她我们结婚了，一切到此结束，彼此再不来往。

刘嘻哈抬起眼皮道，你讲完了吗？曹宁宁道，讲完了。刘嘻哈道，那你可以走了。曹宁宁愣了一下道，你这是什么意思？如果你相信我的话就应该跟我回家，如果不相信，我还可以跟你解释。刘嘻哈道，如果事情就这么简单，你结婚前为什么不跟我说？就算是发现戒指那天，你也可以说呀，这有什么不能说的。曹宁宁差点脱口而出说我妈妈不让我说，但这分明是他的软肋，也是刘嘻哈对他最不以为然的地方，所以不说也罢。

我不是要跟你赌气，刘嘻哈继续说道，我是真的觉得我们俩都应该冷静地想一想，再做出决定。

二十二

自从刘嘻哈离家出走以后，曹宁宁就很少回省委大院。有时候斯日格做了好吃的打电话叫曹宁宁和刘嘻哈一块回家吃饭，曹宁宁总说太忙，总也不能成行。一开始斯日格也没有当回事，以为年轻人自然都不喜欢婆婆妈妈的，只是时间一长难免让人生疑，终于有一天斯日格变成了不速之客，夜访丹密公寓。

斯日格只在客厅里站了两分钟，就知道这个家里没有女主人了。

沙发上扔着脏衣服，袜子东一只西一只，茶几和电视柜上都是灰尘，由于曹宁宁经常出差，就算不出差也不愿意一个人回家吃饭，于是他就叫钟点工一个星期来一次就行了。

曹宁宁尽量用轻描淡写的口气说了一些刘嘻哈不在家的理由，但是在斯日格犀利的目光下渐渐地不自信了，只好说了实话。斯日格这才叹道，如果我今天晚上不来，你还打算瞒多久？曹宁宁道，妈，我已经结婚了，我能够处理好自己的事。斯日格道，这就是你处理的结果吗？姚彼琳只动了动小手指，你这里已经四分五裂了。你刚才还说她想让你看到那枚戒指念旧，你太天真了，我告诉你吧，从一开始她就是想叫刘嘻哈看到这枚戒指，结果刘嘻哈就看到了，傻儿子，你还说得清吗？

顿时，曹宁宁神色黯然，他告诉母亲已经去找过刘嘻哈，跟她说明了一切，但是刘嘻哈根本不信。

斯日格沉吟片刻道，不着急，时间会证实一切。说完她抄起座机的话筒递给曹宁宁，叫他拨通刘嘻哈的手机，她说我要跟她说两句。曹宁宁有些犹豫，斯日格没理他，略一思索自己拨通了号码，要知道年轻时候的斯日格是过目不忘的。斯日格对刘嘻哈平静地说道，嘻哈，我是妈妈，我知道你现在住在外面，你住在兔子那我很放心，你想住多久就住多久，想干什么就干什么，但是你要记住，你生是我们曹家的人，死是我们曹家的鬼，这是谁都不能改变的事实。而且宁宁他是爱你的，你要相信他。

说完了这些，斯日格的脸上显现出惯常的威严，而且还不屑地白了曹宁宁一眼。

电话的那一头静了一会儿，刘嘻哈轻声说道，妈，她在这儿，你自己跟她说吧。斯日格正要问是谁？但她已经感觉到对方的电话已经换到了另一个人的手上，这个人沉稳地说道，斯阿姨，是我，我是姚彼琳，是我约了刘嘻哈喝咖啡，我只是想告诉她是您把我和曹宁宁分开的。

可以想见，斯日格大为震怒，但同时也十分震惊，姚彼琳才多大年纪啊，竟然已经从一只小猫变成了一只母狼，这倒是她意想不到的。斯日格厉声问道，你到底想干什么？姚彼琳也不生气，依然平静道，我不想干什么，我只是把真相说出来，而且我发现刘嘻哈对曹宁宁和您好像一无所知。说完，姚彼琳不等斯日格做出任何反应就收线了，而且她一直用您的称谓，明显有一种挑战权威的快感，这对斯日格来说是双重的愤怒。

斯日格一夜未眠，第二天她本来是飞往北京，去开一个重要的会议，但是在去机场的路上，她头疼欲裂，心跳如鼓，神志有些恍惚，她的秘书坚决地制止了这次北京之行，立即把她送到了医院，这时斯日格的血压已经到了一百八十，医院说必须留院才可能控制病情。

曹宁宁从来没有见过母亲如此衰弱，她躺在病床上，白色的床单把她的脸色映得更加黯哑、憔悴，她曾经是那么强大那么坚韧，所以轰然倒塌的时候才显得更加不堪一击。直到这时他才意识到母亲是正确的，他怎么能娶这么歹毒的女人？肆意地伤害他的母亲和妻子。斯日格醒了，医生为了让她静养给她注射了镇静剂，她睡了一会儿，脑子里却依然是乱七八糟的，这让她多少有些沮丧，大风大浪她见得多了，可免不了还是阴沟翻船，输在了小角色的手上。

这时,她看见了曹宁宁脸上少有的哀伤,她有气无力地说道,别担心,妈死不了。曹宁宁不快道,妈你有点忌口好不好。斯日格道,我没事,我就是与人斗其乐无穷的人。曹宁宁说道,妈,你又何必逞能呢?我会处理好自己的事,我刚才已经给刘嘻哈打过电话了,她说她马上就赶过来。

后面的话曹宁宁没说,但他有点无谓的鼻子发酸,他想就凭这一条,无论他今后跟刘嘻哈会怎么样,他都会感激她。

电梯的门打开,刘嘻哈便闻到一股清新的花香,以往只要一进医院就是刺鼻的消毒水的味道,这一次依循花香花道,就进入了斯日格的病室,病室是宽敞的套房,同样是鲜花盛开。当然斯日格的身体状态是异常衰弱的,刘嘻哈轻轻叫了一声妈,斯日格便拉住她的手,两眼含泪,半天没说出话来,好一会才故作轻松地说道,医生说我太累了,主要是会太多。

两个人有一句没一句地说着话,谁都不提姚彼琳这个人,这件事。只是彼此心里都明白若不是这个人出现,她们便不会在这里碰面。

曹宁宁站在那里,更不知道说什么好,斯日格便把他支走了。

但其实表面平静的刘嘻哈,心里是非常撕扯的,一方面斯日格待她就如同母亲,看见她为了儿女操心,这样一个坚强的女人都会变得无助和哀伤,心中十分不忍。但同时她又难以忘记，姚彼琳在她面前悲伤欲绝，她说她为曹宁宁打过胎，这一点让涉世未深的刘嘻哈十分的同情她，也成为刘嘻哈不能原谅曹宁宁的根本。另一方面，刘嘻哈也自知自己对待婚姻的赌气和任性，而曹宁宁对于她的内心不是同样一无所知吗？

这真的是在一个错误的时间，错误的地点下发生的错误的婚姻。

九月的一天，秋高气爽，艳阳高照。以往南方的太阳光都是温润的，但是这个秋天，南方是少有的北方节气，阳光都干裂了，直直地箭一般地射向大地，让人感到难以抑制的心焦气躁。

励德公司在江边的尚品豪宅已经破土动工，这一次的规划设计是连排三栋高楼公寓，全部是复式结构，最小的单元也有二百八十平方米，绝对的气派非凡，励德公司有意将其打造成超一流的品牌豪宅。在工地上，若干台轰鸣的挖掘机正在日夜不息地打地基，挖掘出来的泥土堆积成一座座山包，又被川流不息的载重泥头车拉走。和以往一样，刘百田由老金陪同到新工地来视察，这里的景象令刘百田颇感欣慰。尽管钱对于他来说已经不重要了，但是赚钱的过程却仍然如同一剂春药，总能让他保持旺盛的精力与体魄。

工地的现场有一幅巨型的广告牌，广告上画着三栋拔地而起的高楼，这显然是尚品的示意图，楼前是平静柔缓的江水，沿江的草坪上有一高一矮两个人在放风筝。一时间，刘百田觉得这个画面似曾相识，依稀觉得在哪里见过，但这时八个字的广告语转移了他的思绪和视线，那就是"至尊江景，至尊豪宅"，比这小一号的字是：励德控股公司荣誉出品。

这是一幅普通的广告牌，几乎跟任何一个楼盘广告大同小异。但在打道回府的汽车上，刘百田想起了他在刘嘻哈房间里看到那幅写生。他想，也许是巧合吧，但他无论如何不喜欢这幅广告的画面，这让他想起一个人，这个人至今都让他很不愉快，他不希望这个人阴魂不散。

刘百田一边闭目养神，一边叫老金通知广告公司换掉这幅广告牌。老金说好，迟疑片刻又问道，到底是哪一方面您不满意呢？刘百田有些不耐烦道，你叫他们多出几套方案，由我来圈定就是了。老金不再说话，不过他觉得事情有些蹊跷，因为以往刘百田对这一类事不会管得这么具体。励德公司属下有那么多楼盘，楼盘里都会出现广告，加上媒体的宣传广告，公司有一个部门管理这些事。老板这一回又是触动了哪一根神经呢？

这件事绝不可能仅仅是换个广告创意这么简单。老金心想。

几天之后的一个晚上，在可园的书房，老金告诉刘百田，尚品楼盘的广告本身是曾经跟励德有过合作的广告公司出品，没有什么特别，但是刷广告的美术工人里面有刘嘻哈，放风筝的两个人影也是她即兴加上去的，不过无伤大雅，广告公司也就没有更改。

老金说，她干吗要去干这种活呢？又不是没有钱花。

刘百田也颇感意外，不过他面无表情，默不作声。老金又说他还去看了一下刘嘻哈，想不到她又黑又瘦，人都脱相了，而且她已经离开丹密公寓，现在住在兔子那里，具体什么原因不知道，但肯定是她跟曹宁宁的婚姻出了问题。

一直一言不发的刘百田突然问道，到底是什么问题？老金回道，没怎么搞清，好像是曹宁宁的前女友现身了。

刘百田不快道，为什么不搞干净？这根本不像斯日格的风格，害得我们拣宝受罪？！老金没有吭气，他知道刘百田肯定是心痛刘嘻哈的，但不知为何很长一段时间，每当谈及刘嘻哈，刘百田再也没有了以往的从容和长者的淡定，他总是时时隐藏着一种负气的情绪，其实这种情绪已经令他自己备受煎熬。

这一次也是这样，刘百田的脸上骤然变色，他抄起电话说道，我要直接问问斯日格这是怎么回事。正待拨号，站在一旁的老金急忙制止道，我看还是算了吧。刘百田没理他，继续拨号，老金一下把电话按住了。

刘百田正要发作，老金说道，联姻又不是为了交恶，你这样兴师问罪两家会伤了和气，公司现在正在上海和杭州拓展业务，有些事还得从长计议。听了这番话，刘百田虽然怒气未消，但是手上的话筒已经有些犹豫地放下了。老金便顺势接过话筒挂好,一边说道,你还是装作不知道才好,通常的小两口,哪有不闹别扭的?

这话让刘百田长长地叹了口气。

隔日,刘百田在公司浏览各项财务报表时,无意中发现自刘嘻哈离开可园之后,她的若干现金卡便处于休眠状态,也就是零消费。同时她又离家出走,根本不可能花曹宁宁的钱。正如老金所提示的那样,如果不是到了山穷水尽的地步,她是不会什么都做的。

刘百田的心脏一阵紧缩,旋即感到一种锥心的切肤之痛。他知道拣宝这孩子真正从他的身上剥离而去,她爱他恨他,相信他怀疑他,尊崇他厌恶他,依附他排斥他,所有的亲情都挡不住她要远离的脚步。

他真的没想到事情怎么会变成这个样子。

老金告诉刘百田,刘嘻哈的正职是在某报社当校对,除此之外还有若干兼差,总之日夜奔忙皆为生计。说这话时,老金的语气里充满了疑惑和心痛。他带刘百田驱车去了刘嘻哈的工作现场,远远望去,刘嘻哈穿着一条工装裤,腰上系着安全带,被高高的脚手架吊在半空中,整个人像壁虎似的趴在巨大的广告牌上刷油漆。

依然是房地产的广告,好像只有这个吸金怪兽般的行业才配登上巨幅的广告牌,广告画面是万顷绿茵茵的草地上矗立着美丽的花园洋房,广告语是"幸福早到二十年"。刘嘻哈就趴在幸福那两个字上,想来也是吊诡,如果她不算幸福早到了二十年,至少也是成长的痛苦晚来了二十年。按照出来混都要还的道理,人生的幸福与痛苦又有什么早晚呢?

只是这一切再不是人们关心的焦点。斗转星移,世事沧桑。等闲变却故人心,却道故人心易变。

太阳直射下来,几乎要把人烤化了。

老金愤愤不平道,给谁当老婆也不至于挂在这里刷广告吧?要不我去跟曹宁宁谈谈。刘百田回道,算了吧,还是你说得对,有些事装糊涂反而好一点。老金急道,那我们也该想想办法吧?!

刘百田没接这个话茬儿,他只是冷冷地说道,走吧。

商务车绝尘而去,刘百田再也没有回过头去多望一眼,但是他的心里业已是老泪纵横,只不过他一丝一毫都没有悔意,他刘百田什么时候错过?拣宝要怎么做,那也是她自己的事。

孩子也是会老的,有些事情长久地看其实是对错难辨,或者是对错颠倒的,到那时孩子自会理解前辈的苦心。

二十三

火车餐厅坐落在租界内的北区,相对于混乱的市中心,这里要清静许多。餐厅的门口被刷成人们熟悉的邮政绿,上面喷着一个大大的黑色的火车标识。餐厅里面是火车卡座,服务员也是清一色的白制服。

下班之后,兔子慌慌张张赶到餐厅,夜幕已经深灰,餐厅里面的灯全部开着，仍旧是昏黄一片，让人有一种无端的怅然。

人在旅途的感觉总是百味杂陈的。

服务员把兔子领到一个靠窗的卡座，果然，苏光夏手握一杯热茶，正在那里等她。兔子急忙解释自己来晚的原因，也无非就是塞车这一类的理由，说了好大一通，苏光夏也只是微笑地看着她，最多淡淡地说一句没关系。他们的确是好久没见了，而且毫无联系，所以寒暄了好一阵。

服务员端上来两份套餐，餐具也是火车上常见的白色粗陶瓷，食物却还精美，毕竟餐厅是在玩概念，不能真拿火车餐来应付客人。

两个人边吃边聊，苏光夏也问道刘嘻哈最近怎么样了？兔子愣了半秒钟，马上回过神来说，她很好啊，结婚以后曹宁宁很疼她。苏光夏回道那就好，其实他们是很般配的。直到这时，兔子才发现苏光夏平静的背后有着隐隐的忧伤，那是一种男人的忧伤，因为克制和忍耐越发显得一筹莫展。兔子恍然大悟，她早该明白苏光夏不会无缘无故地拉她出来叙旧。

经过一段短暂的沉默，兔子突然说道，你跟余橙的关系出问题了吧。

苏光夏的嘴角呈现出一丝苦笑，那意思仿佛在说，你总算问到这个问题了，否则让我自己怎么开口呢？

我们俩结束了。他说。

怎么会呢？

我也觉得不会，我也觉得全世界的情侣都散伙了，我们还是心贴心的一对，可是我们就是结束了。

兔子说道，不要告诉我是她爱上了有钱人。苏光夏道，如果是那样我反而不难受了。兔子说那到底是为什么呢？

苏光夏告诉兔子，他们医院院长的儿子前段时间也是从国外学成归来，主攻整形外科，人也相当优秀，他很喜欢余橙，这也并不奇怪。问题是这种时候院长出面了，他找余橙谈话，许愿说只要余橙愿意跟他儿子好，院里就送她去学心电图，毕业之后就在心电图室做技术员。要知道手术室的护士是非常辛苦的，年龄一大就要下科室，慢慢变成老护士，并没有什么前途可言，而且在医院里工作，谁又敢冒犯院长呢？余橙从来没有觉得自己很美，也不觉得美丽是她的资本，她思来想去，觉得去学心电图才是她幸福的保障。她并没有哭哭啼啼的，只是跟苏光夏平静分手。她现在已经离开手术室去学心电图了。

我能说什么呢？苏光夏说道，我又没有能力帮助她改变现状，她想在医院里有发展有前途总不能算错吧？也许是她的平静深深地激怒了我，我对她说我也曾经面临选择。你猜她说什么？她说你当时完全可以选择刘嘻哈，而且你选择刘嘻哈才是正确的。你想想，一个最不该说这句话的人恰恰说了这句话。我都不知道自己怎么了，扬手就给了她一巴掌，这样她就更加平静了，因为她就再不亏欠我什么了。

兔子无言以对。

苏光夏继续说道，我知道向一个女人诉说痛苦是很不道德的，这也不是我的风格，可是我真的没有办法独自化解这件事。苏光夏有点说不下去了，他侧脸望着窗外，眼角泛着星星点点的泪光。

兔子忙道，别这样说，没有人是不需要帮助的。

我是一个医生，我不能一天到晚喝得醉醺醺的。苏光夏说道，可是我现在太需要昏迷不醒了。

兔子仍然不多说什么，因为她知道倾听本身也是一种安慰。再说男人变心，女人另嫁都是覆水难收之事，说得越多越是让人心冷无奈，一次次自损自伤，在绝望中越陷越深。

回家的路上，兔子决定不把这件事告诉刘嘻哈，嘻哈已经结婚，现在又在跟曹宁宁闹别扭，得知这一情况也是给她平添烦恼，肯定会把她的情绪搅得更乱。兔子决定什么也不说。

可是这一头却挡不住苏光夏隔三差五地就找她，苏光夏的工作压力大，神经外科的医生稍有不慎，造成的恶果是不可估量的，所以在情感问题上，他需要有人为他卸去一半的担子，但是在朋友和同事面前总不能尽失男人本色。这样一来，兔子就变成他唯一的心灵按摩师。

兔子当然是善解人意的，这在她的漫画"我们家的兔子"系列里已经尽显无疑。同时她又是安静的,紧要的关头绝不会喋喋不休,见人落泪她也仍旧是默默无语,反倒是情绪平缓时她会适度宽慰。

苏光夏也感到奇怪,自从他遭遇感情地震,像所有的人一样无法自拔。当时他找到兔子也有点病急乱投医的味道,但是后来,渐渐地,只要见到兔子他就会不知不觉地心安,而且在交流中有一种毫不费力的默契。兔子也很同情苏光夏的困境,希望尽可能地陪他渡过难关。

一天晚上,将近十二点时,刘嘻哈已经躺在床上,这时兔子从外面匆匆赶了回来。还没睡?她对刘嘻哈说。刘嘻哈不说话,只是笑眯眯地看着她。兔子白她一眼道,笑什么笑?!刘嘻哈道,你有男朋友了吧?还不告诉我。兔子没说话,用鼻子哼了一声,有倒好了,那不是天大的好事,有什么不告诉你的。说完她懒洋洋地倒在床上喘息,摆一个大字。刘嘻哈道,别不承认了,我都观察你好长时间了,一天到晚鬼鬼祟祟的。兔子不语,刘嘻哈又道,以前你加班还逼着我帮你干活呢。兔子起身道,睡你的大头觉吧。

只隔了两天,兔子又收到苏光夏的短信,要约她一块吃晚饭。兔子回说第二天要去内蒙古出差,临走前有些事还要处理,就不能去吃饭了。苏光夏问她什么时候回来,她回说要两周。

这样算是安安静静过了两周。然而两周一过,苏光夏的短信准时来了,问她出差回来没有?兔子说还有三天。

三天之后的一个傍晚，兔子下班走出公司，意外地看见苏光夏站在大楼外的树下等她。这让她着实一愣，正要上前解释，还没开口，苏光夏已经抢先一步说道，千万不要跟我说你刚从内蒙古回来，既然你根本没有出差，为什么要骗我呢？兔子无话可说，只能微低着头傻站在那里。苏光夏继续说道，我知道我给你带来了很大的麻烦，所以专门在这里等你，当面向你致谢致歉，感谢你接受了我那么多的垃圾情绪，还占用了你大量的时间，对不起。

说完这些话，苏光夏头也不回地走了。

原来，苏光夏打兔子的手机，一直被提示不在服务区。他便打了一个电话到兔子所在的公司，问兔子什么时候回来？公司的人说，她走了吗？我们怎么不知道？苏光夏说她不是去内蒙古出差了吗？公司的人说没有，她一直都在公司上班，你若有什么业务可以直接到公司来谈。

这件事让兔子心里很不好受，她真的没想到苏光夏会把电话打到公司来问她的行踪，而且得知她有意回避他；肯定会有伤口上撒把盐的感觉。所以她一直很想给苏光夏打个电话解释一下，但是解释什么呢？说什么都是越描越黑。

兔子也只好作罢，她想苏光夏要走出失恋的阴影也只能靠他自己啊。

从此，很长一段时间，他们俩之间毫无联系。

余橙去学心电图还没有毕业，也许是担心夜长梦多，院长就要求她跟儿子尽快完婚，反正什么都不影响，只是人先嫁过来。余橙结婚那天，苏光夏请了病假没上班，独自到以前跟余橙常去的地方重走了一遍，心境可想而知。直到晚上，越是临近婚宴他越是有一种冲动，很想冲到婚宴现场搅局，让大家都不痛快。他也知道这样做十分愚蠢，而且也不值得这么做，但是这个念头无论多少次按下去，都会像水上的漂浮物一样顽强地冒出来。

他很担心自己会失控干傻事。

他不敢喝酒，也不愿意一个人在单身宿舍呆着，他想过一些娱乐场所，人还没有去就像吃了大肥肉一样恶心。他的一个曾经一块留学的朋友就劝过他，这是在中国，你就要适应本土消愁解闷的方式。但是没有用，他就是不能适应。苏光夏去了游乐场，一个人去坐摩天轮，验票的老师傅笑着说，孩子，只有女人才爱坐摩天轮，因为女人的心高高低低从来没有平坦过。苏光夏真想上前拉住老师傅的手痛哭一场。

游乐场关门以后，时间还早，苏光夏恶毒的念头再一次冒了出来。他想要去就去吧，否则这件事还不算完。

他搭上一辆出租车，直奔婚宴现场，他的眼前甚至出现幻觉，那就是他一出现，余橙便扑到他的怀里，两个人泪流满面地逃离现场。苏光夏陶醉在自己的幻想之中，就在这时，他的手机响了，里面的一条短信息令他颇感意外，信息是兔子发过来的，只有三个字：你好吗？

不知为何，苏光夏竟然有点鼻子发酸，只是让他强忍住了，他没有回复这条短信。过了一会儿，兔子又发了一条短信给他，还是三个字：在哪呢？苏光夏还是没有回复。但是他的脑子比先前冷静了一些，空白部分渐渐开始恢复意识，他想起科主任对他的告诫：你是一个要上手术台的外科医生，首先要具备泰山压顶不为所动的特质，不可以快意恩仇，情绪大起大落。感情对人的困扰是很致命的，要战胜它。

手机的铃声响了，是兔子打来的。苏光夏本想拒绝见面的，他觉得做男人不能做得这么窝囊，但又无法不抓住危机中这唯一的浮萍。事后，苏光夏才知道兔子并不知道余橙这一天结婚，她只是有一种莫名的感应，如同一件未了的心事，看似已经过去，而在某种时刻却又成了牵挂。

那个晚上，苏光夏像孩子一样，跟着兔子进了一家小饭馆，他们在那里边吃边聊，也喝了点清酒，直至深夜。

凌晨分手以后，他们再一次失去了联系。

都市人有没有心肝？有没有隔夜的爱与恨？这在今天已经成为不是问题的问题。多少年以后，当苏光夏陪着病人到心电图室做检查碰见余橙时，竟也可以点头示意，波澜不惊，根本无法想象当年的自己就是这道坎迈不过去。还是因为时间才是人类真正的良医，可以最终抚平万千伤痛。

美人初嫁，风波暂时告一段落。落了单的苏光夏陡然间变成了钻石王老五，给他提亲的人络绎不绝，就像梅雨季节断不了水滴的屋檐。尤其是科主任的老婆，先就想到了自己的大龄女儿，被科主任训斥之后，仍旧热情不减，照样为苏光夏输送各种美女，其中不乏电视台节目主持人，选美季军之类的抢手人选，仿佛她身后开了一家美女超市，应有尽有。

苏光夏也去相亲，前前后后并不是没有在花丛之中流连，只是看来看去都是假姻缘，短命得很，没有一个真正相中的。科主任的老婆问他到底哪方面不满意，他又说不出个所以然来。

科主任的老婆说，苏光夏是不是受刺激了？科主任说，你才受刺激了呢，情场如战场，他刚打完一仗还没休息，你又要把他给推上去，掉到你们手里那还活得成吗？科主任的老婆说，从来都是新人治旧伤，我帮忙还帮出埋怨来了？科主任说，想想咱们自己的女儿吧，苏光夏还愁娶不到老婆吗？真正是瞎忙。

一旦静下心来，苏光夏也觉得自己有些奇怪，照说好女孩也不少，和余橙的那一段要死要活也过去了，可是为什么自己就跟打了抗体疫苗似的，见谁都不感冒发烧打喷嚏了，一夜之间就变成一个高仓健。

突然有一天，苏光夏想起了兔子。

这时他才发现,他心中一直有一只兔子。尽管他们之间毫无联系,但是这只兔子从来就没有离他而去,兔子硬朗而自信的性格已经在不知不觉间植根于他的心中,令他难以忘怀。

二十四

中午,曹宁宁从实验室走出来,他回到了自己的办公室,坐在座位上下意识地按了按太阳穴。同事们都陆续拿着饭盒去打饭了,他也打开抽屉,在拿饭盒的同时扫了一眼手机,以往他也是不把手机带进实验室的,只是吃饭或下班前看看有无信息。但自从姚彼琳出现之后,他的手机里就经常出现一些爱他想他的短信息,每一条都油腻腻的,让人看了很不舒服。有一次姚彼琳一天就发了八十二条这样的短信息,把曹宁宁腻歪得差不多要发疯。

并且,姚彼琳有时还不请自来,下班的时候在单位的门口等曹宁宁,搞得人人侧目,不知道这个美丽而又有些忧伤的女人跟曹宁宁到底是怎么回事。

曹宁宁没有办法,只好又回到谈判桌上,不过这时他已经无法保持风度,完全是气急败坏地说,你到底要干什么?姚彼琳心想,我要干什么?我过不好就谁也别想过好。但是脸面上依旧楚楚可怜,不无哀怨道,是你要跟我谈,又这样对我,你就真的忍心这样对我吗?曹宁宁颇为无奈,急道,你不要再纠缠我了行不行?姚彼琳道,这怎么是纠缠呢?我对你是真爱。曹宁宁烦躁地挥了挥手道,我们就不要讨论什么真爱不真爱了,当初不是你选择了出国留学吗?姚彼琳道,那是因为我太年轻,所以才中了你妈妈的毒计。曹宁宁顿时正色道,请你不要这样说我妈妈,我告诉你吧,我现在非常感谢她用一笔钱测出了你的真心。姚彼琳冷笑道,你也不配跟我谈什么真心不真心,你如果不是为了钱,会跟刘嘻哈结婚吗?曹宁宁哑然。

但也只是在片刻间,马上曹宁宁就喃喃自语道,不管你相信不相信,我是爱她的。姚彼琳道,可是她爱你吗?如果她爱你,为什么这么轻易地就离开了你?曹宁宁冷下脸来,不快道,那是我们家的事,与你无关。而且我再说一遍,就算我果真离了婚,我跟你也绝无可能。

姚彼琳笑道,曹宁宁,我真的感谢你这么恨我,其实轮到我们这一代人,早已经是爱无能了,你知道爱是什么吗?爱就是恨,恨也就是爱啊。

这个晚上,曹宁宁一个人抽烟抽到大半夜。

斯日格入院之后,坊间便是谣言四起,都传她得了重病,再难重拾往日雄风。但其实斯日格对这些传闻并不感兴趣,因为所谓官场,从来就不是大众街谈巷议口口相传的那个官场,说穿了它也是一座围城,只是里面的人并不想走出来,也只有在里面的人才真正知道里面的事,而且他们都是三缄其口,如果你说你知道什么,那恰恰说明你什么也不知道,更说明你根本不是官场上的人。

正如小布什所说，他平添白发全因为有两个女儿。斯日格也是一样，绝不像外人所想一生只关心仕途，相反，她恰恰是一个为家庭和孩子操心最多的女人。住院期间，她也仍旧是被姚彼琳所困扰，这个女孩子再也不是当年少不更事，自以为精明，世界就把握在自己手中的轻狂少女，她现在的翅膀已经硬了，而且还是用斯日格的钱炼硬了翅膀。同时敢于跟斯日格叫板挑战了。更关键的是斯日格思来想去，竟对她毫无办法。

相比起她一贯的所向披靡，她第一次觉得自己老了，被一个女孩子的电话轻而易举地送进了医院，而且她对此还束手无策。有人说永远不要跟年轻人作对，因为你不一定斗得过他们。看来也的确是一句箴言。

幸好大的格局有了变化，斯日格出院后不久，便被通知将调往北京工作，官职还升了半级。这当然是好事，斯日格跟儿子商量，不如你跟刘嘻哈一块调到北京去工作，躲开这个是非之地。曹宁宁当场就拒绝了这个建议，不快道，妈，我也不能一辈子都拴在你的裤腰带上，我自己的事我能处理好，你就放心吧。斯日格心想，说得容易，我都未必是姚彼琳的对手。尽管她嘴上什么也没说，但还是兀自叹了口气。

曹宁宁说道，不管我将来跟刘嘻哈的关系怎么样，我都不会原谅姚彼琳这样伤害她。斯日格道，话是这么说，可是姚彼琳总这么纠缠，你打算怎么办呢？曹宁宁道,我已经跟领导申请过了,准备到日本进修半年,反正我们所每年都有进修指标。斯日格想了想说,也只好这样了。

赴京之前,斯日格并没有和刘百田见面,她叫秘书给刘百田打了个电话,主要是说北京方面催得很急,这边又有大量的交接工作,所以就没空见面了。但以后无论有什么事都可以直接给秘书打电话,保证会在第一时间得到解决。

刘百田心里当然很明白为什么斯日格回避见面,但对她的示意也颇为领会。在大陆,有办公室政治,有家庭政治,总之仔细想来,政治无处不在。

确定了到日本进修的时间表之后,曹宁宁再一次去找了刘嘻哈,见面时两个人都有些神情黯然。曹宁宁说道,你一直说要到日本游学,结果反而是我要去日本进修了,如果我们能一起去该有多好。刘嘻哈心想,我现在哪儿都不想去了,社会这所大学教给我的东西不是一点半点。见她无话可说,曹宁宁继续说道,我走了以后,希望你搬回丹密公寓,毕竟那边条件好一些。他本来想说,你这样漂泊在外我会心痛,但终究还是说不出口。刘嘻哈面若冰霜道,你去就是了,不必管我。

本来,曹宁宁还想进一步表白一番,但转念想到自己还没有摆脱姚彼琳的阴影,多说无益。好在时间能够证明一切。

天气转凉。秋天的一个晚上,兔子失眠了。

兔子失眠的理由很简单，就是这一天快下班的时候，她接到苏光夏的一个电话，说要跟她见面谈点事。兔子说好。苏光夏下班之后就来接她了，见到苏光夏，兔子愣了一下，因为苏光夏穿得很正式，深咖啡色的西装配斜纹领带，而且他还开了一辆新车，他自己的解释是用本来要结婚的钱买了一部捷达王。

兔子上车以后还跟苏光夏开玩笑说，看你像个新闻发言人似的，是不是有什么事要宣布啊？苏光夏一本正经道，对，有很重要的事要宣布。

苏光夏把车开到一个远离市区的度假酒店，酒店是拉美风格，装饰热情而有情调，这里山清水秀，空气里还有一点淡淡的茉莉花香。得知苏光夏预订了烛光晚餐，兔子有些惶恐地说，我恐怕不适合这么浪漫的场合吧。苏光夏说，有什么不适合？以后想要多浪漫就有多浪漫。

伴随着餐厅里缠绵悱恻的背景音乐，苏光夏对兔子诉说了这段时间的心路历程，并提出来跟兔子正式交往。

兔子完全傻了，一时间变得张口结舌，原本一张巧嘴顿时笨重不堪，后来看着苏光夏的嘴巴一张一合，却又根本不知道他在讲什么。自从决定留在南方打拼，这些年来她已经习惯了自己东奔西扑的角色，也许是她的性格过于硬朗，她不记得有哪个男孩子用异性的眼光注视过她。拥挤而繁忙的都市也不知道从哪一天开始，冒出来这么多恨嫁的女孩子。她在公司里是骨干，在朋友眼中是强者，如果偶尔她病了，他们找到她的第一句话就是你怎么还没好啊，言下之意是等不及地让她冲锋陷阵。

有时她甚至忘记了自己的性别，也从来不奢望会有什么艳遇降临在自己头上。尤其是像苏光夏这样的当红小生，她不可能去做任何假设。所以此时此刻，兔子的脑袋已经是一团糨糊，人也像太阳底下的冰块，慢慢融化了。

浪漫之夜是怎样结束的，她毫无印象。

然而清夜静思，兔子才意识到她所面临的巨大困境。黑暗中，兔子听到了刘嘻哈均匀的呼吸声，世界之大，但她是刘嘻哈单恋苏光夏唯一的见证人，尽管时过境迁，刘嘻哈已经跟曹宁宁结了婚，可是她知道这件事还是会深深地刺伤刘嘻哈，任凭苏光夏今后跟谁在一起，反正不能是兔子。也许这是一个谬误或者悖论，但对女人来说却是一个心结，如果兔子不想失去友谊，那就只有失去爱情，反之也一样。

兔子第一次体会到，友谊其实是另一种爱情，也是没有办法割舍的。

第二天，刚刚上班不久，苏光夏就给兔子发来了信息：今晚能见面吗？兔子回复并没有接这句话，只说：昨晚想了一夜，我们还是做好朋友吧。苏光夏回道：有什么像样的理由吗？兔子狠了狠心回道：我不想当余橙的替代品。这一句话果然是太重了，苏光夏不仅没回短信，也没有再来电话。

一连好几天，兔子都有点失魂落魄。她不得不在心里提醒自己，你有什么可失落的呢？这是你自己的选择啊。

这句话也确实太重了，它像石头一样挡住了苏光夏面前的感情之路。是的，他承认是在生活的低谷期意外地发现了兔子的价值，如果他一直是一帆风顺的，那么他只会跟兔子一千次一万次地擦肩而过。然而，他可以改变现状，却不能改变历史，对于这一道无解的难题，他又能说什么呢？

苏光夏陷入了深深的苦恼之中。

一天下午，苏光夏到门诊去给一个朋友取化验单。医院的门诊部从来都是乱哄哄的，像个大墟市，用人头涌涌来形容也不过分。身穿白大褂的苏光夏在人群中穿行，这时他看到了一个熟悉的身影，便走上前去拍了他一下。

正在四顾茫然的曹宁宁一下子看见了苏光夏如同看到了救星，两个人打过招呼之后，曹宁宁说我可真不知道医院这么乱。苏光夏笑道，那是你了解人民的疾苦太少了。曹宁宁捶了苏光夏一拳，苏光夏又道，说吧，哪儿不舒服？曹宁宁道，最近睡不好觉，老是头痛，而且我要去日本进修了，也得开点药带着，省得在那边麻烦。苏光夏说走吧，到我的办公室去，我给你检查一下。

苏光夏熟门熟路地拿了化验单，又给曹宁宁补挂了一个号,他对曹宁宁说,现在的管理很严格,不挂号就拿不到药。

在苏光夏的诊室,苏光夏给曹宁宁做了详尽的检查,最后说道,你没什么事,就是太累了,可能工作上的压力也大,有点植物神经紊乱,我给你开点谷维素,吃一段时间就没事了。曹宁宁松了口气说,没事就好。苏光夏还给他开了一些感冒药和消炎片,以备到了日本用来防身。

办完了正事,苏光夏说道,怎么样,最近还好吧?曹宁宁想了想说,不好。苏光夏愣了一下说怎么不好了?曹宁宁一时没忍住,就把自己的事跟苏光夏说了,这些事积压在他心里已经到了无以复加的程度,可是他又能跟谁说呢?谁又会相信他呢?一个大老爷们夹在两个女人之间,哪一头都摆不平,这样的烦恼还真有点说不出口,好在曹宁宁对苏光夏的印象一直很好,加上他又是医生,就只当自己说出了病情吧。

沉吟片刻,苏光夏问道,那你现在说心里话,这两个女人你到底喜欢谁呢?曹宁宁道,那还用说吗?我当然喜欢我老婆了,虽然我们俩是相亲认识的,但真的很合适,而且姚彼琳太狠了,一个女人贪得无厌又缺乏善良,我怎么可能跟她生活在一起呢?听了他的话,苏光夏便安慰曹宁宁道,既然你已经想明白了,你们小两口和好也就是个时间问题。然而曹宁宁仍有些忧心道,只是我不知道刘嘻哈心里有没有别人,也不知道她到底是怎么想的。

苏光夏一时语塞，忙起身去给曹宁宁倒了一杯纯净水。

曹宁宁并没有注意苏光夏神情中极其细微的变化，他喝了口水道，你最近还好吧？跟余橙什么时候结婚啊。苏光夏回道，余橙已经结婚了。曹宁宁笑道，她结婚不就等于你结婚吗？苏光夏黯然道，她跟别人结婚了。曹宁宁惊道，怎么会这样？

苏光夏说，说来话长，不如你等我下班，我们俩出去喝一杯。曹宁宁说也好，我这段时间闷得都快炸了。苏光夏看了看手表，便起身去洗手换衣服，两个人一块离开了诊疗大楼。

二十五

星期天，兔子在公司加班，这时她接到一个电话，电话是苏光夏打来的，苏光夏用命令的口气说，你现在就下来，我有话跟你说。

兔子下楼来，果然见到苏光夏仍然是站在办公大楼外的树下等她，便走了过去。苏光夏劈头就说，我知道刘嘻哈现在住在你那儿，你是不是因为她才拒绝我的？兔子道，当然不是，这跟她有什么关系？苏光夏道，你说对了，她跟我们的事没有任何关系，她不仅结婚了，而且曹宁宁非常非常爱她，你也大可不必总想着去拯救别人。

兔子低下头去回道，我真的没这么想。但语气里显然没了底气，这无疑让苏光夏相信自己的判断是对的，他继续说道，要不我去找刘嘻哈谈一谈。话音未落就被兔子急切地制止了，不不不，还是我自己跟她说吧。苏光夏的语气和缓下来，他贴近兔子说道，我真是厌倦了要在感情上放那么多的附加值，我们简单一点好不好？爱就是爱，不爱就是不爱，爱情才是最需要诚实的。

兔子没有说话，只是六神无主地转过身去慢慢往回走，话是没错，可就是万千人中谁都可以当苏太太，唯独她不可以，唯独对她来说是一个错误的角色。她想。然而就在这时，苏光夏倏一下冲过来，不由分说地紧紧地把她抱住，就在光天化日之下狠狠地亲了她。

那一瞬间，兔子接受了命运的安排。

这个星期天的早上，刘嘻哈也不能睡懒觉，现在每一个周日的上午，她都要到一个富人区，给一个富豪的宝贝儿子一对一地教画画，这样做的报酬就比较可观。富豪是个澳门人，他的儿子肥嘟嘟的像个猪扒包，不过孩子都是可爱的，也喜欢画画。只是他还要练琴、写作文、练习国标普通话，总之一到星期天他们家就充斥着川流不息的外人，宝贝儿子被他父亲培养得一塌糊涂。

闹钟的铃声响了，刘嘻哈听到了但是眼睛就是睁不开，同时她还听见了兔子起床时发出的窸窸窣窣的声音，不一会儿，她就觉得有一双手把她拉了起来，见她东倒西歪了一阵终于坐稳了,才离开。

不知过了多久,房间里飘浮着一股炸鸡蛋的香味。刘嘻哈知道兔子做好了早餐,可她还是睁不开眼,又倒下去睡着了。

兔子对此早已见怪不怪,因为这出剧目几乎天天上演。她不再理会刘嘻哈,独自端坐在餐桌前一边喝牛奶,一边把草莓酱抹在面包片上。嘴里幽幽说道,要不就服个软,回到可园去吧。

这句话也许说过千万次,但每次还是像魔咒一样管用。刘嘻哈一下子就从床上弹了起来,冲到洗手间洗漱,出来以后并不跟兔子说一句话,只垮着脸穿衣服,收拾包,时间通常都来不及了,于是从兔子手上接过抹好果酱的面包,不快道,以后你少说这句话,一点都不可笑。说完翻个白眼,头也不回地离去。

刘嘻哈来到富豪家,猪扒包的奶奶正在喝茶,见到佣人给刘嘻哈开了门,便招呼她说,快过来快过来,试试今年的新茶。刘嘻哈客气地笑笑,卸下画板往猪扒包的房间张望。猪扒包的奶奶说不急不急,叫他多睡一会吧。

原来大富豪这些天在澳门办货不回来了,他的太太也跑到外面昼夜打麻将。老人家一个人在家自作主张,她说学什么学呀,脑袋都学坏了,小孩子就是要多吃多睡,像养猪那么养,长大才有福气。经她这么一说,刘嘻哈更不知道该怎么办了,到底是走还是留呢?老太太又说，我一个人闷得慌，你陪我说说话，钱照付给你，我知道你们穷人家的孩子也不容易。

刘嘻哈想想也没有别的办法，只好坐下来陪老太太喝茶。老太太讲的都是听着便会打盹的话题，好在刘嘻哈也学会了没有兴趣还装着很有兴趣的样子，天上一句地下一句地陪着她聊，差不多闷到快睡着的时候，教毛笔字的先生来了，刘嘻哈总算得以脱身。

刘嘻哈也没有什么事，她决定到兔子的公司去找兔子，等她加完班以后一块去逛街，刘嘻哈现在也挺喜欢逛街的，能淘到自己的心爱之物比过去刷金卡买名牌别有一番乐趣。

当然，她看到了苏光夏和兔子拥吻的一幕。

这就是为什么过了一万年电影里还会有这种镜头的理由，不是因为它经典，恰恰是因为它庸常，庸常到在我们的生活中反复出现。

兔子的烦恼不是没有理由的，的确这个镜头对于刘嘻哈来说，无异于五雷轰顶，当时她根本没法相信自己的眼睛，以为出现了幻觉。她也知道人家之间发生了什么跟她毫无关系，可是道理归道理，每天看着这样两个人谈情说爱地久天长却是另外一回事，让她来见证他们的幸福是不是太残酷了？

她从来就不是铁骨铮铮的人。

刘嘻哈重新回到大街上，但这时的大街在她眼里已跟刚才不同，繁华落寞原本是并生的，只在那一时之间是否错过。

她的脑海里空无一物,这时候如果有个陌生人叫她交出钱包她定会悉数奉上。那种巨大的茫然和失落压得她喘不上气来,她随便找了一间路边的酒吧,独自一个人静静地坐在那里,爷爷说得没错啊,外面风大雨大,稍有闪失便会重重地摔倒,孤立无依,亲人就是再不好也是你的亲人。

她想过重回可园,更想过给曹宁宁打个电话,只不过是听一听他的声音,她不再坚强,方寸大乱。

不过最终她什么也没做,静静挨过最伤痛的这一刻,那便是成长。

从这一天开始,刘嘻哈一反常态,她每天天没亮就起床,然后摸黑洗漱,摸黑出门去打好早餐,有时是烧饼,有时是豆浆油条,更多的时候是粥粉,她把兔子的那一份在餐桌上放好,自己便悄然离去;晚上,她多半要到深夜才回来,那时兔子已经入睡,两个人便不用面对交谈。

要想深夜而归也不是那么容易的,下了班她能到哪儿去呢?不能总是去看垃圾电影和泡网吧,刘嘻哈买了一张健身卡,看上去她是疯狂地爱上了健身,每天一下班,她就直奔健身中心而去,所有的班只要开课的都上,游泳和走步器这些不算,她还参加了跆拳道、高温瑜伽、普拉提、肚皮舞之类,一直把自己累到晕倒。晕倒之后,她听见有人说她,穷人办了张健身金卡就这熊样,一天不来都觉得吃亏,不把自己累晕了不算完。

然而皮肉之苦果然能换来内心的片刻轻松,每当刘嘻哈拖着极度疲惫的身体深夜而归,一倒在床上便昏然睡去。

于是她跟兔子之间,即使是住在同一屋檐下,却要发信息,打电话。

有一天,兔子打电话给刘嘻哈,兔子说,今天下班能早点回来吗?我们俩去吃饭,我想跟你说点事。刘嘻哈回道,今晚不行,要加班。这样搞了好几次,兔子终于觉得刘嘻哈有点不对劲了。

一天深夜,刘嘻哈回到住处时已经是凌晨两点了,她摸黑进了屋,兔子的台灯就亮了,兔子一个翻身坐了起来,压不住火地对刘嘻哈吼道,你到底怎么回事啊你?!见到兔子抓狂,刘嘻哈反倒冷静了,好像她这些天的所作所为有了回报,折磨自己至爱的人也是有快感的。刘嘻哈并没有理会兔子,只是默不作声地去洗澡、刷牙,然后面壁躺下。

她的举动更加激怒了兔子,兔子跳下床去,一把掀开刘嘻哈的被子,继续咆哮道,睡什么睡!今天晚上你必须让我死个明白!

突然的寒意让刘嘻哈的身体微微蜷曲,但她仍旧面壁,仍旧无语,甚至闭上了眼睛。兔子气得把被子重新扔在刘嘻哈的身上,摔门出去了,她到网吧在网上跟人打了一夜牌,直到晨光熹微,便径自上班去了。

这一天下班之后,兔子回到住处,发现刘嘻哈已经搬出去了,沙发床还原成以往的模样,房间收拾得一尘不染。刘嘻哈给兔子留下一张纸条,口气和缓,就像什么事都没发生过一样。刘嘻哈的留言大意是,由于曹宁宁已经去日本进修了,所以她决定搬回丹密公寓,并感谢兔子一直以来对她的照顾。

而事实上是刘嘻哈早已开始在外面找房子,然而合适的房子不可能一两天就找到,如果不与人合租,总是觉得贵。好不容易找到一间三十六平方米的一房一厅,刚刚交了押金,兔子那里就住不下去了。

刘嘻哈的离去,让兔子无比失落。

她忍不住给刘嘻哈拨电话,手机是通的,但是无人接听。

兔子找到苏光夏告诉他这件事,苏光夏平静地说道,你真的零智商了?这说明刘嘻哈知道了我们的事。兔子回道不可能,她怎么知道的?苏光夏道,她怎么知道的并不重要,反正她肯定是知道了。兔子还是不相信,苏光夏说不信你用公用电话给她打,保证她就接听了。

两个人去找了一部公用电话,兔子听到刘嘻哈熟悉的一声哈罗,立刻就把电话挂断了。

兔子泪如雨下,扭身离去,苏光夏追上来拉住她的胳膊,被她重重地甩开了。

望着兔子远去的背影,苏光夏不禁被她的真性情所打动。他想,人的感情真是太奇妙了,相比起余橙,兔子也许不够美丽和温柔,但她不是一个虚幻的影子,总是给人一种饱满的有血有肉的感觉,她的喜怒哀乐是结实的,可感的,没有丝毫的伪装。

兔子并没有再去找刘嘻哈,她想,见到她说什么呢?

她们就这样在彼此的生活中消失了,奇怪的是再没有碰过面,在那些最容易相遇的地方,美术馆,电影院,音乐厅,风味美食,酒吧,甚至是大大小小的动漫展或者漫画人的聚会,她们从未见到过对方的身影。也许是走了一个才来一个,也许是都没来,也许是晚到的那个先走了。总之她们无声无息地错过,以往以为一生一世都会在一起的想法显得甚是可笑。

镜花水月终成空。

二十六

年轮辗过,忧伤深锁。不知不觉间八年已过。

混乱的城中村依旧故我,像一个残容败露的站街女,虽说是满目疮痍却也顽强求生,不屈不挠地挺立在繁华妖冶之中。

这里曾经迎接过无数的访客,人大代表,政协委员,市政府智囊,规划局官员,他们在这里指点江山,回去后激扬文字,但最终都因为条件尚未成熟而不得不暂时放弃城中村的改造,因为巨大的财政预算足以打碎他们心中的宏伟蓝图。所以这里依旧是文明都市遗忘的角落,依旧是都市外乡人唯一可以生存的天地和天堂。

夜幕降临，有一位中年男人出现在十字街头，他站在路边，静静地观察着这里的变化，或许是由于这里毫无变化令他有点轻微的惊讶。然而他的神色平静如水，他的面部在夜色中有些模糊，但仍能感觉到一种沧桑之后的坦然。

他的穿戴看上去十分休闲朴素，条纹衬衣配深蓝色的长裤，脚上是一双样式敦厚的软底鞋，这样一身打扮，如果不仔细辨认很难发现质地和做工的上乘，全身上下也只有眼镜的白金镜架透露出他是一个隐形的有钱人，此外与常人没有任何不同。

是的，他就是何四季。

他本不想回到这个城市来的，但是因为这样和那样的原因，他又重新回到这里。重回这座记忆之城，留给他最深的印象便是城中村和可园，当然也成为他一定要瞻仰的故地。

四季去了新疆服刑，服刑不是每天吃饭睡觉然后打架斗殴，那是一种想象中的服刑生活。四季所在的监狱管理非常严格，每天就是干活，每个犯人累得跟死狗似的，哪还有力气寻衅生事？四季先是在一个采石场砸石头，日日夜夜砸得眼花手颤，石头只多没少，运走一批又有山一样的石料堆到了眼前。后来他又去了玉龙喀什河的下游挖玉，玉龙喀什河的源头在昆仑山，每年夏季随着气温升高，冰雪融化后的流水就会把山上经风化剥蚀的原生玉矿裹挟而下，堆积在低山河床中，秋天河水渐落，掩藏在卵石中的玉石就会显露出来。采玉的季节随之来临，所以玉龙喀什河又称白玉河。

十字镐成为四季形影不离的朋友，干活领出，收工交回，他们有时寂然无声地交流。四季的话更少了，语速和反应也随之变慢，有时候他甚至怀疑自己还有没有说话的功能。

有一段时间他们站在冰冷的玉河里拉网式寻找羊脂仔玉，一站就是一天，一天一块钱，两三个月间一无所获是常有的事。

好在他干活肯下力气，两次减刑都有他的份儿，八年的刑期他坐足了六年。其间，有一个叫孙胜钟的管教对他的印象还不错，有一回在席地歇工时递给他一支烟，孙管教说，我观察你好长时间了，就是想不明白像你这样的人怎么会给关进来呢？四季咧了咧嘴没说话，孙管教又说，你是不是替人顶罪啊？四季摇了摇头，孙管教说，你说话你说话，再不说话你就不会说话了。

就是这个孙管教，在四季刑满时问他，有地方去吗？四季说没有。孙管教说那你打算怎么办？四季说回老家吧。孙管教说老家在哪儿？四季说云南。孙管教想了想说，我在那儿有个战友，我给你写个条子，你找他去吧，至少能吃顿饱饭。走时，孙管教真的给四季写了条儿，四季放在身上收好了。

四季回到了阔别已久的家乡，然而家乡已经没有亲人了，只剩下几间杂草丛生漏了顶的破房子。刘百田说得没错，四季的父亲两年后肠癌复发，很快就过世了，幺红嫁到了一个遥远的村庄，由于当年筹集父亲的医药费，她要彩礼要得太狠了，婆家欠下了巨额债务，也就拿她当苦力，发狠地用她。四季见到幺红时，她正在乡里唯一的山寨厂干活，她系着大围裙，戴着帆布手套，往传送带上送废纸皮，身上还背着一个孩子。整个厂的工人里就她一个女的，她干活都干呆了，见到四季也不知说什么好，只会一个劲地抹眼泪。

幺红告诉四季，母亲日夜都在想他，总在念叨他的名字，后来家里没人了，母亲会深更半夜跑到外面游走，结果失足掉到山底摔死了。等到村民把消息传到她这儿来，已经过去三个月了，后事也是村民处理的。

四季在服刑时还有一点微薄的工资，记在狱管科的大账上，很多犯人都用来申请加菜，加菜分大荤小荤，大荤全部是净肉，小荤是菜和肉炒在一块，平常的伙食自然是缺油少腥，十分寡淡。但是四季坚持住了，任凭肚子荒成了盐碱地，也没舍得花一分钱。所以他留下路费，把剩下的钱都给了幺红。

四季无处可去，这时他想起孙管教给他的条子，孙管教叫他去找一个名叫杨大业的人，四季换乘了好几趟长途车，才找到杨大业。杨大业看了看风尘仆仆的四季，又看了看手上的纸条，面无表情地说了三个字，留下吧。

这里是地处云南境内的祥云县九顶山，杨大业在这里开着一家金矿。挖矿是个辛苦的活儿，一点不比挖玉轻松。也许孙管教就是看上了四季能吃苦，才给他指了这么一条活路。到了矿上以后，四季就跟其他工人一样住在高山的拦腰处，房子是简易的木板搭建的，床就架在山石铲平的草地上，蛇、蚊子、山洪时常出没，生活条件非常艰苦。四季混在众多的工人里，杨大业很快就把他遗忘了。

杨大业是个有脑子的人，高价聘请了两个沈阳黄金学院地质专业的大学生，这样测绘金矿相对准确。于是挖没挖到金矿另说，先就这一优势便受到了其他采选矿厂的嫉恨，事实上争抢地盘的斗争一直是暗流涌动，因为矿产资源是有限的，总被你挖到就预示着我将两手空空，所以是没有人会自认倒霉的。也就是说，出现突发的恶性事件早已不足为奇，如果你扛不住也就不用在这一带混了。

好在杨大业出身武警部队，三拳两脚的还能对付。但他的原则是不先动手，逼急了才正当防卫。

一次，矿区突然出现了二十多个凶神恶煞的男子，他们手持猎枪，外加铁棍木棒，见人就打，见东西就砸，气势张扬，把现场的人都给吓住了。杨大业闻讯冲了出来，只说了一句你们要干什么？话音未落一根铁棍已冲他的头顶砸来，就在这时，站在他身边的四季眼疾手快地用探矿石的锤头一挡，否则杨大业的脑袋必定开花。躲过一劫的杨大业顿时急了，冲着来人大打出手，这无疑是一道无言的命令,身后的工人立即抄家伙与来人打成一团,一场械斗不可避免地发生了,四季也不顾一切地又抡又打,一边对吓呆了的大学生喊赶紧报警啊。

一场乱战之后,终于把那些人打跑了。

可是警察还没有来,四季正在纳闷儿,有工人对他说,警察离这儿太远,而且谁的保护伞硬,警察也许就不出警了。正说着话,杨大业向他走了过来,见四季满身是伤,便问了一句你没事吧?四季回道没事。杨大业又说,你是新来的吧,我怎么不认识你啊?四季说我是孙胜钟介绍来的。杨大业这才哦了一声,嘴巴半天没闭上,也不知道他到底想起来没有。

四季第二次救出杨大业是在半年之后,那是在山体中一个深几十米的金矿井下作业时,突然来自山峰高处的流水渗进了矿井,工作用的发电机被淹,熄了火。当时的杨大业和几个工人正在井下作业,情况万分紧急,刚刚交完班的四季拖着疲累的身体正要返回,自然也留下来参加抢险。救命的绳索一次次把工人拉了上来,等在最后的杨大业已经被一氧化碳熏得昏迷过去,不可能抓住绳索了。是四季重新下到井下,抱起昏迷不醒的杨大业,当两个人一块被拉上来的时候,四季也中毒昏了过去。

这件事之后,杨大业开始信任四季,叫他管账。

入夜,城中村开始了一天当中最放纵的时刻,穷人也可以纸醉金迷,这是这个时代给予每个人的特权。一个穿着吊带裙的女孩子来到四季面前,她说,先生,我来陪陪你好吗?四季回过神来道,谢谢,不用了,这一带我很熟。女孩说,那你像棵树似的,站了这么久。四季忙道对了,我正要去找一个熟人。四季来到早先的那个食杂店,整个店的布局竟然跟八年前一模一样,店老板也还是原来那个人,只是老了一些,他当然已经完全不认得四季这么个人了。

四季买了一包烟,随即对店老板说,我想跟你打听一个人。店老板说谁?四季说,曾经住在对面楼的老韦。店老板想不起来,四季提醒他说是个西老广。店老板马上想起来说,是有这么个人,死了嘛。四季紧叮了一句,你确定吗?店老板说怎么不确定,他是飞车党嘛,有一回被人死追出了车祸,他撞飞到立交桥下面,当场就摔死了。四季脱口而出道,那星哥呢?

店老板绘声绘色道,那个星哥才叫鬼上身,平时还真看不出来,挺斯文的一个人,谁想到他是杀人恶魔啊,砍人砍上了瘾,居然砸碎车玻璃贴身开枪,就在金色年华夜总会的大门口,凌晨三点钟一场枪战,老百姓还以为拍电影呢。他的事登在报纸上三天三夜没登完,你说毙不毙?政府当然要毙他。说完他做了一个杀头的手势,还撇了撇嘴。

过了一会,店老板有点警觉道,你是谁?四季道,我是老韦的一个熟人,也就随便问问。四季走后,店老板发现他买的那包烟遗落在柜台上,他本想追出去,但转念把那包烟重新放回货架,再卖一道也不错啊,再说跟他说了这么多事,收听广播不是也要付电费吗?

这天夜里,四季一闭上眼睛,就看见韦北安七窍流血地倒在地上,两眼死呆呆地望着他,瞳孔显然已经散大,因为涣散的目光根本无法聚焦。他闭不上眼睛肯定是心有记挂,然而在高大的立交桥下他变得更加渺小,无数的车辆和行人匆匆来去毫无停歇,这样一个飞车党肯定是死有余辜的。四季看不下去,只有逃避,他睁开眼睛,眼前并非一片漆黑,而是灯火通明——他在监狱时就养成了开灯睡觉的习惯,现在关灯反而睡不着了。

四季起身下床,坐到阳台上去发一会呆。他现在住在这座城市黄金地段的高级公寓楼里,房间并不算超大,整体面积约摸一百八十平方米,但是装修精致考究,细节部分经得起反复推敲,并且这里全天二十四小时酒店式服务,包括洗熨衣服、送报纸、放洗澡水、叫外卖等等,总之能想到的生活服务一应俱全。

他在阳台喝了一会儿"灰雁",这种法国顶级的伏特加,口感烈性而浓郁,对他来说是催眠的首选。

当他的大脑渐渐眩晕的时刻,意识的旋涡里仍旧飘浮着韦北安的身影,时隐时现,如烟的往事历历在目,他想起狱头大哥的花生米理论,即人生便是有牙没豆,有豆没牙。果然令四季懊恼的恰恰就是当他有能力帮助父亲母亲和韦北安时,他们早已离他而去,长眠在黑暗的尽头。

隔了几日,四季抽空去了一趟可园。

他是下午两点钟去的,因为他知道那时候比较闲。四季从生活楼那个门走,对门房说找容妈。不一会容妈就出来了,容妈自然也老了,主要是眼白变得更加混浊,加上操劳,地道的一个老妈子。她身上还是地摊货,圆领T恤上用英文写着:拿钱来!

容妈上下打量四季,还是迟疑地问了一句,咱们认识吗?

四季回道,容妈,我是四季。

容妈当即给惊着了,眼睛和嘴巴都大张着,只差稀疏的头发没有竖起来。她感叹道,原来是你啊,可不是也那么多年了。她把四季领进生活楼,李师傅正靠在一张旧沙发上打盹,容妈把李师傅推醒说,你看谁来了?李师傅也没认出四季,只说眼熟。当他得知是四季时,同样唏嘘不止。

保安和司机换了人,都是四季不认识的,便也不用招呼,只管跟容妈和老李拉些家常。四季问容妈根宝现在怎么样了?容妈说,根宝被他妈妈接到澳大利亚去读书了,本来老爷也舍不得,但想想在这边不安全……这句话还没说完,容妈马上意识到自己说漏了嘴,正不知道该怎么圆场,老李却坦然道,孩子倒是结结实实的,估计也不认得你了。

容妈问四季可好?四季说凑合吧。容妈问他结婚没有？四季说没有。也没有女朋友。容妈说你别着急，我去给你想办法，没有女人那叫什么日子。她想了想又说，我有一个街坊，女儿在卖水站开票，年龄大了点，人长得肥嘟嘟的不过不算太难看，但反正是过日子嘛什么也不耽误。四季还没说话，老李已插嘴道，你就别操心四季了，他哪用你介绍对象，他这叫钻石王老五，四季发了。容妈重新打量四季，没看出什么特别。四季但笑不语，老李道，你都什么眼神啊，你看看他的穿戴，都跟老金一样了，他发了，要不他也不会来看我们。

要不说男人比女人有见识，容妈一时窘住了，忙道，就当我什么都没说吧。但此时她已经两眼发亮，就仿佛自己发财了一样，待客的热情程度明显升温，还邀请四季晚上到家里去吃饭。

四季又坐了一会儿，走前派给容妈和老李一个红包，说是给孩子买点吃穿用度，无论如何孩子还是要好好培养的。容妈和老李感恩不尽，象征性推让了一下还是收下红包，容妈更是把四季送出去老远。回来后得知礼金不薄，两人着实兴奋了一阵子，又猜四季这么做有何用意？想来想去也想不明白。最后老李说，人发了财总想让人知道，要不发财干什么？不过他没忘了我们也不错。

四季的确是发了，但是他发财并非因为挖到了黄金，而恰恰是杨大业的金矿遭遇了毁灭性的打击。

这个打击出自意外的事故。

出事的那一天天气晴好，并没有任何凶险的预兆，四季跟随杨大业,还有一个大学生,一个副矿长出山办事。陈旧的大金杯在山路上行驶,摇摇晃晃气喘吁吁仿佛随时都会散架似的。这辆破车杨大业一直都想换掉,只是见它还跑得动就难免一拖再拖。山重水复,颠簸起伏,到了下午,大伙都有些昏昏欲睡,这时变天了,天色非常阴沉,能见度相当于晚上八九点钟,山风一阵紧接一阵,呼呼作响,转眼间细雨濛濛,然而山里的气候从来都是一天之中经历四季,这种变化根本不足为奇。

灾难来源于突然而至的山体滑坡,当时只听到一声惊天动地的巨响,先是一块滚落的大石头砸中了车顶,紧接着便是倾斜而下的沙石没头没脑地袭来,司机第一个失去了知觉,失去控制的汽车照直向迎面而来的山石撞去,车祸不可避免地发生了,而这一切犹如刹那间的噩梦,没有人来得及做出任何反应,甚至吭都没吭一声,山野里就恢复了死寂。

四季也是在第一时间不省人事。

不知过了多久,当四季苏醒过来时,发现自己躺在稀湿的地上,仰面可见遥远的星空,他这才意识到天已经全黑了,而且自己是被抛出了车外。他尝试了一下,发现腿脚还能动,便慢慢地爬起来,但随之而来的是天旋地转,他浑身上下一点力气都没有,整个身体都不是自己的了。就这样他反复多次才勉强站了起来,不远处就是出事的地方。

借着月色,金杯车的车顶和车身被撞得面目全非,遍地都是玻璃的碎片。司机被嵌在驾驶室里已经死去,而坐在后座上的大学生和副矿长都被压扁了,惨状令人目瞪口呆。四季发现杨大业也不在车里,但见驾驶室的前挡玻璃荡然无存,想他也许是从前面飞了出去。

果然前面数米的地方,有一个黑影俯身扑倒在地上,四季急忙跑了过去,但无论他怎么叫喊,杨大业始终没醒过来。

四季渐渐冷静下来,他先是摸遍杨大业的全身,并没有发现手机,他重新回到驾驶室寻找,发现司机的手机已经撞烂了。这样向外求救已经没有可能,唯一有价值的是他找到了半瓶水。他把水插进衣袋,又去背起杨大业,沿着山路慢慢地往下走,希望能遇见一线生机。

也许是反复的摇晃,杨大业在四季的肩头小声地呻吟起来,四季急忙小心翼翼地把他放下,就近靠在一棵树下,并喂杨大业喝了几口水。杨大业睁开眼睛,在黑暗中辨认出是四季,不禁苦笑道,事不过三,这回你是救不了我了。四季把那半瓶水放在杨大业手上,表示自己可以跑下山去喊人抬杨大业下去。杨大业气若游丝地说不用了,他喘了一口气又说,你不要走,我有事跟你说。

隔了好一会儿都是寂然无声,只有杨大业飘忽的一线思绪可以感知死神的脚步。他轻声对四季说道,我今晚是过不去了,幸好公司的账全在你手里,我现在就告诉你我的银行密码……四季忙回道,我会把你的财产全部交给你的家属。杨大业说道,我不是这个意思,你交给他们不出三年就会被人全部骗光。四季马上噤声,等待杨大业说下去。杨大业继续说道,你拿到钱后要做好善后工作,一定要给工人发遣散费,也要给我的家属一些生活费,不要告诉他们到底有多少钱,省得他们惦记。你把金矿给卖了,可惜是有点可惜,但是没办法,你做不了,这里面的水太深了。然后你拿着所有的钱到北京去,去找一个名叫迟草的人,我办公室的通讯录里有他的地址和电话,他是一个可以信任的人。如果你赚到钱了,要照顾好我的家人,特别是我的孩子。

他说话的语速越来越慢,节奏开始断断续续的。四季声音哽咽道,你就放心吧。接着又说,我还是背你下山吧,一切都会过去的。杨大业无力地摇了摇手,最后说了一句告诉我家属,我走得很平静,没受什么罪。四季一边点头一边落下泪来,他对于杨大业的感情,就因为他收留了无家可归的他,而且后来又那么信任他。

此后,杨大业再没有说一句话,他走了。

按照杨大业的交代,四季安抚了他的家人,为他办理了后事,并遣散了工人,把金矿卖了。

工人陆续走得差不多了,矿长找到四季,开门见山地劝他把卖矿的钱分了,反正杨大业家的孤儿寡母也没有办法。四季回道,我不敢骗死人的钱,我怕遭雷劈。矿长冷笑道,你说得好听,你不就是想独吞这笔钱吗?你也不怕噎死。我现在就告诉你,这笔钱你分也得分,不分也得分，否则你甭想从这儿出去。四季说我坐了六年牢，害怕没有自由，还就是不怕死，你们人多，你们打死我也不会知道钱到底在哪儿。

矿长说，那好，是你找死，谁也没办法。

这时他打开房门，霎时间他的打手就站了半屋子，黑压压的有一大片。他们原来都是矿上的工人，只是跟矿长走得近。现在金矿没了，估计还要跟着这个矿长游走四方，所以他们对矿长的话也是言听计从。

四季早就发现他们领了遣散费后，并没有打点行装的意思，加上他对矿长多少有些了解，出现这样的危机也早在他的意料之中。

矿长说道，我再问你一遍，这钱你到底分不分？四季回道，不分。矿长气道，你真是要钱不要命了？！四季平静道，人为财死，鸟为食亡。矿长说，那好吧，把他扔到矿坑里去，这钱我们也不要了，留着你黄泉路上做纸钱吧。矿长手下的人正要一拥而上，四季也霍地站起，突如其来地敞开衣襟，只见他的腰间捆着一圈雷管，身在矿区的人会制作土炸弹并不是一件多么奇特的事，要知道四季捆着这玩意儿已经五天五夜了，睡觉时都不敢离身，他想，即便是跟他们同归于尽，那也值了。

二十七

四季只身去了北京，一路上他都在想象迟草会是一个什么样的人。

最让他没想到的是，迟草只不过是一个二十多岁的年轻人，身穿一条又肥又垮上面布满口袋的迷你军裤。四季见到他的时候，他正盘腿坐在大班台上打游戏机。他开着一家小公司，是专门做文具批发生意的。

四季拼命回忆杨大业临走前的神志是否清醒，他不相信千里迢迢来找的人会是一个毛孩子。杨大业的钱也不是大风刮来的，他还有一大家子人等着他照顾呢，把钱交给这么一个人不是开玩笑吗？

迟草也没多说什么，他把四季安排在一个星级酒店住下，只要有空就过来陪四季吃吃饭，当然也不光是他们俩，总能熙熙攘攘的坐一桌子，而且每回的吃客都不一样，有的人西装革履，有的人卷着裤腿不修边幅，也有人一身唐装扮成龙的，但显然不是同一伙人。他们聊的事四季也一句都听不懂。

迟草公司的墙上写着黑体字的金句：

投资应该像天主教婚姻一样，是一生一世的。
我心目中的集体决定是相信自己。
不要蚀钱，积聚回报。

四季问道，这是邓小平说的吗？迟草说不是，是巴菲特说的。这是四季第一次听到这个名字。

约摸过了半个多月，四季慢慢得知迟草的父亲和杨大业，还有孙胜钟三个人曾经是一个武警纵队里的战友，有过与常人不一样的共同经历，无论是在缉毒前线还是打拐的危机时刻，抑或在数不清的抢险救灾任务中，他们历经磨难，出生入死，人称三剑客。转业之后他们分开了，但是当年结下的友谊已经在心中坚如磐石，不可能随着时间的流逝而风化。

由于这一层关系，四季决定把杨大业的钱都交给迟草，他想，就算是血本无归，那也是完成了杨大业的嘱托，对自己也算是个交代。

以前，四季总听人说钱是可以生钱的，但他见过的钱太少，就更没见过钱生钱了。然而这一次把杨大业的钱交给迟草，钱的数量果然就越变越多，多到四季不可思议。原来，迟草真正的身份是做私募基金的操盘经理，他在大学学的就是金融专业，曾经赴美国留学，还有在华尔街闯荡的经历，在做股票基金方面被称为神奇小子，外号"瓷耗子"。

顾名思义，这说明他总是可以选择在适当的时候成功出逃。谁都知道，做金融证券最难的并不是如何杀气腾腾地进场，而恰恰是在赶尽杀绝之后怎么脱离，而又保证不踏空。瓷耗子的本事就体现在这里。

严格地说，操作私募基金有非法集资的嫌疑，有人说它们之间根本没有差别，无非就是成功分红便皆大欢喜，炒崩了盘便沦为诈骗犯。所以迟草在选择资金方面十分谨慎，对于社会上令人心潮澎湃的游资和热钱，他并非捡到篮子里的都是菜，成为无限扩张的吸金大王，那是最容易出问题的。而是选择相对稳妥的资金和只跟值得信任的人合作。毫无疑问，他会把杨大业的钱放在重要的位置，也就是说四季一跃而成为了迟草巨额私募基金的股东之一。

坊间时有盛传"瓷耗子"操作资金流有特殊的消息来源，否则他不可能总是赢多输少。然而迟草从不隐瞒他的两件制胜法宝，那就是规避风险和适度坐庄。只不过没有人相信他的鬼话，因为这是太过浅显的老生常谈。尽管这些老生常谈来自华尔街或者硅谷，可那又怎么样，中华民族已经到了最危难的时刻，那就是一夜之间赚钱成为我们的最高理想。

人们宁可相信神话。相信股坛上的李宇春和于丹。

但是成功的诀窍最终还是相信朴素的真理。

有些时候的风暴来临未必就提前乌云压顶，但是迟草的确是有预测灾难的灵感，一次次和他的团队死里逃生。

坐庄，当然涉嫌违法，但是许多人都在做坐庄。这就是当代中国的现实。作为私募基金的经理，坐庄是高风险的自选动作，稍有不慎便是搬起石头砸自己的脚，被股市的黑洞牢牢套住，但是迟草自是别样风景。

四季百思不得其解，为什么杨大业早不这么干，要去搞什么血染的金矿，最终把命都搭上了？迟草想了想说，他们那一代人最相信的就是实业，最崇尚的品格就是脚踏实地，他们不会玩智商游戏，也不相信坐在电脑前赚来的财富是真金白银，我爸爸和孙叔叔到现在都不肯了解这到底是怎么一回事，总之他们老了，过时了，就这么简单。

而且，迟草还说，股票基金市场的繁荣是这一两年的事，如同龙卷风一般地刮过，没有资金积累的人也是干着急。我爸总说机会是给有准备的人，我觉得没那么神，机会只不过是给了幸运的人。一个卡车司机中了六合彩，他又有什么准备呢？譬如说你，就比杨叔叔幸运。

机会是等来的，并不是创造出来的。这是迟草的名言。他说现在的人最缺乏的就是等功，尤其在疯狂的股市，所有人都成了风月场上的狂蜂浪蝶。而我有时候只是比别人多等了十分钟。

在北京的那段时间，由于无所事事，四季去报考了一个管理学院的大专班，不仅改变了他贫乏的知识结构，也让他逐渐建立起了自己的审美品位。

最终还是金钱创造了奇迹。

发了财的四季第一件事便是安置好杨大业的一家老小，随后他回到家乡，把父母亲合葬在一起，他还为幺红的婆家起了房子，并且买下那里唯一的那家山寨厂，请人管理。因为幺红没有什么文化，又生了孩子，也只好在厂里打杂，但至少在生活上不用挨苦受气了。

回到故城，四季在大都会广场租了一层写字楼，成立了自己的公司，取名祥云公司，主要是做金融股票和风险投资这一类的生意。

大都会广场也算是富人出没的地方，然而在外人眼里，祥云公司的经营理念和行事风格多少有些神秘莫测。大门口没有美丽的花瓶秘书，更没有什么体态敦厚的招财猫，一切装潢极简而利落，完全没有和气生财的市俗喜气之风。而且看上去四季并不怎么打理公司业务，整盘生意都是由杨大业的妹妹杨一扬全权负责。

杨一扬原来是专业跳舞蹈的，这种短命的行业总是把女孩子搞得心气很高而又自命不凡，以为自己的一生都会如同舞蹈般梦幻曼妙，这当然是不可能的。杨一扬离过两次婚，有一个儿子判给了男方。所以尽管她至今都保持着窈窕的身材，神情酷傲、黑框眼镜、黑色的高领薄绒毛衣、烟不离手是她的招牌形象，但是她的脸上细纹密布，肤色枯黄，写尽了她内心的沧桑。

她比四季大七岁，这样的两个人根本就是两回事，只可能成为两条永不相交的铁轨。但偏偏就是他们两个人经常出双入对，几乎形影不离。谁也搞不清楚这到底是怎么一回事。

甚至，四季流连夜场，找了一屋子的三陪K歌猜拳，自己喝得烂醉，也是杨一扬从外面赶来，不动声色地为他埋单，给小姐派小费。有一回四季吐了，呕吐物喷得一墙都是，也是一扬为他清场，赶走了所有的人，只有他们两个在包房单独待了一个多小时，人们才看到一扬搀扶着脚踩棉花云的四季离开。

四季还喜欢到一家名叫雨莲的养生水疗馆做泰式按

摩，每回只点一个八十三号小女生的钟，常常是在按摩室里就睡了。也是一扬前去埋单，相比起她来，八十三号小姐细皮嫩肉透着水灵，而且谁都知道泰式按摩的招式贴心暧昧，一扬的脸上却看不出任何一丝不爽。反而有时还是她打来电话预留八十三号小姐的钟，为四季前来按摩打点好一切。

是的，这就是四季现在的生活，一派醉生梦死的景象。也许只有在午夜梦回时，他会偶然想起在城中村一线天的日子，或者他的炼狱般的牢狱之灾。总之谁知道呢？在这个人人都害怕失忆的时代，也许他却需要遗忘一些什么吧。

有一天，四季的凌志车在马路上行驶，不经意间路过了励德大厦，励德大厦依旧摆着一副威严的面孔傲视群雄。

什么都没有变，依旧是老派的繁华，沉默的尊贵。

这一次的偶遇不可避免地令四季陷入了沉思，他想，如果当年他听信了刘百田的话，没有理会重病在身的父亲，而是选择留在可园，那么他现在已经在励德公司上班了吧，无论在哪个部门，他相信他都能把工作做好。后来呢，不用说他找了一个白领女孩谈情说爱，结婚生子。到那时他渐渐也有了经济实力，便把母亲和妹妹接来同住，让妹妹带孩子让母亲安享晚年。

当然同样也会有令人伤痛的事，那就是他常常在夜里，在梦中跟已经过世的父亲相会，父亲总是慈祥地望着他,孩子啊,父亲说,你为什么见到我就哭呢?于是他哭着对父亲说,在这个世界上我最对不起的人就是你啊。父亲劝慰他说别这么想,人的阳寿一到都是要走的。他知道这是父亲在安慰他,可是他又说不出什么来,只能喃喃自语道,这怎么相同呢?父亲拍了拍他的肩膀后又拍了拍他的肩膀,接着就消失了。

然而到了白天,他依旧生龙活虎,烦恼就像没发生过一样,由于他在可园的特殊经历,与老金的关系肯定胜过其他人,随着时间的推移,他慢慢得到了刘百田的信任,也许是八年,也许是十年,他终于进入励德公司的高层。

进入高层的感觉还是很好的,简而言之就是成功的感觉,这种感觉才是男人内心真正渴望的。他每天都要穿西装,扎领带,开会,管人,参加各种各样的出谋划策和谈判会议,表现出自己与众不同的才华。到了晚上他又辗转反侧,无比地思念父亲。总之他越是成功就越是觉得对不起父亲,同时又为了告慰九泉之下的父亲,他处心积虑一步一个脚印地向上爬。

这种挣扎是非常艰难的,令他每时每刻都在煎熬之中,而他的妻子当初肯定是因为家境富裕才被他选中的,所以虽说温柔贤惠却不那么善解人意。那么他难免会在工作中找到一个红颜知己,他们惺惺相惜,近在咫尺却要传递纸条,想尽一切办法在最冷僻的地方约会,成为彼此内心的精神支柱。而在表面上,他们相遇时甚至连点头之交都没有，形同陌路，冷眼相向，完全是亲者疏，疏者亲的最高境界。

白天和晚上不一样，外表和内心不一样，为了出人头地可以牺牲一切，生活在色彩幽暗又难以诉说的情感分裂之中。经历了所有这一切，他终于变成了一个如假包换的都市人。

这样的人生应该也不错吧，如果当年在城中村外的公交车站，专线车早一分钟到站，他抱着根宝一脚迈了上去，害得韦北安发疯一样跟着车跑，那么他的人生就变得深刻而耐人寻味了吧。可惜因为一时冲动，他变成了另外一个故事里的人，悲情而又沧桑。

时光犹如沙漏，走失细微，不幸绵长。应该说励德大厦依旧故我，然而无论人生做了何种选择，四季都早已不是当年的四季。

只是，在车上，倚窗而坐的四季，脸上像平静的湖水，没有半点漪涟。

四季还做了一件十分魔障的事。

那就是他要为自己举办一场声势浩大的音乐会。可见四季还是附庸风雅的，并非每天只浸身于声色犬马。这年头如果你不附庸风雅，那也只能说明你还不够富。因为富有的最高境界是空虚，从而寻找精神家园，小至写诗作画玩音乐，大到收购足球队买文物玩收藏，其实全是一个意思。

四季决定自己演奏葫芦丝，高价请省里最专业的交响乐团伴奏，在最古典的中山纪念堂演奏，租场费自然也是价格不菲。一扬在这方面是个专家，操办这样的演出是最难不住她的，而且她有极高的鉴赏力，谁也别想以次充好糊弄她。只有组织观众这一件事让她犯了难，但是四季说他完全不需要观众，他是要为自己演奏，而且当舞台上的灯全部打开，台下就是一个漆黑的大洞，有人没人是一样的。

一扬说那我就请最好的数码公司录像压碟吧，好歹也是一个念想。四季说，那就更不需要了，我要的就是气势磅礴的现场感，复制的东西连我都不看还有谁看呢？一扬说，那我们在交响乐团的排练场就能完成你所需要的一切。四季说你觉得排练和演出是一回事吗？

对于这一场没有观众的演出，交响乐团本身也存在着极大的矛盾。这是一个历史悠久，实力雄厚的交响乐团，拥有一批来自全国各音乐院校毕业的优秀演奏家，以及曾经执棒德国莱茵国立爱乐乐团，法国戛纳交响乐团的极富才情的指挥家。具有精湛的技艺和丰富的演奏经验。

这场争论愈演愈烈，一部分人认为，现在的艺术真成了妓女了，为了钱可以陪着富人找乐子，还不如从前的堂会，堂会最起码还有观众，艺人也可以卖艺不卖身。另一部分人则认为，现在都已经市场经济了，没有演出我们只能拿到百分之六十的工资，人家出这么高的演出费本身就是尊重艺术，你不卖身不是还得卖艺吗？

不卖艺我们吃什么？自个儿端着有什么用？

不过说来说去，还是钱的面子最大。

在一片混乱的玉女还是妓女的争论声中，交响乐团大乐队迎来了第一次排练，乐队指挥不知是有意还是无意，穿着一条绸子裤和一双拖鞋进入了排练场。但当一首《一直很安静》的乐曲演奏完毕，每个人都在心中暗自吃了一惊，因为四季的吹奏水平实在超出了众人预料，音律始终从容平稳，还有一种天外之音的仙逸。一曲终了，整个排练场寂然无声。

相比之下，斤斤计较的艺人倒更像小市民了。

乐队指挥显得有些兴奋，他主动把所有要演出的曲目重新配器，这样演奏听上去更加专业和协调。四季在排练场很少说话，而且他都是准时来、准时走，不耽搁乐队的任何一点时间。这让人们对于这样一个神秘的富豪多少有点无话可说。

在排练《城里的月光》的时候，经四季吹奏出来的旋律圆润质朴，柔美迷人，又带着一丝似有若无的忧伤，它像山风拂面，溪水流淌，软化着人们的心灵。

这种奇特的感染力令整个交响乐队激情澎湃，鼓乐齐鸣，巨大的排山倒海一般的轰鸣声烘托着葫芦丝略显单薄的音域，仿佛一粒微尘在空气间游走，又如婴孩在母亲的怀抱中酣睡。这时的四季，眼角泛起淡淡的泪光，或许他的眼前出现了家乡无穷无尽的浓绿大山，和深山中走出的平凡少年。

正式演出的那一天，杨一扬叫录音师准备了整套的剧场效果，从人声鼎沸到掌声雷动，一直到山呼海啸。当然也有大海的涛声和海鸥的鸣叫。总之真正的观众已经不重要了，因为任何剧场效果都可以呼之欲出。

交响乐队的全体成员都换上了白衬衣黑西装的演出服，乐队指挥还穿了燕尾服和锃亮的黑皮鞋。

杨一扬自己充当了报幕员，她摘掉了黑框眼镜，浓妆艳抹，一袭贴身剪裁的孔雀蓝挑金丝牡丹的旗袍，令在场的人无不惊艳。

晚上八点整，大幕徐徐开启，舞台上灯火通明，大乐队铺张开来，既是密密层层也仍旧布满了舞台，指挥一脸庄严，郑重其事地抬起手臂，交响乐队先是合奏了一曲《北京喜讯传边塞》用于暖场。

音乐的力量是神奇的，转瞬间，空荡荡的纪念堂里有了生气。

这时杨一扬请出了四季，开始了正式的演奏。

最后演奏的一支曲子便是《鹧鸪飞》，鹧鸪不是凤凰，正如葫芦丝不是清脆而嘹亮的竹笛，葫芦丝的音域是委婉而细腻的，恰好不宜表现华丽的生命，而对于灰色的小鸟它却显得格外流畅自然，相得益彰。所以，那一群灰色的小鸟又开始张开双翅，迎着太阳努力翻飞，叽叽咕咕的叫声在剧院圆形的顶棚下呼啸而来，呼啸而去，好不欢快。

砰的一声巨响，舞台前面的一排烟花吐出几米高的火焰。

这场特殊的演出在乐手们自己的掌声中落下了帷幕。

二十八

每天傍晚,老金都要把当天的都市导报和晚报归集在一起,放在餐桌主位的右手边,这样在刘百田吃晚饭的时候,就可以拿起报纸翻阅了。

这也许是刘百田一天当中最快乐的时光,因为都市导报副刊版登有刘嘻哈的四格漫画《嘻哈志》,里面反映的都是刘嘻哈生活中片断点滴,内容广泛,风格自嘲而搞笑,逐渐成为刘百田晚餐时最好的菜肴。

今天的报纸还有格外的不同,那就是登有一篇介绍刘嘻哈的文章,文章的题目是《一个人的飞翔》,里面详尽地介绍了一个外人,甚至连刘百田都不甚了解的刘嘻哈。文章里说,嘻哈一开始就放弃了一个艺术家的姿态,异常低调地活在自己营造的一个人的世界里。在她呈现出来的图像里,无法找出明确的艺术风格,而她显然也抛弃了华丽的画风和精致的描绘,而是用朴实的线条和白描的语言,叙述着自己的小烦恼,小快乐,小尴尬,小寂寞,以及小的悲伤和梦想,这也是她的四格漫画里最能感动人的地方。

文章的旁边还配有一张刘嘻哈的照片,她没有化妆,脸色略显苍白,冰冷的神情中没有一丝笑意,却又可以看出她对世事的不屑与坦然。

是的，命运女神终于开始对刘嘻哈微笑，在她遗失了全部的亲情、爱情、友谊之后，有一段时间她一个人躲在蜗居里，除了上班哪也不去，顶多有时候独自一人喝下一瓶红酒昏睡过去。其实在她心里，她既不恨爷爷也不恨兔子，也许他们没有错，问题是她也没有错啊。

她只是伤心，伤心是不需要理由的。

她学会了做饭，学会了钉扣子，知道了一年有哪两季的打折期可以买到便宜货，知道经年不衰的折扣店都在大百货商店的顶楼，知道参加同事婚礼或孩子满月要随份子，同时也明白了有些原则还是值得坚守的，比如只去药店不去医院，永远不要看电器说明书，因为那玩意儿都是白痴写的。而且要热爱韩剧，对国产大片不屑一顾，否则你跟同事便没有话题。

也就是在那一段时间，她开始画漫画，不知是为了解闷还是打发无聊的时光，这个念头让她重新拿起画笔，思绪开始也是天马行空，漫无边际地自由翱翔，但最终定下心来凝神一想，她还是决定就画她千疮百孔的生活。于是她从找工作成为"面霸"开始，一直到埋头冲进股市成为常败将军，总之她的生活随便一画，都变成了女版的周星驰，一定笑料百出，也许这样恰恰暗合了漫画的原生条件，终于有报刊给她来电话约四格漫画了。

接到约稿电话，刘嘻哈并没有想象中的那么高兴。但她明白了一个道理，那就是只有你不再期待的时候，你曾期待过的东西才会降临。

刘百田就是在漫画里看到了,刘嘻哈不是在见工面试,就是在去见工面试的路上。

她去电视购物频道兼职推销魔力胸罩,被厂方代表笑话是飞机场而惨遭出局。

半夜幽灵一样站在厨房里吃东西,被镜子里的自己吓了一跳。

知道易方达和博时不是人名。

终于当上美术编辑,但是已经养成校对习惯,说服大排档改掉菜单上的错字。

刚一满仓就碰上股市大盘狂泻,实在守不住了壮士断臂时股票开始反弹。

换了昂贵的新发型遭遇同事大惊失色。

在网上查成熟是不是贬义词。

买了一条新裙子一次都没穿就后悔了,心痛至极。

不胜枚举。

每当看到这些漫画,刘百田都会心花怒放。只是他跟刘嘻哈共同生活在一个城市里,这却是他了解她的唯一途径。这么多年过去,刘百田更老了,越老就越想念拣宝,他不承认是被亲情摧毁的,但是老却毫不留情地摧毁了他。尽管表面上他还是威严的、不可一世的,可是他看漫画的时候便露出了他全部的温情和慈祥,和世界上的任何一个爷爷一样。

这一天晚上,刘百田喝了很多红酒,直喝到涕泪交加。

所有这一切当然都被老金看在眼里,他也不止一次背着刘百田去找刘嘻哈,希望她能回可园看看。照说老金是看着刘嘻哈长大的,有时候刘嘻哈还管他叫金爸,老金说不是我多嘴,我就是觉得无论发生过什么事,你都不应该这样惩罚你爷爷,何况在我的眼里,他所做的一切都是正确的。刘嘻哈不说话,但是她也不肯回可园,每次老金都是无功而返。

有一天气温骤降,刘百田偶感风寒,以往他都是一周,最多十天就能痊愈,但是这一回足有二十多天,他还一直在咳嗽。老李每天都在给他炖上好的燕窝,据说燕窝对滋补肺部有奇效,果然刘百田的身体渐渐好转。然而有一件事他觉得不能再拖下去了。

他做出了一个惊人的决定,那就是把坐拥的全部财富和名下的所有股份,转移到刘嘻哈的名下。由于地产股的强劲走势,励德控股的市值已经高达九百八十亿元。刘百田对老金说,只有不爱财富的人才能守得住财富,无论出于什么原因,我很高兴拣宝变成了一个自食其力的人。他还说,我相信她不会亏待和刘家有血亲与关联的人,但是别人就难说了。

老金当然明白,这个别人是指刘临风。

可以想见,多少年来,刘临风始终是刘百田的一块心病,他倒是一生都不改初衷地喜欢吃喝玩乐,夜夜笙歌,喝花酒,捧红星,不做一件正经事,这也就算了,最让刘百田记恨的事是他既不关心老的,也不过问小的,要不是根宝的妈妈良心未泯,带走了孩子,根宝不是太可怜了吗?而对于他这样一个历经艰辛的父亲,他从来是不闻不问的。

所以刘百田心里十分明白,豪门财富从来都是人人有份,而刘临风又是最直系的合法继承人,但他又有一千个理由不让刘临风坐享其成。

他也曾想过留下遗嘱,但是这个世界围绕遗嘱的战争早已是此起彼伏,狼烟四起,几乎没有权宜之策。而且以刘临风的为人,只要不是独吞他是断然不会善罢甘休的。这也就是刘百田多年来不愿涉及这个问题的原因。

终于,一场风寒让他决定了在有生之年了却心愿。

这个消息一经传出,首先是作为中国富豪风向标的胡姓"杀猪榜"开始重新排榜,一石激起千层浪,一向以低调著称的励德控股公司立刻进入大众视野,当然也同时打破了刘嘻哈平静的生活。

要知道,在经济新闻领域中仍然不乏狗仔队精神,也就是说,正当人们目瞪口呆之际,各路媒体包括报纸、网站、电视已经纷纷把头条新闻让路给"励德神话",可园的故事被添枝加叶到无以复加的地步。乃至于励德公司不得不以公告的形式,谢绝所有的拍摄和采访活动。

然而这对于疯狂的传媒根本是无济于事的,要怪只能怪充满窥富心理的大众胃口已经被吊得太高,没有惊天地泣鬼神的动静就无法刺激他们麻木的神经，那么财富是最容易让人们产生无穷想象力的砝码。

狗仔队像粉丝团一样包围了刘嘻哈所在的杂志社，迟钝的主编还以为是有关娱乐明星的新闻引发了新一轮的传媒大战，正在考虑加印杂志时，方才得知原来本杂志的美编是一个怪异的隐形富豪，现已名列"杀猪榜"前三甲，他在错愕之余急令手下，赶紧把刘嘻哈藏起来做独家报道。

在一片混乱之中，刘嘻哈只有辞职躲进居所，但即便是半夜两点去便利店，都有守候在家门外的记者追访。只是刘嘻哈一直三缄其口，她知道只要吐出一个字，都有可能变成离奇古怪的故事，她目前唯一能做的就是沉默。

这一敏感的新闻，也以最快的速度传到了刘临风的耳朵里，刘临风一改慵懒的风格，连夜从香港赶回内地。

在可园的书房，刘临风和刘百田谈了三个多小时，没有外人在场，也没有人知道他们谈话的内容。刘临风从书房出来时，面色如土，他在楼梯口碰到老金，只扔下一句话，你告诉他我会见记者。说完便开车离开，去了香格里拉酒店开房休息。以往，刘临风也很少在可园过夜，他说过可园不是不美，但是有一股浓重的老人气味是他无法忍受的。

老金一直搞不清什么是老人气味，刘百田说，蠢，难道你搞得清行尸走肉的气味吗？

刘临风果然接受了媒体的采访，而且他显然是有备而来，似乎是刚洗过澡，头发微湿，很性感的样子，优质的法国保罗斯密斯牌衬衣，没打领带，完全是刻意的忽视，那样会显得太过正经，伯罗尼高级羊毛质地的西装恰到好处地微敞着，百达翡丽的手表，一副让女性爱死了的花花公子做派，如果他不幸成为明星，肯定终生都会听到女人的尖叫。面对长枪短炮般的摄像头和形状各异的话筒，刘临风一点都不怯场，他只说了四个字：不平则鸣。在媒体的一再追问下他才说，我并不想掌管家族财产，但是我应该有应得的那一份，而且根宝也应该有同样的一份。就算我父亲对我成见至深，大家也不要忘记励德公司有我母亲的一份，甚至可以说假如没有我母亲关姗，就没有今天的刘百田。

所有的媒体简直都要给刘临风献花了，因为是他打破了励德神话极其沉闷的局面，搅浑了一潭死水。

有媒体称，刘临风是史上最优雅最富贵的讨薪族。

当然，刘临风的这些话深深地刺伤了刘百田，他忍不住对媒体咆哮，毫无疑问是我创立了伟大的励德公司，而他对此毫无贡献，更没有资格对我的任何做法评头论足。

刘临风并不理会这些，他开出了他和根宝有权占有的励德财富的清单，那就是市值仍然疯长的一部分股份，外加励德名下的其他物产的分成比例，总价值为四百亿元。刘临风说他绝对没有报大数，而是咨询过律师得出的结论。

刘百田的回应是：一派胡言。

有好事的记者把长途电话打到澳大利亚，翻箱倒柜找出根宝的母亲佩佩，佩佩考虑了三天回答是，如果情况属实，她将打官司要回根宝的抚养权，根宝也将改姓，因为他作为刘家的成员已经毫无意义。

就在这时，刘嘻哈给老金打来电话，看来她已经被骚扰得七窍生烟，她歇斯底里地大叫，我不会要励德的财产，一分钱也不要！我只要我平静的生活，那是我一拳一脚打拼出来的，可是现在还剩下什么？我没工作，没有灵感，坐吃山空，像个傻瓜一样呆在寓所里一动也不能动。我差不多要疯了。

老金拿着话筒不知道说什么好，只听刘嘻哈在对面仍旧冲着他哇哇大喊，刘嘻哈说，刘百田什么时候才会明白，强加给别人的幸福其实是一场灾难！说完便砰的一声挂断了电话。

幸好老金是个明白人，这些话他是绝对不会传达给刘百田的。这也是他在刘家地位坚挺的原因之一，只因他深知自己的位置，就像刘家的一条老狗，无论主人对你多好，你至多摇摇尾巴，永远没有过问家事的权利，何况是如此敏感的财产问题，他既不能多嘴，更不能伤刘百田的心。

老金叫来容妈和李师傅，还有一干家丁，他黑着脸说，谁把可园的事说出去半个字，立刻滚蛋，有多远滚多远。

一天下午，刘嘻哈打开冰箱，发现里面只剩下一瓶辣椒酱和两瓶矿泉水，她这才想起仅有的半袋速冻饺子中午已经吃完了。她无奈地走近窗口向下望去，只见各路记者有增无减，他们有的在吃麦当劳，有的在吃盒饭，还有人围坐着打扑克，也有人把镜头对着她的窗口。她只好迅速地闪到一旁，靠着墙站在那里愣神，不知自己该怎么办。

半夜去便利店，情况会好一点。

可是要等到半夜她非饿死了不可，中午就没有吃饱。

这时她的手机响了，电话是老金打过来的，老金已经不止一次打电话来要派车把刘嘻哈接回家。但是刘嘻哈每次的答复都是，不，我不回可园。这次当然也一样，老金还想说什么，刘嘻哈却已经关掉了手机。

刘嘻哈又找了一遍，还是没有吃的，她实在是太饿了，后来在厨房找到一点米，她开始洗米，准备用电饭煲做成白饭配辣椒酱吃。

有人敲门，刘嘻哈没有理会。谁会在这种时候敲门呢？除了记者。隔了一会儿，又是两声，刘嘻哈走至门口低声问道，谁？门外响起曹宁宁的声音，是我。刘嘻哈迟疑了片刻，还是把门打开了。

曹宁宁进屋之后，迅速地把门关上。

在这样的情景下相见，就像沙漠中的一碗水，饥饿中的半个馒头，就在那一刹那，刘嘻哈极有扑上去的冲动,甚至希望一把抱住曹宁宁放声大哭,因为她困守蜗居,一筹莫展,精神几乎崩溃。但是她没有这么做。四目相望,两个人心中都有些伤感。

很难想象,这么多年过去,他们之间的关系并没有复合。

曹宁宁显然低估了姚彼琳的耐力,就在他去日本进修的过程中,姚彼琳居然还利用假期去看过他一次。这让他几乎晕过去,他觉得他们三个人的关系早已经不是什么爱情,完全是竞技场上的铁人赛,看谁能盯死目标坚持到最后。或者一场老鹰抓小鸡的游戏。姚彼琳回来之后,还给刘嘻哈发了一条短信息,告诉她自己到日本去看过曹宁宁了,日本很冷,她给他买了一条超长的厚围巾,还有一支润唇膏,看到他嘴唇干裂的样子实在有些心痛。

姚彼琳很懂得点到为止,在这之后她就消失了,而且消失得无影无踪,再不露面。但她制造出来的无形的鸿沟已经挡在了曹宁宁和刘嘻哈之间,让他们难以逾越。姚彼琳有自己的逻辑,我过不好,那就谁都别想过好。她不止一次对盛怒之下的曹宁宁这样说过。

乃至于曹宁宁已经搞不清楚自己到底是跟姚彼琳赌气多一点,还是爱刘嘻哈多一点,但反正他就是不肯离婚。

所谓年轻,就是所有的年轻人都不觉得时间是金子。

走吧,跟我回省委大院。这一次曹宁宁的口气十分坚定，而且不容商量，他拉起刘嘻哈的手，走出了房门。

他们刚刚走出公寓楼，众多的记者一拥而上，现场乱成一团。曹宁宁一手拉着嘻哈，一手奋力地拨开人群。不断地有记者提高嗓门发问，请问你们对家族争夺财产这件事怎么看？！你们的婚姻也是强强联手吗？！刘嘻哈，听说你跟可园的关系一直很紧张，能告诉我们什么原因吗？！听说你有一个漫画社帮你投稿，那些漫画都不是你画的！今后你有什么打算？

刘嘻哈的脑袋一片空白，她跌跌撞撞地在拥挤的人群中艰难地往前走，不知过了多长时间，她只记得自己被曹宁宁的大手塞进车里，直到汽车启动，车窗外无数的相机还在毫无目标地按动快门，刺眼的闪光灯一通狂闪。

二十九

半夜，刘嘻哈睁开眼睛，一时不知自己身在何处。正在思索，冷不丁地看见一个黑影坐在床沿，吓得她一下子坐起，人倒是彻底醒了。

定睛一看，是曹宁宁。刘嘻哈不禁嗔怪道，你吓死我了，不睡觉坐在这儿干什么？曹宁宁说道，我看看你好不好。刘嘻哈道，睡觉就是睡觉，有什么好不好的。曹宁宁道，我看你昨晚吃那么多，怕你得胰腺炎。刘嘻哈不快道，你才得胰腺炎呢。

这时曹宁宁起身道，那你放心睡吧，这是省委大院，记者进不来。

自斯日格调到北京之后,曹宁宁父子仍旧住在省委大院,昨晚曹宁宁带刘嘻哈回到家后,保姆做了一桌菜,转眼间就被刘嘻哈吃得七七八八了。

当晚,她住进客房。

不知为什么,曹宁宁走到门口时,刘嘻哈很想叫住他,希望他不要这么快离开,能陪她坐一会儿。她也不知道这是一种什么情绪,为什么会在这一分钟出现,当然她并没有这么做,曹宁宁还是走了,并且轻轻关上了门。

一夜无话。

以后的数日,刘嘻哈一直过着与世隔绝的生活,她每天吃饭睡觉画漫画。曹宁宁每天下了班就回家。小两口反而在混乱中找到了暂时的和谐和宁静。

然而城中方一日,世上已千年。

争夺财产的圣战并没有因为刘嘻哈的离场有过片刻的停歇,诚如《圣经》所说:"世人行动实系幻影,他们忙乱,真是枉然;积聚财富,不知将来有谁收取。"其实,这样的箴言对于当事者都是无效的,大众的圣经是没有最好,只有更好。刘临风也是不谈耶稣的。

刘临风再度出现在媒体的面前,他表示已经正式向法院提起诉讼,要求父亲刘百田重新分配财产。据称,他手上最有利的证据是母亲关姗留下的一份遗嘱,遗嘱写在两张完全不同的纸张上,由于年代久远已经发黄磨损，大意是关姗非常爱她的儿子刘临风，同时也对他最放心不下，留下这份遗嘱是以防意外，假如真的遇到特殊的情况，她在励德一半的身家归刘临风所有。

得知这一消息的刘百田大笑不止，他对老金说道，拍戏啊？找几张纸出来就说是遗嘱，你见过值四百个亿的烂纸吗？

可惜生活真的就是金牌编剧，不管你觉得它的逻辑多么可笑和不堪一击。刘百田也只有叫他的御用律师沈安琪准备文件，反诉刘临风伪造文书，关姗当时重病在身，精神极度恍惚，所谓的关姗遗嘱根本就是子虚乌有。

沈安琪是一个极其严谨的人，严谨到几近刻板，有人说她做出的文件针插不进水泼不进，经得起反复推敲都没有空子可钻。就在沈安琪日夜伏案，还没来得及登台亮相之际，整个广东和香港都在等着重头戏鸣锣开场了。

豪门恩怨的剧情无论多么肥皂，永远都是受众群体的最爱。

本来，刘百田并没有把刘临风放在眼里，以他刚愎自用的性格而论，胜算是百分之百。然而事情并没有他想象的那么简单，至少有一点他就没有算到，那就是人民群众要看戏，老天爷都会帮忙，否则没钱的人怎么打发日子？

刘临风的当头炮就打得很漂亮，他提出在本案中，沈安琪必须回避。原因是沈安琪曾经是刘百田的情妇。

的确，大陆律师界也有回避的行规，就是趋于利害权衡，过往甚密的关系将有失公正。这样一来，大战在即的刘百田先就损失了一员大将。这还是次要的，关键是这段尘封的历史被翻腾出来，让一向周吴郑王的刘百田颜面尽失。

由于没有再婚，刘百田始终给人强烈的爱情专一的印象，很难说是有意还是无意。但是到了这把年纪还与桃色有染，简直就成了人们口中的笑料。

那是在关姗过世后的第二年，当时的沈安琪风华正茂，英气逼人，她在一家律师楼工作，有相对优厚的收入，有条件还不错的男朋友，按照常规发展，是又一个中产阶级家庭将在香港诞生。其实刘百田和沈安琪早就认识，因为刘百田的公司生意经常要和律师楼打交道，开始也没有什么，但是关姗死后，两个人的关系渐渐变得微妙，遂又日久生情，无牵无绊的两个人很快就在一起了。

刘百田对于女人的原则从来都是为我所用，而不是帮我花钱，那么蚀本的事就是仙女下凡他也不会考虑。沈安琪无疑是非常能干的，而且思维缜密，可以说是刘百田生意上的好帮手。一时间两个人配合得天衣无缝。

到底沈安琪年轻气盛，她凭借自己的几分姿色，外加才学不俗，处事干练，而且比刘百田年轻将近二十岁，没有理由不胜券在握。她飞掉了已经谈婚论嫁的男朋友，一心等待刘百田的迎娶，但是刘百田始终没对她承诺什么,直到最后摊牌,刘百田还是明确表示,只同居不结婚,当然可以保证沈安琪一生衣食无忧。这个结局对于沈安琪来说无异于当头一棒,她是心高气傲的知识女性,又不是坐台小姐,怎么可以用温饱来安抚,当即她就选择了离开刘百田。

一个女人的一生,总有一个阶段是不相信金钱而只信情比金坚的,这种女人就是晚年抱着钱睡觉也不算枉活。沈安琪就是这样的女人,当年的她甚至以为刘百田会因为失去她而回心转意。

当然,她错了。

一切都雁过无痕,还给刘百田省了一笔分手费。

更糟糕的是此后的年复一年,沈安琪再没有新的际遇,或者说这个世界并没有改变,改变的只是她的口味。她这才惊异地发现,事实上是刘百田给她留下的印记至深,无论是风度、品位、强势风格都是许多男人无法比拟的。她再也不是见到一个平头整脸的小靓仔也能激动半天的女人了。她的前男友早已结婚生子,在得知她的境况后打电话来以示安慰,她奇怪自己没有半点追悔,有的只是一万个庆幸曾经及时分手。

转眼间就变成了过来人。

最终混得意兴阑珊,重归老情人的怀抱或许也是一个不错的选择。刘百田也念她当年不贪财,走得洒脱,以后来励德的财力,何必为难一个失意女子。尽管两个人的关系已经像漂白粉一样清白,然而各自心头都有一本明细账。

沈安琪是一个自重的人，从此以后并没有人看出她跟刘百田的关系有什么不同，她也从不跟人谈起陈年旧事。

让人想不到的是，刘临风毫无顾忌地踢爆了这个秘密。对此，沈安琪既无辜又无奈，不过她并没有乱了阵脚，还是照样准备文件，并介绍自己最强有力的同行朋友参与此事，共同调兵遣将，商量对策，力争与新的律师无缝对接，尽快地进入状态。

对于这两个案子，即财产分配案和伪造文书案，法院都正式受理了。尽管头绪很多，媒体的报道也是铺天盖地，莫衷一是，但明眼人一看就知道问题的核心是关姗遗嘱的真伪。两边的人都在找权威的笔迹专家进行鉴定。

许多事情进入司法阶段就不再是儿戏，无论你是否情愿都得打醒十二分精神来处理。刘百田仍旧不改老派的作风，他的律师团一行四人远渡重洋，去了英国找笔迹大师做鉴定，而刘临风的律师则秘密北上，到沈阳刑警学院求助权威，据称这里的专家所做的笔迹鉴定，误差时间不会超过六个月，是最被国内司法界认可的鉴定单位。

庭审都是冗长和乏味的，好看的是这一对父子在法院的门口相遇，他们形同陌路，彼此甚至看都不看一眼，更别提什么庭外和解了。每到开庭，法院的大门口便成为媒体的嘉年华盛会,一派过年的景象。

有一次,老金看了刘临风一眼,这一眼令他久久难以忘怀。刘临风穿了一身高档的休闲装,两只手插在裤兜里,神情轻松淡定,没有半点忧心。老金是刘家的老臣子,他当然坚信没有关姗遗嘱这回事,问题是刘临风的淡定让他的心中疑云四起,这让他总有一种感觉,那就是案子之外另有文章。

但是激浪下面的潜流到底是什么呢?他左思右想不得而知。

同样睡不着觉的还有沈安琪。

原来,反诉刘临风伪造文书案的工作交接完毕之后,老金出面请沈安琪吃饭,表面上是慰问她的辛劳和良苦用心,沈安琪也觉得自己的所作所为无可挑剔,一直沉浸在刘百田对她的肯定之中。

饭局设在顶级的日本餐厅,昂贵的松板雪花牛肉入口即化,软塌塌的日本音乐也总是能恰到好处地给食客助兴。

喝完了最后一杯清酒,老金暗示沈安琪,老板希望她自动消失。

沈安琪当即心头轰的一声,她半天没说出话来,只定定地看着老金,仿佛在问,怎么自动?怎么消失?老金沉吟片刻后说道,只要你写了辞职报告,我马上就在你的账户里汇入半年的薪水,以后无论你遇到什么困难,随时都可以给我打电话。

这种打发小三的做法还就真的被他们想出来，做出来。

沈安琪欲哭无泪，她失态地对着老金直着嗓音说道，刘百田搞清楚没有，是他的儿子告他，不是我告他，他怎么可以这样对我？老金苦笑道，可是这么多年，励德平安无事，没有半点牵扯到法律的官司，你的高薪却是一分不少的，这一点不说让你感恩也该知足。现在碰到这样的案子，桃色事件被炒得沸沸扬扬，官司你打不了，消失也算是帮上大忙了。

是有很多记者找到沈安琪，但是老虎钳都没撬开她的嘴啊。

但是老金也自有道理，媒体怎么可能善罢甘休呢？他们凭借一张照片也可以设计出一场戏的对白。人在，文章在。

沈安琪固然是一个心气高的人，但是她毕竟已经不复当年，再不是拎起自己的小皮箱便可以远走他乡再战江湖的年龄了。

她终于明白有一些女人会被终身辜负，你不在乎一时就会等来一世。

沈安琪不再上班，她每天闭门谢客，把自己关在家里。好几次都因为情绪失控而失声痛哭。

还有一个睡不着觉的人是曹宁宁。

本来，自从刘嘻哈搬到省委大院以后，两个人的关系有了明显的好转。一方面可能是刘嘻哈觉得曹宁宁在关键的时候帮助了她，两个人坚冰一样的关系开始松动；另一方面，曹宁宁也看到了刘嘻哈身上诸多的变化，比如以往万事不动手的刘嘻哈不仅能扎着围裙和保姆一起准备晚饭，而且还自己拿着皮管在后花园里浇花。有一次曹宁宁的爸爸看电视的时候睡着了，刘嘻哈还悄悄给他盖上一张毯子。所有这一切都让曹宁宁看在眼里，暖在心头，这让他更加相信时间既可以改变一切，也可以证明一切。

在这段时间里，母亲斯日格来过几次电话，曹宁宁如实地说了这边的情况，并叫母亲放心，说他们现在过的日子是少有的平静祥和。母亲并没有多说什么，但也没有流露出任何一点宽慰的语气。

就在前两天下班前，斯日格的秘书给曹宁宁打了一个电话，叫他下班后在办公室等一等，斯日格要给他来电话。曹宁宁说好。

下班以后，等到办公室的人都走完了，斯日格的电话果然到了，她一开始还是问了问曹宁宁的身体，以及他父亲的情况，后来话锋一转说道，我想了好长一段时间，要不你和刘嘻哈还是分开吧。曹宁宁当即愣住了，老半天才说，分开是什么意思？斯日格不快道，你说是什么意思？就是离婚嘛。

斯日格继续说道，这件事拖的时间太长了，应该说这两个女人都不适合你，目前的情况却是你们三个人都深深地陷在泥潭里，谁也拔不出来，只好你提出离婚，这样大家都可以解脱。

曹宁宁觉得母亲的话也有道理,可是他现在对刘嘻哈真的是有感情的,所以一时无言。然而尽管远隔千山万水,斯日格对儿子的了解依旧洞若观火,她说,我知道你对刘嘻哈已经产生了真正的感情,要不然你也不会坚持这么久,可是那又怎么样?刘嘻哈不肯原谅你,这孩子的性格怎么这么倔啊?!而且一个男人花在儿女情长上的时间比工作还要多,这肯定就不是什么好姻缘。

母亲的话毫无疑问是对的,但是曹宁宁一时还是转不过筋来。斯日格又说,在你们的婚事上我也做了反思,当时考虑问题还是不够全面,你看刘百田这个人就很成问题,他怎么跟亲儿子打起官司来了?!所有的人都在看戏,这件事的影响非常不好,难免不会拔起萝卜带出泥,他这样身份的人任何时候都应该稳坐幕后,怎么能跑到前台来打打闹闹,传出去成何体统,我们又变成了什么人?!曹宁宁迟疑道,妈,你看问题太政治化了吧?斯日格叹道,政治无处不在呀孩子,我真是没想到刘百田这个人骨子里就是一个街头小贩,只有街头小贩才会为钱跟人掐起来,这是多么有失体面的事?钱有那么重要吗?比起错综复杂的社会关系人脉关系,他真是不可救药。而且涉及司法问题,我是根本不能过问的,当然能过问我也不会过问,难道我会帮他一起掐死他儿子吗?!

母亲的态度非常坚决。

三十

沈安琪再一次不辞而别,人间蒸发了。

她并没有写什么辞职报告,也没有给老金来过一个电话。不过不管怎么说,老金还是松了口气。

官司的进展十分缓慢,对于看客来说是等不及的高潮迭起,可是当事人没有一分钟不在煎熬之中,面对一件不愿面对的事,每时每刻都与它纠缠,真的非常熬人。老金心里也很明白,这就如同美军打越战或伊战,本以为年底打完可以回家过圣诞节,结果是数不清的岁月贴进去都无从了结。

但是老金又能说什么呢?

连街上的卖菜大婶都在说,哪一边都不会赢,只是看谁死得更难看。

这是一场家庭灾难,自从官司开始以后,刘百田便犹如鬼神附体,他在可园设立佛堂,工作之余便静默佛经,而且坚持吃斋饭。老金觉得一方面刘百田在骨子里是相信神明之力的,这在他一生都没有改变。另一方面他也是真的没胃口,不要说他,换谁又能吃得下饭呢?想一想普天下的富豪阶层,固然都有一种特殊的孤独感,除了生意上的合作伙伴,难有真正意义上的朋友,就连婚姻、家事都无不打上利害关系的烙印。但即便是这样,相比起无儿无女的富豪,这样的家庭灾难则显得更加惨烈,更加无言相向,一声叹息。

所以老金觉得自己必须恪尽职守，分担刘百田哪怕是百分之一的压力。

笔迹鉴定的结果终于有了回音，英国方面认为遗嘱的全部内容都不是出自关姗手笔，至少有两个人代为撰写，但却没法追查出自何人之手。而沈阳方面也认为遗嘱内容不是关姗所写，但是关姗的签名是真的。

这样的结果显然不能轻易结案，双方又开始了新一轮补充材料的收集。总之每一次庭审之后，便增加了山一样的工作量，堪比哈利波特手中的魔棒，轻轻一点便乾坤颠倒。

有关刘临风的行踪，无论是在香港还是内地，老金都派了人密切关注。

不过反馈回来的信息无外乎就是吃喝玩乐，纸醉金迷，并没有任何值得探究的价值。然而日久天长，终于有一个细节引起了老金的注意，那就是香港的一个女演员过生日，刘临风花了四十万港元买了一家报纸的通栏广告以示庆贺。老金心想，自从官司开战以来，励德公司已经不再给刘临风提供吃穿用度的所有经费，为的就是逼他中止官司。即便是他曾经也捞了不少，钱财不可小视，但是谁都知道打官司就是打钱，打家底，眼前的这个官司更是豪华气派，所耗费的人力财力可以说是日出斗金，刘临风怎么还敢这样花钱？！

老金绝对没有想到，顺着这条线索，他挖出了一个惊天的秘密。

那就是刘百田的对手并非只有一个骨肉至亲,隐身在刘临风背后的是一个处心积虑、以小搏大的集团,融资能力可达上亿。也就是说,商人的本性一向是不亲不疏,只有赚钱才是根本,而当刘百田的官司变成一项"生意"时,投机的商人便会自动聚拢。

据称首笔资金是一个神秘的幕后人投资的,但是消息很快不胫而走,于是刘临风和神秘人物共同商议出一个回报率高达数十倍的融资计划,许诺假如财产案胜诉,愿意拨出最少二十亿元分红。要知道刘临风干正事不行,但是他这么多年在场面上混,的确是交游广阔,人面庞杂,只要他肯开口游说,影响力也是难以估量的。所以这个消息一经传出,要求加入的呼声便不绝于耳,可谓人气急升,包括香港、澳门在内的老板、富商、名流、豪客,甚至江湖中人都悄然加入"飓风集团"。

假作真时真亦假,老金总算明白了,为什么这一出在他看来完全是无中生有的闹剧,可以演绎得跟真有其事一样,就连关姗遗嘱所用的纸张都在测试年代,刘家多少年前用过的女佣、管家等人,无一不像出土文物一样被刨出来,被双方的律师抢去作证。

所有的资金流向都涌入同一个账号,这个账号所属的是一家叫做祥云的投资公司,公司的老板是何四季。

哪个四季?难道有这么同名同姓的人吗?

老金接完线报的电话,有些疑惑。

这时容妈来叫老金吃饭，自从刘百田吃斋以后，开饭很难准时，有时他什么都不吃，有时半夜要吃斋粥。正常的开饭时间便以老金为准，熬了这么多年，老金也算半个主子了。

老金忍不住问容妈，你还记得四季吗？容妈道，怎么不记得，前段时间他还来看我和老李呢。老金大惊道，我怎么从来没听你说过？容妈着实被老金的神情吓着了，忙道，又出什么事了吗？老金回过神来，连说没有什么事，只是觉得有点意外而已，又问四季现在怎么样了？容妈说我倒没看出什么特别来，但是老李说他发了。于是把当天的事一五一十地说给老金听，当然没有提四季送给他们红包的事。

老金还是不相信这个四季就是祥云的四季，他认为这是不可能的事，正如刘百田所说，拍戏啊。

第二天上午十点以前，老金和他的线人驱车到大都会广场的门口，他们没有下车，只坐在车内观望，车窗上的遮阳膜使外面的世界黯淡了许多，呈现出一种灰绿相间的瓦色。在这样的颜色中静观忙碌的人群和车流，给人一种很不真实的感觉。

差不多十点半钟，四季的车开到大都会广场的门口，四季走下车来，老金定睛望去，只见一个理着西瓜太郎发型的男人，鼻梁上面架着一副圆形的褐色镜片的眼镜，他的穿戴整洁而随意。如果不是身边有人指点，老金也认不出这便是当年的四季了。只有仔细辨认，方可依稀找到当年的一点影子，是什么呢？完全不能言表。

穷人发财是一定要戴眼镜的，难道眼睛可以暴露出一个人曾经穷过？还是要遮挡难以掩饰的贪婪？

回去的路上，老金一直沉浸在一种迷茫之中，他也算是见多识广的人了，难得有如此这般的困顿，他始终一言不发。

更为险恶的是，据称，现在看来肯定不是据称，而显然是何四季有意放话出来，他的手上有一部十七万字的手稿，是沈安琪写的《励德铁幕》，这一部书稿是四季通过沈安琪的闺中密友鼓动她写出来，而四季出价一百万元买到手后随时可以发表。老金深知，哪一个公司没有铁幕？哪一个年代已久的公司不是重重铁幕？作为励德公司的资深律师，沈安琪的确知道得太多了，小至偷税漏税，大至钱权交易，只要她敢写出来的，就一定是铁证如山。惹出麻烦来是肯定的，而且有可能导致励德的股票狂泻。就算百足之虫死而不僵，公司在这种内外夹击下都会元气大伤。

而且老金一直在想，这件事到底告不告诉刘百田？

他毕竟老了，而且现在身心俱疲，虽说他的确是一位巨人，他在公众面前所表现出来的全部都是坚强、执著、勤奋、稳健、不可一世。但只有老金知道，能够击倒升斗小民的事同样能够击倒刘百田，否则这场官司就打不起来了。

第二天上午在励德公司开高层会议，会议开完了以后，所有的人都离开了会议室，只有老金在座位上怔怔地发呆，刘百田从门口折回来说，你还有什么事吗？老金忙说没有，但他起身时还是碰翻了纸杯子里的茶水，金黄色的茶水打湿了桌面和公司文件。刘百田微皱起眉头，但是他一言未发，只是目光如炬地看了老金一眼，随即拉出一张椅子坐下，说道，说吧，什么事？

其实老金已经决定把这件事告诉刘百田，这件事太大了，他怎么想也不能独自处理，和盘托出是他唯一可以做的。

刘百田沉着一张脸听完了老金诉说的离奇古怪的故事，他本来也是将信将疑，但他深知老金稳妥，即便说出日出西方的话也但信无妨，总有他的一番道理。但是他并没有像老金想象的那样大发雷霆，反而有几分不屑道，一个叫花子也就这点下三滥的主意，励德要是能被一个人或者一本书搞垮，那还是励德吗？拍戏啊。他说完还用鼻子哼了一声，才头也不回地离去。

然而到了晚上，刘百田越想越气，一时无法自制。他想，可不就是一个叫花子，却叫他跟拣宝反目，十年没说一句话。同样是这个叫花子害得他晚节不保，在谢幕前打了这场无厘头的官司，他怎么会不知道这是一场两败俱伤没有赢家的战争？他怎么会不知道人人都在看戏并且在看他更大的笑话？可是他有选择吗？他能为一张烂纸付四百个亿吗？斯日格现在也不接他的电话了，很明显，她的格局和天地都变了，年龄不再对她形成威胁，钱也就显得不那么重要了。这些姑且不论，但她的秘书都给老金打电话说，领导对这件事很不以为然，说看来刘百田也就是一介商人，并不是什么企业家。

种种这一切都让刘百田气得浑身发抖，这种情绪像星火燎原一样烧得他头脑发昏，他不是不能栽，而是不能栽在这种人手里。

当老金得知出了大事的时候，已经是第二天清晨五点，有两辆警车开进可园，外加警员若干，这一幕让人有似曾相识的恍然。然而老金来不及多想这些，因为还有各路众多的、一直严阵以待的记者挤爆了可园，这着实让他吓了一跳。

原来昨天晚上，刘百田带着四个保镖直奔雨莲水疗馆，闯进八十三号小姐所在的按摩室，但是四季并不在按摩室里，有一个来做按摩的胖女人倒挂在八十三号小姐的胸前。八十三号小姐说四季要晚一个钟才会到这里来。刘百田他们便重新回到地下停车场。

想来刘百田避开老金，就是因为知道他会阻止他。

但他已经被气疯了，人都有失去理智的时候，无论你多么智慧。

四季刚一下车，便遭到了四个黑衣人的痛打，但是刘百田并不解气，他黑着脸走上前去，抢过一个保镖手上的铁棍，照着已经跌倒在地的四季没头没脑地乱殴一气，直到他打累了为止。

谁都没想到这样一个尊贵的人会犯这么原始的错误。

不容分辩，地下停车场的摄像头记录了整个打人的全过程，地下车场的管理人员听到动静也赶到现场，不过他们被眼前的一幕惊呆了，吓得不敢上前。直到刘百田一行人走后，他们才想起来报警，120急救车也随即赶到。

四季被送进医院急救室，他被打得面目全非，昏死过去。

经过法医鉴定，由于四季出现内脏出血、肱骨骨折、脑震荡，所以被定为重伤。当事人将在第一时间被刑事拘留。

警察来到可园，刘百田正在吃早餐，他一丝不苟地用刀叉切割一只煎蛋，桌上摆满了食品，牛奶、西多士、蔬菜冷盘、豆制品，还有各种各样的水果，丰盛如大酒店的自助餐。刘百田脖子上围着雪白的餐巾，脸上有一种不是在吃早餐而是在瓜分世界的威严，他坦白地承认，人就是他打的，而且如果手上有枪就一定毙了他。

当警察问他为什么要打人时，刘百田的回答是，你们去问他吧，他自己心里清楚。此后刘百田再也没有说过一句话。

冰冷的手铐铐住了这位商海的巨人，在一片闪光灯密不透风的照射下，刘百田被两个警员架上了警车，但他的神情始终是充满霸气，不可一世的。

三十一

医院的走廊长长的,两边是晃眼的白墙,地板是灰色的大理石。一路上没有人说话,只听见杨一扬的高跟鞋敲打在水泥地上发出嗒嗒的脆响。

一扬推开急救室的门,面无表情地对刘嘻哈说道,你自己跟他说吧,你叫他撤诉。说完她转身打开急救室的房门,走了出去。房间里只剩下刘嘻哈一个人,她万没想到十年之后会在这里与四季相遇。只见四季几乎全身都打着绷带,唯一露出的一小片脸也是双目紧闭,其中一只眼睛的颜色乌青近紫,全身上下通着若干根胶皮管道,猛一看就像刚挖出来的木乃伊。

早上,曹宁宁刚去上班,刘嘻哈就接到了老金的电话,她就是做梦也不会想到爷爷跟警察局能有什么关系?她的脑袋成了一锅糨糊,急忙换好衣服,冲出省委大院,跳上一辆出租车。

刘嘻哈赶到公安分局的拘留所,看见刘百田被关在一间简陋的屋子里,这大概就是拘留室了,没有窗户,四壁都是深灰色的水泥墙。里面什么都没有,只有一张木凳,刘百田就端坐在木凳上,仍旧是不怒而威,就像在励德公司开会一样。刘嘻哈叫了一声爷爷,刘百田只是看了她一眼,而后漠然。

爷爷的头发全都白了,脸上是无尽的沧桑,除了他的目光依然锐利之外,他的全身上下无一处不是一个老人了。刘嘻哈顿时泪如泉涌，她突然发现她是多么的爱他，这是她生命中唯一的亲人，也是她在这个世界唯一可寻的血脉，整整十年她其实没有一天把他放下，直到此时此刻她才懂得，无论爷爷做过什么，他都是她不该也不能背叛的人。

她觉得情绪完全崩溃，便迅速地去了洗手间，一个人在厕所里泪流满面。

当天下午，老金派人前往四季的病房，送去了鲜花和果篮。他自己则拿着道歉信带着若干手下去了大都会广场。

在祥云公司，一扬的态度非常强硬，她说刘百田必须向四季当面道歉，而且她也一定要追究当事人的刑事责任。尽管老金满脸堆笑，但他内心充满了仇恨，而且他想，从来就没有富人向穷人认错的道理，何况在财产官司这件事上，四季也做得太歹毒了。

一扬鹰一般的眼睛在老金的脸上牢牢地盯了一会儿，她冷冷地说道，不管发生了什么事，刘百田都没有权力打人，他凭什么打人？而且往死里打。老金给噎得说不出话来，他的手下烦了，忍不住冒出一句，打都打了，你们要多少钱吧。想不到这句话把杨一扬彻底给惹翻了，她一下子提高嗓门道，少跟我提钱，谁没有钱啊？我给你钱然后打你一顿你愿意吗？你们要是真拿钱不当回事，会闹成今天这个样子吗？！

这话让老金的脸上青一阵白一阵，眼看着局面僵死了，他也只好先带着人打道回府。

真是一波未平，一波又起，财产案还打得如火如荼，励德公司又要请律师打理伤人的案子。又一个律师团成立，老金心想励德公司全年的利润有一半都交给了律师楼。又想，老板相信算命，怎么就没算出今年惹出那么大的官非呢？律师忙完一轮的消息又都是不好的，一方面是杨一扬这边态度强硬，另一头的公安局无论花多少钱当事人都不能保释。

毫无疑问这是一起公诉案件，律师反复分析，如果按照铁板一块的僵局，刘百田将获故意伤害罪，最少领刑一年半。

尽管如此，刘百田表示他死都不会道歉。

心急如焚的刘嘻哈完全不能理解，为什么四季坐了八年牢，爷爷还是不肯放过他，差点没把他打死。对此，老金不着一词，沉默不语。

刘嘻哈只好自己到祥云公司去找杨一扬，一扬二话没说，就把她带到了医院。

刘嘻哈走出急救室，但见杨一扬独自一人背靠着墙抽烟，见她出来，眼梢掠过一丝难以消却的愤懑。刘嘻哈更是无言以对，只好默默离开。

为了方便解决爷爷的事，刘嘻哈决定暂时搬回可园，曹宁宁想了想说，也只好如此了。而且表示如果需要他去跑腿只管给他打电话。吃完晚饭，宁宁开车送刘嘻哈回可园，一路上两个人都没有说话，因为各大媒体都登出了励德公司总裁的打人事件,舆论界一边倒的仇富恨富,杀声一片。作为小辈的曹宁宁和刘嘻哈似乎说什么都不对。刘嘻哈也想不明白,为什么区区一个四季竟然对他们家的影响始终阴魂不散,车上的电喇叭唱着周杰伦的《菊花台》,这让刘嘻哈更加伤感,她曾经想过自己无数次的重回可园,但现实版永远是一个例外。

曹宁宁的手机响了起来。

是斯日格打过来的,她的声音洪亮,中气十足,如果是做报告全车的人都能听见,完全不用复述。斯日格劈头就说,宁宁,我叫你办的事你跟她谈了没有?要抓紧办,这件事再也不能拖下去了。曹宁宁急忙说道,妈,我在开车,等我回家再给你电话行吗?斯日格道,我马上要出差,也只能跟你说这两句,宁宁,我跟普天下的母亲没什么两样,一想起你差不多十年过的都是单身汉的生活,我心里很不好受,还是赶紧离婚吧。

曹宁宁跟母亲理论不清,又不想让刘嘻哈听到这些,他迅速地把手机关了。

电话又打了过来,斯日格说道,怎么断线了?我告诉你宁宁,脑袋里要有政治,你爸爸刚才给我打电话叫我帮忙捞人,你们以为我是什么?青洪帮还是山寨王?刘百田现在都变成黑手党了,你叫我怎么帮他?!

曹宁宁只好再一次挂断电话,并把手机关机了。

可园到了,刘嘻哈默默无言地下了车,在关车门时她转过身来对曹宁宁说道,我一忙完我爷爷的事,我们就去办手续。曹宁宁突然就火了，情绪激烈道，离就离吧，这个世界谁离开谁不能活？离婚有什么难的？相爱才不容易，我告诉你刘嘻哈，我把这件事拖到今天不是为了报复姚彼琳，而是因为我真的爱你。

说完这些话，曹宁宁伸出一只手去拉上副驾驶位的车门，绝尘而去。

相爱才不容易。可不就是吗？刘嘻哈一个人在黑暗中伫立，不过奇怪的是她并没有生气，因为她从来没有见过曹宁宁发这么大的火，也从来没有听过他这么直接地表达感情。

她心里有一种奇异的感觉，犹如一只素手拨动了琴弦。

第二天，刘嘻哈到律师楼去找祥云公司请的律师，既然杨一扬这边一句话都说不进去，也只好再跟他们的律师沟通了。意想不到的是祥云公司请的律师还是当年的颜磊，十年过去，颜磊也有点发福了，而且头发略显稀薄，当然人也成熟了不少，端庄而又机警。

不等刘嘻哈开口，颜磊已先自嘲道，干我们这一行的是猫命，一年顶七年，早晚也是累死。

刘嘻哈这个人不大会寒暄，只好笑笑。颜磊把她领到自己的办公室，又给她倒了一杯水，不禁叹道，你说这又是何必？同样还是这些人，重点还是撤诉，不是戏都是戏了。刘嘻哈道，你知道他们为什么会打起来吗？颜磊道，说是碰巧都去雨莲水疗馆做按摩，结果在地下车库碰上,一言不合就打了起来。刘嘻哈半响无语,颜磊说道,我也觉得这不一定是真正的理由,好像两边都对真实的原因讳莫如深。

静默了好一会,刘嘻哈才说道,颜律师,我知道你有你的立场,可是我爷爷……她一时说不下去,眼圈也红了。

颜磊忙道,你也不要太着急,现在是四季还没有彻底清醒过来,杨一扬又是一个情绪化的人,现在跟炮仗一样不能碰,但是把人打成这样,她的心情也是可以理解的。只是你爷爷这一头死都不道歉,那就有点说不过去了。刘嘻哈张了张嘴,颜磊当然知道她要说什么,便用手势制止了她,继续说道,你先听我说完,不管老爷子是什么态度,你们这边往外说一定得道歉,而且道歉信要拿到媒体上去发表。在中国,舆论才是刀,是可以杀人的,而且很多时候办案人员的立场是受舆论左右的。

刘嘻哈非常感谢颜磊指点迷津。颜磊叹息道,我对你的印象不错,所以真心想帮你,如今这个社会越发的乱了,都是你中有我我中有你,你想想你们那边的律师,到底在忙什么,他们真心想快点结案吗?

从律师楼出来,刘嘻哈不是觉得太清醒,反而有点更糊涂了。

她把颜磊的话告诉老金,老金因为这事已经急得满嘴起泡,从来没有乱过阵脚的他也乱了阵脚,他的观点是无论最终怎么样,先得把人弄出来。但要做到这一点又谈何容易，所以哪怕是有一条缝儿，老金都恨不得钻进去。现在一听说颜磊尚能说进话去，便一天两次地约颜磊出来密谈。

过了一段时间，四季渐渐清醒了，身体也在逐步恢复，但是老金和刘嘻哈都没有见到他，因为杨一扬派了保安二十四小时在病房外面值班，不允许任何人打扰他的休息。

尽管纠缠在这件事里的人忙碌不堪，但是刘百田故意伤人案依旧按照它自己的轨迹进入了庭审阶段，届时检察院将对他提起公诉。就在庭审前一天的晚上，刘嘻哈突然接到颜磊的电话，约她出去谈一谈。他们来到一个僻静的清吧，坐下来后要了两杯饮料，这时颜磊先松了一口气，才道，何四季撤诉了。

刘嘻哈忍不住哇的一声叫出来，惹得寥若晨星的几个客人回过头来。

颜磊沉吟片刻道，不过你也不要这样子跟刘百田直说。刘嘻哈道，那我怎么说？颜磊道，就说你们托了关系，所以人家答应网开一面。刘嘻哈喃喃自语道，他不会相信的。颜磊道，每个人都会相信自己愿意相信的东西。刘嘻哈还是不明白，道，为什么呀？颜磊说道，你想一想你爷爷的脾气，他怎么能接受一个穷人宽恕了他，我担心他会被气死。

刘嘻哈一下子就愣住了。

颜磊不动声色道，我觉得这一次何四季摆明了就是报复，而且你还不得不承认，他做得很漂亮。

见刘嘻哈还是不得要领，颜磊继续说道，我听到一个传闻，不知真假。于是他把祥云公司的所作所为告诉了刘嘻哈。嘻哈一听，不仅神情凝固了，就连全身的血液也凝固了。这种事会有什么假？根本编都编不出来。刚才的喜悦之情顿时烟消云散，心中满满的全部是怒火。骨肉相残，而且上演给大家看。嘻哈现在理解了爷爷的失控和狠话，有枪，就毙了他。

和颜磊分手以后，刘嘻哈径自去了医院，但是何四季的病房已经人去房空，护士告诉她病人在一周前就出院了。

刘嘻哈立即拿出手机打电话给老金，她说道，在哪里可以找到何四季？老金听着刘嘻哈的声音不对，忙道，你找他干什么？你现在在哪儿？刘嘻哈立刻火了，喊道，赶紧说！老金傻在那里，嘻哈又紧追了一句，说啊！老金忧心忡忡道，我怎么知道他在哪里，估计不是在夜总会就是在水疗馆。

最终刘嘻哈是在雨莲找到了四季，八十三号小姐正坐在他身上给他按背。刘嘻哈闯进去的时候，八十三号小姐被她黑沉的脸吓住了，停止了按摩，四季抬头看到是刘嘻哈，刚一起身，脸上就被刘嘻哈扇了一巴掌。八十三号小姐吓得尖叫了一声，人也闪到了一边。刘嘻哈瞪着四季恶狠狠地说道，你以为你有钱了，就可以干这种事吗?！我觉得你比以前更穷了。

何四季面无表情，一言不发。他多少有点像个富人了。

看着我们骨肉相残，你有多快乐？！刘嘻哈说这话的时候眼角有泪，她真恨自己，为什么这种时候心中会涌动悲悯，她这是为自己吗？她简直就是为了纠缠在这个事件中的每一个人。

她头也不回地走了。

刘百田故意伤人案是公诉案件，无论被害人是否撤诉都不可能私了，当然被害人撤诉是一个很关键的因素。刘百田被判处十八个月监禁，缓期两年执行。他回到了家中。

是刘嘻哈去接爷爷出看守所的，但是他们一路上谁都没有说话。

回到可园之后，刘百田一病不起，刘嘻哈日夜守在爷爷的身边，给他喂水喂粥，他们似乎又回到了从前，但是现在强有力的人已经是刘嘻哈了。

然而，刘临风和刘百田的财产纷争案并没有因为刘百田的病倒而有丝毫的转机，一审判决下来了，法院采信了沈阳方面的鉴定结果，承认关姗的签名真实有效，刘百田必须重新分配家族的财产。刘百田当然不服，他的律师团也随即提出上诉，新一轮的战斗又将打响。

据说在上诉前，刘百田态度有所松动，答应出八千万元和刘临风庭外和解，但是被刘临风和他的团队一口回绝，因为此时的胜算把握实在是太大了。这好比刘临风刚喝完开胃酒,正等着吃大鱼大肉呢,一盘小小的油爆虾显然不能满足他的需要,何况他本身就是一个用钱根本就填不满的无底洞。

坊间的平民们也在打赌,有人说这场官司要打十年,有人说十五年,还有人说可能出了人命才会有弯转,就看谁的命长了。

三十二

有一天,刘嘻哈收到了一个特殊的邮件,偌大的蓝信封里没有信,只有一把银行保险柜的钥匙。

好奇心是人类亘古不变的天性,谁都不可能例外。

打开柜子的一瞬间,一只葫芦丝映入了刘嘻哈的眼帘,她顿时就明白了这是何人所托。葫芦丝的旁边还有一本日记。

这是一本死亡日记。

原来,早在一年前,四季就感觉自己经常出现头痛,但是他并没有当作一回事,以为只是休息得不够,后来发展到像戴了金刚箍一样剧痛,而且感觉环绕脑部的血管会不定期地膨胀跳动,这才去看医生。经过医院的磁力共振和断层扫描,四季被发现有一条脑动脉上长了一个三毫米大的肿瘤,并且位置不在脑部的安全区,而是贴近鼻后的头骨,没有办法动手术切除,也不能透过药物治疗,而脑部动脉随时都会破裂,后果足以致命。

医生说什么都不用做了,也什么都做不了。生命进入倒计时，最好的情况也只能存活一年左右。

四季最后悔的就是自己傻到千辛万苦地要做一个好人，如果知道生命如此短暂，那么做个好人又有什么意义呢？！

他决定放纵自己，随心所欲地走到生命的终点，他发觉其实这才是他一生中唯一的机遇。一扬也说，四季在跟死亡赛跑，一定要在生前就放弃自己，这样他会走得轻松一些，而且没有遗憾。当然，这是后话。像一扬这样拥有艺术人生的女人，她这样看问题不足为奇。

为了让四季撤诉，最终还是老金千方百计找到了他，老金告诉四季，刘嘻哈曾经为了他跟相依为命的刘百田反目，十年没说一句话。就凭这一点你也不能把事情做绝。四季根本不相信世界上会有这样的事，老金说不管你相不相信，这件事都是真的，是有一次刘百田喝多了酒，又无比地思念拣宝，对他说的时候老泪纵横。

当时四季已死的心，悸动了一下。

四季说，有关刘嘻哈的身世他是陆陆续续一点一滴得知的，主要的消息来源是容妈和李师傅。知道这一切的四季非常同情刘嘻哈，他觉得她跟自己一样孤独和自卑，可是她并没有放弃善良的天性，这让他觉得自己苍白的生命也显得那么美好。

尽管他不甘心，也只好用一生去忘记。

去忘记什么呢？他脑袋太痛了，想都想不清楚，也许是贫穷也是富有，是仇恨也是恩情，是命运的冷漠和微笑，也是过往的无法选择的一切。

四季说他至今也没有想明白这件事为什么会变成这样，但他知道了其实按照人心这个很坏的东西，人人都是想当坏人的，只是有些人没胆子，而更多的人是被人心这道坎挡着呢。人心就是一道坎啊，想迈过去要多难有多难。

死亡日记的字数日见稀少，字迹也日见凌乱。其中有一篇日记记录着有一次在可园，刘百田说，我从来没有过什么花样年华，只是把自己狗屎一样的人生过好而已。四季说他当时对这句话印象很深，但是直到今天才终于明白了这句话的涵义。他一直很恨刘百田，但又会常常想起他说过的话。

最后一篇日记的字全都趴下了，而且笔画哆嗦，只有六个含糊不清的字：我来过，我不坏。

日记下面还有一部《励德铁幕》的书稿。

另外还有两封磨损不堪，揉得皱皱巴巴的家信，都是当年幺红寄给四季的，也是他们放风筝的时候嘻哈看过的那两封信。可以想见四季是多么地怀念那时的美好和欢欣。如果生命能像电影那样重放一次，并且在那时戛然而止，四季又会做出什么样的选择呢？也许生命再重放一千次，他也是同样的选择吧。正像他自己所说的，人心是一道坎，他又怎么可能轻易地放弃父亲呢？尽管奇迹没有出现，可是做好人也是有代价的啊。

老实说，刘嘻哈的心情也非常复杂，这本日记让她仿佛也大病了一场。按照四季的说法，他一回到这个城市就去了医院，此后进进出出如家常便饭，可以说医院反而是他大半个家。

刘嘻哈来到医院，这一次她仍旧没有见到四季，她所看到的依然是人去床空。四季已经在昨天夜里走了。刘嘻哈没有去太平间，并没有和四季见最后一面。对她而言，四季始终是陌生的，属于四季的那个世界对她来说遥不可及。她问护士谁是四季的主管医生？护士说是苏光夏。刘嘻哈仔细想了想，这也并不奇怪，本来苏光夏就是神经外科的大夫。

护士把刘嘻哈带到苏光夏的办公室，苏光夏还是和蔼可亲地接待了她，多年不见，她终于可以平静地面对他了。苏光夏并没有太大的变化，只是比当年沉稳了许多。苏光夏说，现在想起来何四季好像已经知道他什么时候会离开，住院这么长时间从没像昨晚那样絮絮叨叨对他说了很多感激的话，还送给他了一支名牌钢笔，说是留个念想。果然他在半夜就走了。

苏光夏还说，四季来住院的时候病情就已经很不乐观，他戴着浅褐色的眼镜，那是因为由于肿瘤压迫，他的一只眼睛已经瞎了，所以眼睑有点萎缩，他不愿意让人看出来。他经常出现喷射状的呕吐是因为脑压太高，总之他活得很辛苦，我能做的也只是缓解他的症状。

沉吟片刻后，苏光夏才说，上一次他没被打死，可以说是一个奇迹。

苏光夏说这些的时候，刘嘻哈只是静静地听着，她又能说什么呢？因为她对这一切一无所知。但同时，她又像一个普通的病人家属那样，希望了解亲人的每一个细节，去体验他说不出的痛苦。

苏光夏讲了很久，当他讲完之后，刘嘻哈起身准备离去，走到门口时，苏光夏叫住了她，她听见他在身后说道，嘻哈，你现在过得好吗？刘嘻哈略一思索，才转过身去，尽量让自己的脸上散发出自信而幸福的光芒，她说道，我很好，你们呢？苏光夏没有直接回答她的问题，他十分恳切地说道，有空还是跟兔子见见面吧，她一直都在念叨你。

刘嘻哈点点头道，一定。

当天晚上，刘嘻哈约了杨一扬，她们是在一家江边的酒吧见的面。一扬还是招牌的一身黑衣，黑框眼镜后面的双眼明显的有些红肿，她点着了一支烟抽着，凝视着窗外的江景。

夜游客轮缓缓地从江上驶过，诚如上下船的人穿梭来去，不变的只是客船。所以在不变的世界里，又有谁会为一个人的离去而伤感和叹息呢？

刘嘻哈赶来的时候，有些抱歉地说道，我知道你这几天很忙，可是……不等她说完，一扬眼圈红道，我一点不忙，半年之内，我不会到他的住处去，因为会有太多的联想，有时候真希望自己失忆一阵子。我会等到合适的时候再去收拾他的遗物。这时候的一扬给刘嘻哈的感觉是判若两人，她不再是那个冷若冰霜的沧桑女子，显现出无限的软弱和落寞。

我一直在等着你来找我。一扬说道。

刘嘻哈没有说话，但是眼中充满了疑问。一扬说道，因为保险柜的钥匙是我寄给你的。四季曾经不止一次地提起过你，尤其是你到看守所去看过他，那是他最绝望的时候，他并没有说你像天使，可能那时候他根本不知道什么叫天使。他只是觉得你好像什么都知道一样，但其实你什么都不知道。

一扬说道，就是那个改变他一生的绑架案，其中有太多太多不为人知的缘由，也只有他死了，你才会相信他所说的一切。说到这时，一扬便重提往事，她告诉刘嘻哈当年在城中村的一线天到底发生了什么。

这一段不为人知的经历让刘嘻哈目瞪口呆。他为什么不说出来呢？嘻哈疑惑地说道。一扬冷笑道，你以为会有人相信他吗？就算有人相信也只会扯出更大的案子，绑架案更成了铁案。一扬长叹一声道，从此他的厄运降临，爸爸死了，妈妈死了，妹妹远嫁，直到自己重病缠身。他这一辈子吞下去的东西太多太多，你要原谅他，这一切终会爆发的。

一扬说，她是在人生的最低谷的时候认识四季的，当时她正逢第二次失婚，而且没有争取到孩子的抚养权。两次婚姻都是男人离她而去，这让她觉得自己的人生很失败。也就是在这时，四季打电话给她叫她到北京去，说有一些事情要跟她交代。

可想而知，四季的情绪也在冰点，他好不容易出了牢笼没想到又进了一个更大的牢笼，而且死刑在即。看上去他好像夜夜笙歌，整天请客吃饭，泡夜总会，那只是他在模拟富人的生活，毕竟每个人都有一个要成为富人的梦想。

到最后他天天去水疗馆，那是因为他的身体太虚弱了，希望被动运动能够拖延生命。但其实他重回这座城市只有三个愿望，一是看一看旧友，二是为自己演奏一场音乐会，三是了却深藏心底的恩怨。

他的旧友死了，他的音乐会就是他活着的墓志铭。一扬说道，当时的现场没有观众，他也不想留下半点念想，是我自作主张刻录了一张碟，就是想着人死如灯灭，不留下一点动静人真的就像没活过一样。

这时一扬从包里拿出一张碟来，让侍应生帮忙放一下。

说来也怪，葫芦丝的吹奏声刚一响起，刘嘻哈的眼泪就像听到命令一样，唰地一下流了出来。压抑了多时的情绪终于找到了一个宣泄点，却原来她的内心又在经历着一场没有对象的失恋。

亡者归来。

对于活着的人来说，死者从来都没有走远，他们只是临时的缺席，似乎永远都有可能在下一分钟悄然出现。

刘嘻哈想起四季最后的几篇日记，他提到开始经常做梦，梦见最多的当然还是父母，他们总是劝他歇了吧。还有一次梦见了韦北安和星哥，他们还是骂他笨，又拉他入伙，这一回他表现得十分爽快，问都没问就跟着他们上路了，很快就成为像周润发那样烧钱点烟，整个人凌空飞起双枪点射的英雄好汉。

这也许是天下男人的梦想吧，再听到先天就有一点喑哑的葫芦丝，刘嘻哈更是难过得说不出话来。

对于四季的死，老金说这是报应。

容妈说，他怎么会突然死了呢？他好不容易才熬出头，不仅没活过我们，而且还没活过老爷。

李师傅说，四季是个薄命人，他哪担得起那么大的富贵？人只有享不起的富贵，没有受不起的穷。

刘百田什么都没有说。男人对于心中的对手多是欲说还休。

四季走了，刘临风和刘百田的财产案依旧打得热火朝天，真可谓人死账不烂，只是这一切跟四季已经毫无关系了。在这条财富经济链的中下游，大有人看好这盘生意，愿意出成倍的价格买断上游人士手中的"股份"，上游人士也急于让手中的"股份"变成现钱。总之这条金链已经在不知不觉中变成神龙，喧嚣腾飞，难见首尾。

每当人们打开报纸，隔三差五总有关于这场官司的报道，似乎准备像金婚一样漫长，也总是有人唏嘘感慨：有钱又怎么样？无论哪一方赢了官司又怎么样？总之活得不安乐，天天要吃惊风散，好都有限。当今的人们见过太多离奇古怪的故事，但对于这样的豪门厮杀还是一万个不理解。

只有老金的感慨不同，他说正如个人不会理解大众何以会有这么多的误解，大众也绝不可能理解个人心中的甘苦，我所以一生追随刘百田，就是崇尚他的性格，如果他不是这么坚强和坚定，就不可能成功。

刘嘻哈和曹宁宁还是决定离婚。

在去街道办事处的路上，曹宁宁无不伤感地对刘嘻哈说，其实我跟姚彼琳什么事都没有，为什么你就不相信我呢？刘嘻哈幽幽地说道，我早就相信你了，如果你和她真的有什么，也早就离开我了。

曹宁宁唰地一踩刹车，车子怪叫一声停在了路边，那你是什么意思啊？你要折磨我是吗？他脸色铁青地说道。

刘嘻哈使出全身的力气但平静地说，当然不是，是我心里一直爱着一个人。曹宁宁愣住了，不知如何作答。的确，他从来没有从这个角度去想过刘嘻哈，他真的傻了。不过，刘嘻哈说道，我愿意用一生去忘记他，你相信我吗？

曹宁宁无言。

刘嘻哈舒了一口气道，所以，走吧。

街道办事处的一位大姐一副过来人的样子，她看了看两个人，说道，你们俩都想好了吗？这可不是开玩笑的事。刘嘻哈微微点了点头，曹宁宁却一本正经道，想好了，我累了，不想再玩了。过来人道，那你们需要再调解一次吗？刘嘻哈还是没说话，曹宁宁还是大声说，不需要。

过来人也不再说什么，从办公柜里抬出一架沉甸甸的钢印，那种感觉像搬出了砍人的铡刀。就在这时，曹宁宁突然站了起来，一只手收回了桌上的两张红色的结婚证，另一只手拉起刘嘻哈就往外走。

刘嘻哈被曹宁宁的这个举动搞懵了，跟着曹宁宁一溜小跑，到了走廊的尽头她才甩开曹宁宁的手说道，你怎么了？你到底要干什么？曹宁宁气势汹汹地说道，我相信，行了吧。刘嘻哈不解道，你相信什么？曹宁宁道，我相信你会忘记他。陡然间时空仿佛都凝固了，他们两个人都不再说话，似乎对眼前所发生的一切吃了一惊。

好一会儿刘嘻哈才回过神来，她觉得鼻子好酸，又像挣扎了很久才透出了一口气，这段时间她经历了太多太多的事这让她胸口很闷，但同时又突然非常感念，感念已经拥有的一切。她用极轻的声音说道，宁宁，给我一个拥抱好吗？曹宁宁愣了一下，但在他张开双臂的一瞬间，眼睛也湿润了。

这时他们听见过来人在远处喊，要亲热回家亲热去，搞什么搞！

许多年以后，曹宁宁还总是会说，如果我们知道分开了这么多年最终还是要在一起，你说我们还会分开吗？

一天，刘嘻哈收到兔子的一个短信：想你了，可以见见面吗？

这个短信刘嘻哈保存了两天，最终还是删除了。

她一直没有见过兔子，反而是有一天无意间碰到了杨一扬，杨一扬身边带着一个小男孩，小男孩很皮也很可爱，跌跌撞撞地到处疯跑，不到三岁的样子。一扬说他的名字叫吉阳，当时刘嘻哈的心中突然一热，有一种实实在在的感动。但是她什么也没问，有许多事是不需要去证实的。

她想，原来生活就是传奇。